De Midasmoorden

Pieter Aspe

De Midasmoorden

Manteau Antwerpen

Iedere overeenkomst met bestaande personen en toestanden is louter fictief.

Standaard Uitgeverij nv, Belgiëlei 147a, B-2018 Antwerpen
www.standaard.com
manteau@standaard.com
Vertegenwoordiging in Nederland:
Prometheus / Bert Bakker,
Herengracht 406, NL – 1017 BX Amsterdam
www.pbo.nl
pbo@pbo.nl

Eerste druk maart 1996
Twaalfde druk februari 2002

Omslagontwerp: Wil Immink
Foto achterplat: Benny de Grove
ISBN 90 223 1581 9
D 2002/0034/154
NUGI 331

Voor mijn dochters
Tessa en Mira

Laat hij die zoekt niet ophouden met
zoeken, totdat hij vindt.
En als hij vindt, zal hij verontrust
worden
en als hij verontrust is, zal hij zich
verwonderen
en hij zal over het Al heersen.

(Evangelie van Thomas)

The best of prophets of the Future
is the Past.

(Byron)

1

Adriaan Frenkel proefde van de lauwe cocktail. Het wattige drankje smaakte bitter. Frenkel trok een vies gezicht en tikte met zijn zegelring tegen het glas.

'Ober,' riep hij wrevelig.

De barman liet zijn poetsdoek rusten en taxeerde de Nederlander met een vranke blik.

'Het spijt me vreselijk, beste man, maar die rommel kan ik niet door mijn strot krijgen.'

'Monsieur n'est pas content?'

Mario, een gedrongen kerel met mediterrane trekken en sporen van een onuitroeibare stoppelbaard, keek de lastige klant afwachtend aan.

'Non,' probeerde de Nederlander zelfbewust. 'Je veux...' Verder kwam hij niet. De barman nam het glas weg en goot de inhoud met een minachtend gebaar in de spoelbak. Frenkel haalde berustend de schouders op. Dit is dus België, dacht hij moedeloos.

Frenkel wees naar de flessen achter de bar. Hij voelde zich als een negentiende-eeuwse ontdekkingsreiziger die zich tegenover de inlanders van gebarentaal moest bedienen.

Mario's gezicht klaarde op. Met een triomfantelijke glimlach pakte hij een schoon glas en mixte in een oogwenk een gin met sinaasappelsap.

'Jezus,' kreunde Frenkel. 'Ik wil die rotzooi niet meer.'

Mario knikte en schoof hem de gin-orange toe.

'Oké, ik geef het op,' zuchtte Frenkel.

Hij pakte het glas en schudde veelbetekenend het hoofd.

'Jij geeft mij bon en ik betaal. Daarna ik weg,' voegde hij er in Tarzannederlands aan toe.

'Ah, ce n'est pas bon!' grijnsde Mario kinderlijk.

Frenkel zat te trillen op zijn barkruk. Een vriend had hem de Villa Italiana aanbevolen als de beste tent in Brugge. Pittige drankjes en gewillige meiden, had hij opgeschept.

'Ik bedoelde een bon voor mijn baas,' zei hij wanhopig.

Mario nam het glas en keurde de drank tegen het licht van een halogeenspot.

'Monsieur prendre un bon whisky,' zei hij vaderlijk.

'Ja, whisky,' snikte Frenkel bijna.

Hij had een rotdag achter de rug. Bij gebrek aan vrouwen was drank het enige alternatief. Mario draaide zich om en wees op zijn beurt naar de flessen die achter hem hingen.

'Ja,' juichte Frenkel. 'J&B is fijn.'

De barman liet zijn wijsvinger nonchalant over de flessen glijden. Hij wipte ostentatief over de J&B en bleef hangen bij de Chivas.

'Maakt niet uit. Doe die maar,' gromde Frenkel.

'Une bonne choix, monsieur,' zei Mario met een knipoog van gabbers onder elkaar.

Hij poetste een glas en hield het met een professionele zwier onder de doseerpomp. Zijn gorillagrijns begon op Frenkels zenuwen te werken. De barman pakte een ijsblokje uit de cooler en hield dat onbeweeglijk boven het glas.

Frenkel knikte en Mario liet het ijs in de whisky spatten. Hij herhaalde het ritueel en keek afwachtend naar de Nederlander.

'Oui, oui, encore.'

Na vier blokjes gebaarde Frenkel dat het genoeg was.

'Basta,' zei hij met opzet niet al te luid.

Mario lachte als een Siciliaanse herder die net het lekkerste schaap uit de kudde heeft gepakt. Hij bukte zich en haalde een flesje cola uit de koeling.

Een groepje klanten deed luidruchtig zijn intrede. Een paar opgedirkte Marina's waagden een danspasje, terwijl hun gestileerde begeleiders zich over de vrije barkrukken ontfermden.

'Dommage pour le bon whisky,' zei Mario toen hij de cola over het ijs en de Chivas goot.

Frenkel haalde diep adem en trachtte zich te beheersen. Hij had helemaal geen cola besteld.

De heupwiegende dellen op de dansvloer wuifden dwingend in de richting van de bar. Mario kende zijn pappenheimers en draaide de knop van de versterker naar rechts.

Frenkel nam net een slok van de voortreffelijke whiskycola, toen de obstinate bassen van de opgefokte housemuziek zijn darmen tegen zijn middenrif deden knallen. Hij had de Chivas in een teug kunnen uitdrinken en afrekenen, maar in plaats daarvan liep hij nukkig naar de belendende salon. Daar was het in ieder geval een stuk rustiger. Eigenlijk had hij niet veel keus. Het was zuipen of schaapjes tellen in een postmoderne hotelkamer.

'Villa Maffia' won het van de schaapjes. Adriaan Frenkel liet zich uitgeblust in een van de leren fauteuils neerploffen.

''k En do were een Ollander bie zun kloten get,' zei Mario tegen een van de obers, een bleke opgeschoten imitatie van graaf Dracula.

'Je moest were een bonnetje en vo zun werk. 't Is oltied zalfste met die gasten,' zwetste Mario in plat Brugs.

De vale ober lachte zuinig.

'Zie mo dat den boas je niet oort. Ollanders zin verdomme onze beste kallanten.'

Mario haalde de schouders op en tapte vier pilsjes.

'Je ziet een oekde zurprume, Jacques. Een mens moe toch u kè kunnen lachen.'

Hij nam een teug van de gin-orange die 'den Ollander' had geweigerd en schreef 600 fr. bij op de rekening van Frenkel: 280 fr. voor de cocktail en 320 fr. voor de whisky-cola.

Mijnheer Georges was een vaste klant van de Villa Italiana.

Toen hij binnenkwam, doken twee obers uit de schemering op en hielpen hem en zijn gast uit hun jas.

'Is de salon vrij, Jacques?' vroeg mijnheer Georges autoritair vriendelijk.

Indien Mario die Hollander niet voor de gek had gehouden, had hij bevestigend kunnen antwoorden.

'Als ik me niet vergis zit er maar één persoon, mijnheer Georges, een toerist met een stuk in zijn kraag.'

Mijnheer Georges lachte als een breedbekkikker die aan de ziekte van Cushing lijdt. Het duurde een paar seconden voor alle vetrollen weer in de plooi lagen.

Jacques vertrok geen spier. De lachsalvo's van mijnheer Georges waren legendarisch en niemand wist of dat gebulder goed of slecht nieuws voorspelde.

'Oké, Jacques. No problem.'

Hij stak zijn vlezige hand in zijn binnenzak en haalde een briefje van tweeduizend boven.

'Zorg dat we niet gestoord worden en breng ons een fles Ruinart, 1983 si c'est possible.'

'Komt voor mekaar, mijnheer Georges,' antwoordde Jacques gemeend dankbaar.

De bleke ober had drie kinderen uit een eerste huwelijk en die kostten hem handenvol geld.

Adriaan Frenkel zag de mannen binnenkomen. Een stel oudere heren was nu niet precies het gezelschap waar hij op zat te wachten. Even overwoog hij om op te stappen, maar de royale hoeveelheid Chivas had hem loom gemaakt. Als hij omhoog keek, draaide het plafond als een carrousel boven zijn hoofd.

Toen Jacques de champagne serveerde, bestelde Frenkel nog een whisky-cola. Als er meiden opdaagden, kon hij hun nog altijd wijsmaken dat hij getrouwd was.

'Ach, wunderbar, Georg,' hoorde hij een van de mannen zeggen, toen Jacques de fles champagne ontkurkte. De man die net 'wunderbar, Georg' had gezegd, leek sprekend op Dirk Bogarde in een goedkope Visconti-film. Hij deponeerde een zware aktetas op de marmeren salontafel.

'Warum nicht, mein Freund. Wir haben heute etwas zu feiern, nicht,' zei de andere in geradbraakt Duits. 'Alles geht sehr gut. Geef me nog een paar Monaten en we controleren de hele markt.'

De Duitser glimlachte vals en hief het glas.

'Zum Wohl.'

Ze dronken van de champagne als dorstige antilopen. Na een halfuur bestelde de dikke een tweede fles.

Frenkel daarentegen liet zijn whisky ongemoeid. Hij had zich behaaglijk in de fauteuil genesteld. Het plafond tolde niet meer en hij genoot met volle teugen van zijn roes.

'Die andere Sache komt dus ook in orde,' hoorde hij de Duitser zeggen.

De twee mannen gingen steeds luider praten. Frenkel hoefde geen moeite te doen om hun gesprek te volgen.

'Dietrich. Je kent me toch. Alles is geregeld.'

'Gut. Maar in München begint men zich vragen te stellen. Niet iedereen gaat akkoord met het project.'

'Ach scheisse, Dietrich. Ik begrijp dat jullie twijfelen. Maar heb je vanavond niet genoeg gezien?'

'De raad apprecieert je inspanningen, Georg. Ik zal in die zin verslag uitbrengen, aber...'

'Maak je geen zorgen, Dietrich. Volgende maand komt de kwestie voor de gemeenteraad. De nieuwe Bürgermeister spartelt een beetje tegen. Hij kan het proces vertragen, dat is alles.'

Dit argument maakte weinig indruk op Dietrich Fiedle. De Duitser had al vier glazen champagne op, maar de bubbels sorteerden voorlopig weinig effect op de ijzige toon die hij hanteerde.

'Vergeet niet dat de fusie in gevaar komt als er te veel hindernissen zijn.'

'Je mag iedereen in München verzekeren dat ik me aan de afspraak houd,' riposteerde mijnheer Georges beslist. 'Nog voor Pasen is alles in kannen en kruiken. Ik begrijp niet waarom ze in Duitsland in paniek raken. Wij Vlamingen houden altijd woord. Dat zou jij toch moeten weten.'

De Duitser keek als een opgeschrikte havik om zich heen. Zijn ogen flitsten in de richting van Frenkel, die achteloos zat te luisteren.

'Geef toch toe, Dietrich, dat het absoluut niet nodig was om vanavond een...'

Fiedle snoerde hem de mond.

'Dat was louter service, Georg. Beschouw het als een voorproefje van wat komen zal. Straks wordt Kindermann de grootste touroperator van Europa en na de fusie ben jij een van de topdirecteuren. Stel geen vragen, Georg, en geniet van je privileges.'

Mijnheer Georges stortte zich enthousiast op de champagne. Frenkel zag hoe de kostbare drank via een paar vlezige onderkinnen door zijn slokdarm klotste.

'En toch begrijp ik niet waarom dit per se vanavond moet,' hield hij koppig vol. 'We hadden maandag alles in Zeebrugge kunnen bespreken.'

Dietrich haalde zijn benige hand door zijn strak achterover gekamde haar. De Belg begreep niet dat hij een pion was in een spel waarvan slechts enkelen de regels kenden.

'Herr Leitner wil de kopieën van alle notariële akten morgen op zijn bureau,' zei hij dwingend. 'Maandag is zu spät.'

De dikke Belg lachte. Hij was niet van plan een discussie over Leitner aan te gaan.

'Brugge is in ieder geval een wunderschöne stad.'

Fiedle hield zijn glas tegen het licht, alsof hij op zoek was naar 'onreinheden'.

'Sehr schön,' gaf hij toe. 'Jammer dat bijna alle gebouwen nep zijn.'

Mijnheer Georges verslikte zich en Frenkel knipperde met zijn ogen.

'Overdrijf niet, Dietrich. Ieder jaar komen miljoenen toeristen uit alle windstreken hier de sfeer opsnuiven.'

'Ze komen hier inderdaad voor de sfeer,' zei Fiedle hautain. 'Precies daarom is Kindermann bereid om driehonderd miljoen D-mark in het project te investeren. De klant is immers koning en wij maken winst als we de consument zijn zin geven.'

De draagwijdte van die woorden ontging Frenkel. Mijnheer Georges schonk de glazen opnieuw vol.

'Wat bedoel je met nep?' vroeg hij terloops. 'Brugge is toch een middeleeuwse stad.'

De Duitser zette het glas aan zijn lippen en dronk als een verveelde zwaan. Zijn puntige adamsappel ging zuinig op en neer.

De manier waarop hij 'Nein Georg' zei, deed Adriaan Frenkel verstijven.

'Brugge telt slechts een handvol authentieke monumenten,' zei Fiedle neerbuigend. 'De rest is puur camouflage.'

Mijnheer Georges richtte zich verontwaardigd op. Zijn door couperose getekende wangen lichtten op als smeulende gloeidraden.

'Dat is larie,' zei hij opgewonden.

Fiedle gooide zijn hoofd achterover.

'Das Rathaus en de kerken zijn echt. Het belfort is uniek, maar de rest is neogotisch of in het beste geval zo ingrijpend gerestaureerd dat het niet mooi is.'

'Dietrich,' steigerde mijnheer Georges en morste daarbij voor vijftig frank champagne.

'Je gelooft me dus niet,' reageerde Fiedle hooghartig.

De Duitser nam gulzig een slok van de champagne. Frenkel volgde zijn voorbeeld en verfriste zijn droge keel met een slok lauwe whisky-cola. Hij had de ariër op zijn smoel kunnen timmeren.

'Dan zal ik je een groot geheim verklappen,' snoefde Fiedle.

'Dat hoeft niet, Dietrich. Ik geloof je heus wel,' probeerde de dikke Belg hem te kalmeren. 'Zal ik koffie bestellen?'

'Sind Sie verrückt?' schreeuwde Fiedle woedend.

'Alles gut, Dietrich,' suste mijnheer Georges. 'Vertel maar, ik luister.'

'Eerst nog een fles sekt,' snauwde de Duitser.

Adriaan Frenkel keek geboeid toe. Hij had eerder gezien hoe een deftig lid van het Herrenvolk een bruuske metamorfose kon ondergaan. Het ene moment waren ze het toonbeeld van rede en fatsoen en een paar minuten later herkende je ze niet meer.

Jacques reageerde prompt op de opgestoken vinger van mijnheer Georges. Hij snelde naar de kelder als een overjarige windhond.

Dietrich Fiedle wachtte koppig tot de ober terug was met de derde fles Ruinart. Toen de glazen opnieuw gevuld waren, stak de Duitser met gedempte stem van wal. Adriaan schoof voorzichtig een stukje op.

'Mijn vader kende alle kunstschatten van Brugge. Hij had de opdracht gekregen...'

Naarmate het gesprek vorderde, voelde Frenkel slagaderlijk bloed door zijn dij pulseren. Hoe was het mogelijk dat hij uitgerekend in Brugge de zoon van dit crapuul tegen het lijf was gelopen?

Hij bleef zitten tot de mannen aanstalten maakten om op te stappen. De laatste fles dure champagne lieten ze nagenoeg onaangeroerd. Adriaan kapte een halfvol glas whisky-cola achterover. Hij voelde zich bloednuchter en liep als een robot naar de bar.

'Kan ik met Visa betalen?' vroeg hij.

'Pas de problème,' zei Mario met een uitgestreken gezicht.

De barman bleef de komedie halsstarrig volhouden. Als ze met een kredietkaart betaalden, kon hij de fooi toch vergeten.

Adriaan plaatste vluchtig zijn handtekening en waggelde naar het toilet. Aan een bon voor zijn baas dacht hij al lang niet meer.

2

Omstreeks zes uur dwarrelden de eerste schuchtere vlokken naar beneden.

Toen Gino Hilderson om halfacht zijn werk aanvatte, lag Brugge te pronken onder zijn meest romantische tooi. Met zijn Vespacar trok hij een eenzaam spoor door de lege straten. Aan de Vismarkt kipte hij de inhoud van de eerste vuilnisbak op de verhoogde laadvloer.

Halverwege de Blinde-Ezelstraat minderde Gino automatisch vaart. Aan het begin van die straat moest een arduinen paal ieder doorgaand verkeer onmogelijk maken. Maar een behendige chauffeur loodste de Vespacar moeiteloos tussen het obstakel en de zijkant van het stadhuis. Op die manier won hij vijf kostbare minuten.

Ondanks de geringe vaart slipte de Vespacar vervaarlijk toen Gino op de rem ging staan. Twee meter voor hem lag een man met zijn gezicht op de straatstenen. Hij bewoog niet toen Gino met een doffe vloek uitstapte en het portier van de Vespacar dichtkwakte.

'Da komt ervan, éh joengen, ojje tevele gezopen et.'

De man droeg een chique, kameelkleurige overjas en glimmend gepoetste schoenen.

Gino vergat zijn eerste wrevel en peilde de conditie van de man met een bezorgde blik. De schoane menere moest wal heel droenke zien.

Hij knielde neer en schudde de man onzacht bij de schouder.

'Eij matje,' fluisterde hij schor.

Plotseling begon de man te kreunen.

'Kom vintjie,' zei Gino opgelucht. 'Stô rechte. Wacht, 'k gô jun helpen.'

De stadsarbeider was een gespierde kerel. Hij pakte de man onder de oksels en sleurde hem tot tegen de muur van het stadhuis, net onder de kastjes met de huwelijksafkondigingen.

'Got nu een bitje betere?' vroeg hij naïef.

De man zag er niet zo jong meer uit. Zijn gezicht was lijkbleek. Zelfs op zijn lippen zat geen kleur meer. Gino boog zich voorover en besnuffelde hem op zoek naar sporen van alcohol.

'Da komt ervan, éh vintjie,' zei hij hulpeloos.

Dietrich Fiedle hoorde de vreemde stem door een hol waas, precies alsof hij onder water zwom en de geluiden daarboven registreerde. Kauwend op een soppige sigarettenpeuk bleef Gino besluiteloos toekijken. Toen de man scheef onderuitzakte, bemerkte hij het gestolde bloed boven zijn linkerslaap.

'Miljaar,' vloekte hij. 'Een kleen momentje. 'k Zien direct were.'

Gino zette het op een lopen, stak de Burg diagonaal over en sloeg de Breydelstraat in.

Van de vier openbare telefooncellen op de Markt slikte er gelukkig één munten. Het signaal ging zes keer over.

'Allo, den oenderd?' schreeuwde hij toen Jozef Demedts aan de andere kant opnam.

'Dur ligt dor een vint dood te bloên. Kujje rap iemand zenden?'

Demedts plaatste zijn sigaret behoedzaam in een glazen asbak en greep naar zijn balpen.

'Mag ik uw naam, a.u.b.?' vroeg hij onverstoorbaar.

'Zino Ilderson. Je ligt oender de Brugghe der Zuchten in de Blindezelstroate,' schreeuwde Gino kwaad.

Hij wist niet dat Demedts de oproep naar de politie doorschakelde en dat er al twee ziekenbroeders op weg waren naar een klaarstaande ambulance. Demedts had met een druk op de knop alarm geslagen toen Gino het woord 'doodbloên' had uitgesproken.

'Is het slachtoffer bij bewustzijn?'

De officier met wachtdienst van de Brugse politie luisterde nu ook mee via de speciale noodlijn. Er was een patrouille in de buurt. Hij riep ze op via de radio.

'Volgens mien gottie 't nie lange mè trekken. Ojje nog lange wacht is tie zekers dood,' schetterde Gino.

'Oké, mijnheer Hilderson. Ga terug naar het slachtoffer en blijf daar. Er is hulp onderweg.'

Demedts verbrak abrupt de verbinding. De zaak leek hem ernstig genoeg om het medische urgentieteam in te schakelen.

Dokter Arents van het MUG-team had voor hij zijn dienst aanvatte een nummertje gemaakt met een lenige verpleegkundige en verkeerde in een opperbeste stemming. De oproep van Demedts kon daar niets aan veranderen. Samen met Ivan Dewilde rende hij naar de garage. Arents voelde zich als een jonge god. In tegenstelling tot de arme stakkerds die in steriele ziekenhuiskamers wegteerden, had het leven hem mild behandeld. Hij was jong, gezond en verdiende behoorlijk.

Hoewel er geen verkeer was, zette Dewilde de sirene aan. De Renault Espace reageerde vinnig op het gaspedaal en scheurde onverantwoord hard over de besneeuwde oprijlaan.

Voor Gino Hilderson leken de minuten wel uren te duren. Hij stond wezenloos naast het slachtoffer, dat geen enkel teken van leven meer vertoonde.

De politiecombi stoof als eerste de Burg op. Agent Bruynooghe dirigeerde zijn collega naar de juiste plek.

''k Peezen dattie dood is,' zei Gino toen de agenten bij het slachtoffer stonden.

Bruynooghe, een kleine forse diender, boog zich over de man. Hij was al tweeëntwintig jaar bij de politie en constateerde in een oogopslag dat de arbeider niet overdreef. Hij verloor geen kostbare tijd en beende naar de combi.

'Agent Bruynooghe hier,' zei hij over de radio. 'Het slachtoffer is bewusteloos, wellicht stervende.'

Zijn stem klonk kalm en vrij emotieloos.

'Boven zijn linkerslaap zit een lelijke wonde. Een val lijkt me uitgesloten,' voegde hij er gewichtig aan toe.

Jean-Marie Vervenne, de officier met wachtdienst keek op zijn polshorloge. Over tien minuten werd hij afgelost. Hij overwoog de mogelijkheid de zaak over te dragen aan zijn collega. Aan de andere kant was Bruynooghe geen zeveraar. Als er misdadig opzet in het spel was, konden die tien minuten hem straks zuur opbreken.

'In orde, Bruynooghe. Ik kom eraan.'

De kleine agent grijnsde toen zijn superieur de verbinding verbrak.

De ziekenwagen sneed door de sneeuw als een ploeg door een beregende polderakker. Jan Decoster hield de koffer met de eerstehulpspullen tegen zijn borst geklemd. Hij zette zich schrap, want in deze gure omstandigheden telde iedere seconde. Onderkoeling kan zelfs bij een banaal verkeersongeval fataal zijn. Wim Defruydt parkeerde de ambulance op minder dan twee meter van het slachtoffer. Voor Decoster uit de wagen sprong, griste hij een extra isolerende deken mee. Zijn collega hurkte neer bij de gewonde en toen hij geen polsslag voelde, trok hij hem van de muur weg. Decoster haalde de isolerende deken uit de beschermfolie en duffelde de oude man in. De ziekenbroeder wist dat hij in afwachting van de dokter slechts één ding kon doen. Hij volgde de standaardprocedure die in het jargon ABC werd genoemd. Hij maakte de luchtwegen vrij, diende mond-op-mondbeademing toe en probeerde door hartmassage de bloedcirculatie in stand te houden.

Defruydt haalde ondertussen een infuus met een fysiologische zoutoplossing uit de ziekenwagen en hield een knelverband klaar.

Gino Hilderson sloeg het tafereel vanop een afstand gade. Plotseling hoorde hij een tweede sirene. De Espace van het MUG-team kwam via de Breydelstraat de Burg opgereden. Tien seconden later arriveerde Jean-Marie Vervenne. Beide autosporen kruisten elkaar haast Mondriaans.

Decoster maakte onmiddellijk plaats toen Arents bij het slachtoffer knielde. De arts controleerde de levensfuncties en ging door met de hartmassage. Na een minuut of twee riep hij Decoster er opnieuw bij.

'Neem over.'

Decoster knikte. Volgens hem was de man zo dood als een pier.

Arents gooide zijn koffer open, rommelde tussen de steriel verpakte spuiten en vond na twintig seconden precies wat hij zocht.

De vijftien centimeter lange naald deed Gino huiveren. Arents trok een ampul adrenaline leeg, verifieerde de spuit in het licht van een straatlantaarn en boog zich over het slachtoffer. Hij markeerde de plek en joeg de naald door het borstbeen rechtstreeks in het hart van de stervende Duitser.

'In jouw plaats zou ik niet klagen,' grinnikte Versavel. 'Je hebt zelf om meer zondaguren gevraagd.'

Van In schraapte zijn keel en stak een sigaret op. Zijn pak hing als een gekreukt vod om zijn lijf.

'Wat niet wil zeggen dat ik de rotzooi van Vervenne kom opruimen,' zei hij met een hese stem.

'Ik heb de hele nacht geen oog dichtgedaan. Een zondag hoort rustig te verlopen.'

Versavel streek over zijn snor en keek Van In meewarig aan. De commissaris liep nijdig naar de vensterbank en schonk zich een beker koffie in.

'Wie pleegt er in godsnaam een moord op zondagmorgen?' sakkerde Van In.

'Toen ze hem afvoerden, was hij nog niet dood,' zei Versavel droog. 'Maar volgens een van de ziekenbroeders is zijn toestand kritiek. Een subduraal hematoom loopt in dat soort van omstandigheden vaak fataal af.'

'Doe maar gewoon, Guido.'

'Schedelbreuk met inwendige bloedingen. Sorry, commissaris.'

Versavel ging achter zijn bureau zitten en strekte zijn benen uit. In tegenstelling tot Van In was hij smetteloos gekleed.

'En dan nog een Duitser,' monkelde Van In. 'Misschien kunnen we dat als een meevaller beschouwen.'

Versavel reageerde met opzet niet. Iedereen wist dat Van In een hekel had aan Duitsers.

'Ik vrees dat we toch iets zullen moeten ondernemen, commissaris. Straks krijg je Derrick aan de lijn en die zal willen weten hoe de vork in de steel zit.'

Hij bukte zich instinctief toen Van In met de halfvolle beker koffie dreigde.

'Het zou zonde zijn van de koffie,' gromde Van In toen Versavel zich oprichtte.

'Is Vervenne al klaar met zijn PV?'

'Je kent Vervenne toch. Die haalt geen pagina in een voormiddag. Trouwens, ik denk dat hij nog altijd op de Burg rondhangt.'

'Benson im Himmel. Waar maken wij ons dan druk over?'

'In dat geval neem ik ook een kop koffie,' zei Versavel berustend.

'Ik hoop dat Vervenne het parket heeft ingelicht,' zei Van In na een poosje. 'Als die Duitser naar het walhalla verhuist, kunnen zij de zaak van ons overnemen.'

'Ben je dan niet nieuwsgierig?'

Van In schudde het hoofd. Versavel wist dat hij komedie speelde.

'Het motief kan interessant zijn,' probeerde Versavel. 'Geld was het in ieder geval niet. Het slachtoffer had achthonderd mark en drie kredietkaarten op zak.'

'Ik geef toe dat tachtigduizend mark aantrekkelijker was geweest,' reageerde Van In sarcastisch.

Versavel hield zijn neus boven de dampende koffie en snoof het aroma op. Hij was de neerslachtige buien van de commissaris gewoon.

Buiten was het weer gaan sneeuwen. Het was vijf over negen en de auto's reden nog altijd met de dimlichten aan.

'Er zijn vier agenten met het buurtonderzoek bezig,' probeerde Versavel opnieuw.

'Verwacht jij daar enig resultaat van? Voorzover ik weet, woont er geen kat op de Burg.'

Van In stond op, geeuwde en liep naar het raam. Hij fixeerde een dikke sneeuwvlok die langzaam naar beneden zeilde.

'De conciërge van het stadhuis verklaart dat hij om halfdrie gestommel heeft gehoord.'

'Heeft hij ook iets gezien?'

Van In verloor de sneeuwvlok uit het oog en zocht naar een andere.

'Wat dacht je? Hij is pas opgestaan toen de sirenes loeiden.'

'Daar zijn we vet mee.'

Van In begon dubbel te zien van het staren. Hij draaide zich om, tankte nog wat koffie en gooide er twee klontjes suiker in.

Versavel klopte nadrukkelijk op zijn vlakke, gespierde buik.

''t Is al goed, Versaveltje. Stel je voor dat iedereen er als Mister Universe zou bijlopen. Waar zou jij dan mee moeten pronken?'

'Zou je dat echt willen weten?' vroeg Versavel schamper.

'Benson im Himmel. Wat zijn we weer subtiel vandaag.'

Versavel grijnsde. De commissaris kwam stilletjes bij zijn positieven.

'De ene beschikt over een volmaakte fysiek en de andere moet het van zijn hersens hebben,' zei Versavel luchtig.

Dat gaf de doorslag.

'Je hoeft niet te slijmen, Guido. Roep Vervenne op en zeg hem dat we de zaak overnemen, want als we niets doen, krijg ik morgen de ouwe op mijn dak.'

'Tot uw orders, commissaris.'

'Heeft Vervenne foto's laten maken?' vroeg Van In toen ze in de ziekenhuislift stapten.

'Ik heb Leo gebeld,' glimlachte Versavel. 'Met een beetje geluk zien we elkaar in de cafetaria.'

'Arrogante vlegel. Je wist dat ik zou meekomen.'

Versavel hield wijselijk zijn mond.

'Ik neem aan dat het protocol van het bloedonderzoek al klaar is. Wie 's nachts door de sneeuw ploetert, komt volgens mij niet van de bioscoop. Het zou me niet verwonderen als de mof de bloemetjes heeft buitengezet.'

De verpleegkundige, met wie ze de lift deelden, trok een bedenkelijk gezicht.

'Dronkenschap is geen reden voor doodslag,' repliceerde Versavel neutraal. Indien dat wel het geval was, dan leefde jij al lang niet meer, wou hij zeggen.

De afdeling intensieve zorgen van het AZ Sint-Jan lag vol. Acht verpleegkundigen en twee artsen deden hun best, maar tegen de moordende tol die het verkeer ieder weekeinde eist, waren ze amper opgewassen.

'Politie, juffrouw,' zei Van In met een Amerikaans air tegen de opgedirkte receptioniste achter de balie.

'Goedemorgen, heren.'

Haar stem klonk fris en beschaafd.

'Waarmee kan ik jullie van dienst zijn?'

Versavel hoopte dat Van In de dubbelzinnige vraag op een normale manier zou beantwoorden. Hij zag de commissaris aarzelen.

'We hadden graag de dienstdoende dokter gesproken,' zei hij.

Het meisje fronste de wenkbrauwen alsof Van In een onderhoud met God de Vader had aangevraagd.

'De arts die verantwoordelijk is voor het medisch urgentieteam,' verduidelijkte Van In.

'Dokter Arents,' zei Versavel.

'En zeg hem dat het dringend is.'

Medisch personeel en artsen in het bijzonder moet je voorzichtig aanpakken. 'Dringend' is een woord waarop alleen zij het patent hebben. Versavel verwachtte herrie.

De receptioniste haalde diep adem. Van In genoot van de zwelling onder haar dunne witte schort. Het meisje verstijfde en klemde de kaken opeen. Vorig jaar had ze een licentie in de Medische Wetenschappen behaald en na zes maanden solliciteren was dit de beste betrekking die ze had gevonden. Ze was overwerkt, gefrustreerd en verdiende nauwelijks genoeg om op zichzelf te wonen.

'Dokter Arents is een kwartier geleden opgeroepen,' zei ze met een gebeitelde glimlach. 'Het spijt me, heren.'

De receptioniste draaide zich om en ging achter de computer zitten. Ze streek een bladzijde van het dossier glad en begon te typen.

'Doe me een plezier, meid.'
Van In liet zijn stem met een octaaf zakken. Zelfs Versavel schrok ervan.
'Ik onderzoek een poging tot moord. Het slachtoffer heet Fiedle en ik weet zeker dat Arents hem de eerste zorgen heeft toegediend.'
'De meid' leek helemaal niet onder de indruk. Ze rechtte haar rug en begon als een vertoornde harpij op het klavier te tokkelen.
'Wat ik niet weet, is of jij hier vast benoemd bent.'
Haar vingers bleven boven de toetsen hangen en ze keek woedend in de richting van de politiemannen.
'Maar als je Arents niet binnen de vijf minuten kunt optrommelen, verzeker ik je dat je vanaf volgende maand je spulletjes bij het Leger des Heils kunt gaan uitzoeken.'
Versavel streek over zijn snor om een opborrelende glimlach te camoufleren. Als Van In zijn dagje niet had, kon hij bijzonder bot uithalen.
Het meisje keek hen aan als een ree die net haar jong heeft verloren.
'In dat geval,' zei ze aarzelend.
Haar ranke vingers grepen naar de telefoon. Van In genoot van het Bruce Willis-effect en stak uitdagend een sigaret op.
'Dokter Arents is net terug,' gaf ze schoorvoetend toe. 'Als de heren even kunnen wachten. De dokter komt er zo aan.'

Onder zijn witte kiel droeg Arents een duur pak van Italiaanse snit. Versavel kon zijn ogen niet van hem afhouden.
'Dokter Arents. Ik ben adjunct-commissaris Van In en dit is mijn collega, Guido Versavel.'
Ze drukten elkaar formeel de hand.
'Aangenaam,' zei Arents koel. Hij had nog negen uur

voor de boeg en een politieverhoor was nu niet precies het intermezzo waarop hij zat te wachten. Versavel zette een pas achteruit en genoot van dokter Adonis.

'Het gaat om Dietrich Fiedle, de Duitse toerist die...'

'Die patiënt wordt nu geopereerd,' viel Arents hem vermoeid in de rede. 'De man is er erg aan toe. Het is absoluut uitgesloten dat u hem kunt ondervragen.'

'Natuurlijk, dokter.'

Van In stelde zich bewust onderdanig op.

'Dat was ik ook niet van plan.'

Versavel hield zijn hand voor zijn mond en deed alsof hij door zijn snor woelde. Hij vond dat de commissaris het er iets te dik op smeerde.

'Het spreekt vanzelf dat we het slachtoffer niet willen verhoren. Ik veronderstel dat hij in een coma ligt.'

'Daar kan ik me niet over uitspreken, commissaris,' zei Arents scherp.

'HET BEROEPSGEHEIM,' gniffelde Versavel.

'U zei net dat hij er erg aan toe was,' drong Van In vriendelijk aan.

'Zijn toestand is kritiek,' gaf Arents toe.

Hij raakte het kat-en-muisspel beu.

'Wat wilt u in 's hemelsnaam dat ik doe? Een halfuur geleden heb ik iemand van de politie toestemming gegeven om een foto te maken. Zelfs als de ingreep succesvol is, zal mijnheer Fiedle nog een paar weken "incommunicado" blijven.'

Van In rechtte zijn rug en dumpte zijn sigarettenpeuk in een plantenbak. Arents had niet geprotesteerd tegen de sigaret. Hij nam bijgevolg aan dat de dokter minder stoer was dan hij zich voordeed.

'Ik ben alleen geïnteresseerd in zijn persoonlijke bezittingen,' zei Van In nonchalant. 'Ik begrijp dat iedereen zijn werk moet doen, dokter. U verzorgt zieke mensen en ik probeer een dossier af te handelen.'

Arents knikte. Hij zag er plotseling een stuk minder flitsend uit.

'Waarmee kan ik u van dienst zijn, commissaris?'

Door die vraag te stellen bewees Arents dat hij zoals de meeste artsen nauwelijks luisterde. Van In had net gezegd wat hij wou.

'Ik zou het op prijs stellen als u me de persoonlijke bezittingen van Fiedle liet inkijken,' herhaalde Van In.

Dit keer liet hij bewust het woord 'dokter' achterwege.

'Dat kan geen enkel probleem vormen,' zei Arents vormelijk.

'Myriam, wil jij de heren verder helpen?'

De receptioniste knikte nadrukkelijk.

'Dan loop ik nog even langs de spoedgevallen.'

Versavel zag hoe de blikken van Arents en Myriam elkaar kruisten. Arents was een volbloed hetero en dat vond hij zonde.

3

'Jammer dat ze hier geen Duvel serveren,' riep Leo Vanmaele toen hij Van In en Versavel naar de bar van de cafetaria zag stappen.

'Hoi Leo,' lachte Van In. 'Een cappuccino zal ook wel gaan zeker?'

Leo schoof zijn zware Nikon uitnodigend opzij.

'Heeft Versavel je niet verteld dat ik hier op jullie zou wachten?'

'De wegen van God en Versavel zijn ondoorgrondelijk,' spotte Van In.

De brigadier knipoogde naar Vanmaele.

'Kan ik u helpen, heren?'

De vettig geschminkte dame achter de bar nam Van In onverschillig op.

'Drie cappuccino's graag.'

Hij haalde twee briefjes van honderd uit zijn portefeuille.

'Dat is dan tweehonderd en tien,' snoof ze minachtend.

Van In had alleen nog een bankje van tweeduizend. Het was zijn laatste geld en hij vond het zonde om het te wisselen. Daarom scharrelde hij zenuwachtig in zijn broekzak. Omdat er geen andere klanten stonden te wachten, oefende de gerante geduld.

'Guido, heb jij soms tien frank?'

Versavel reageerde alert. De financiële problemen van de commissaris waren legendarisch. Het was niet de eerste keer dat hij moest bijspringen.

'Laat maar zitten. Ik trakteer vandaag. Je hebt er trouwens nog een te goed van gisteren.'

Van In protesteerde niet toen Versavel hem het dienblad met de cappuccino's toestopte en een briefje van duizend bovenhaalde. De beschilderde paradijsvogel gaf wisselgeld terug en Versavel liet met opzet twee stukken van twintig liggen.

'Het heeft moeite gekost om de foto's te maken,' zei Leo naar zijn camera wijzend.

'Verwacht dan ook niet de beste kwaliteit. Die dokters denken warempel dat een foto de gezondheid van hun patiënt kan schaden.'

Leo hield zijn neus boven de cappuccino en zoog gulzig de hete koffie door de koele slagroom.

'Ik ben tevreden met een redelijke afdruk,' suste Van In. 'Als je die maar voor zeven uur produceert.'

'Geen probleem. Voor jou duik ik op een zondagavond met plezier in mijn doka. Ik bezorg je de foto's morgen in hoogsteigen persoon.'

'Sorry, maar met zeven uur bedoel ik eigenlijk negentien uur. Ik wil de afdrukken vanavond, Leo.'

Versavel concentreerde zich op de cappuccino. Leo zou zich nu dik maken en Van In zou er nog een schep bovenop doen. De brigadier prees zich gelukkig dat hij een ochtendmens was.

'Is achttien uur ook goed, commissaris?'

Kleine Leo boog zich dreigend over de tafel. Zijn voeten bengelden tien centimeter boven de vloer.

'Of neemt mijnheer de volgende keer genoegen met polaroids?'

'Je zou toch niet willen dat ik zelf een tekening van de

Duitser maak,' riposteerde Van In verontwaardigd. 'Mijn tekentalent stelt niet veel voor, maar ik zou in ieder geval sneller opschieten.'

'Met jouw potlood zeker,' sneerde Leo. 'Reserveer dat maar voor het Openbaar Ministerie.'

Die zat. Van In was sprakeloos. Leo schrok er zelf van en roerde driftig in zijn cappuccino.

'Heb je deze foto als eens bekeken?' vroeg Versavel in een goedbedoelde poging om de onaangename stilte te verbreken.

Hij haalde een bruine envelop uit zijn binnenzak, trok de klep los en deponeerde de inhoud op de tafel. Er viel een sleutelbos uit, een beige kalfsleren portefeuille en een museumticket. Versavel pakte de portefeuille en haalde er een sepiakleurige foto uit.

'Die stak tussen de persoonlijke bezittingen van Fiedle,' zei Van In informatief. 'Ik weet eigenlijk niet of we dit bewijsstuk aan een lagere bediende van het parket mogen tonen.'

'Ga je weer beginnen zeuren,' pruttelde Leo.

'Wat denk je van de foto?' drong Versavel aan.

Leo fronste de wenkbrauwen. De brigadier had zijn professionele interesse gewekt.

'Wat wil je dat ik zie?' zei hij na een poos.

'Brigadier Versavel wil weten of je door iets in de foto wordt getroffen, een detail, iets wat niet rijmt, *quelque chose de suspect.* Benson im Himmel. We zijn bezig met een onderzoek, Leo.'

'Ik zie een ouderwetse foto van de madonna van Michelangelo.'

'Kijk aandachtig, beste vriend,' meesmuilde Van In. 'Pak desnoods een vergrootglas, maar doe een poging.'

'De foto lijkt minstens veertig jaar oud,' zei hij weifelend. 'De kwaliteit is bijzonder goed. Het licht daarentegen staat me niet aan.'

'Het licht staat hem niet aan,' schaterde Van In. 'Hoor je dat, Guido? Het licht staat hem niet aan.'

Een man met een infuus op wieltjes stond op en kwam dichterbij zitten.

'Kijk nog eens, Leo, en vergeet het licht.'

Leo stak een vinger in zijn oor en trok een verontwaardigde smoel.

'De vegetatie, Leo.'

'Schort daar iets aan?'

'Het beeld staat buiten, Leo, met een heuvelkam op de achtergrond.'

'En dan?'

Hij bestudeerde de foto opnieuw.

'Merkwaardig. Wil je een analyse?'

Van In slaakte een diepe zucht.

'Als dat niet te veel gevraagd is,' kreunde hij.

'Dat kan een paar dagen duren, Pieter.'

'Maandag is prima.'

Schaak en mat, dacht Versavel.

Om halfvijf maakte Leo zijn entree op het politiecommissariaat. Hij floot de eerste maten uit *De barbier van Sevilla* en nam glunderend de lift naar de derde verdieping.

Van In zat in hemdsmouwen te kettingroken. Hij had het paspoort van Fiedle en de foto van de madonna in het ziekenhuis laten kopiëren en een fax naar het Bundeskriminalamt verstuurd. Het wachten op een antwoord vrat aan zijn zenuwen.

Versavel had de thermostaat op de hoogste stand gedraaid en een van de tuimelramen op een kier gezet. De rook in kamer 204 deed zelfs de taaie ficus geen deugd. De vergeelde plant liet om het uur een blad naar beneden dwarrelen.

'Ben ik stipt of ben ik niet stipt?' brulde Leo.

Hij poseerde in de deuropening als een blozende Apollo. Onder zijn arm klemde hij een dikke envelop. Toen niemand zijn retorische vraag beantwoordde, huppelde hij naar binnen.

'Doe de deur dicht, Leo,' zei Van In zonder op te kijken.

'Sorry, commissaris. Ik wist niet dat je allergisch was voor een beetje zuurstof.'

Leo ging bij het raam zitten en gaf de envelop aan Versavel.

'Herr Fiedle staat er niet florissant op, maar hij is toch redelijk herkenbaar onder zijn muts.'

Versavel bekeek de vergrotingen en vergeleek ze met de pasfoto van de Duitser.

'Je weet zeker dat we over dezelfde persoon spreken?'

Leo trok een onschuldig gezicht.

'De pasfoto is meer dan dertig jaar oud.'

'Geef hier die foto's.'

Van In duwde een halfopgerookte sigaret uit en eiste de envelop met een dwingend gebaar op. Versavel keilde het zootje als een frisbee naar de andere kant van de kamer.

Fiedle zag eruit als een levend skelet. De scherpe neus domineerde het ingevallen gelaat en de borstelige wenkbrauwen contrasteerden fel met de witte operatiemuts.

'Je moet rekening houden met de omstandigheden,' zei Van In filosofisch.

Hij zwaaide met de fax die hij een halfuur geleden van Arents had ontvangen.

'Fiedle had 2,8 promille alcohol in zijn bloed. Natuurlijk lijkt hij op Pietje de Dood.'

'Zo zie je er ook uit na zes Duvels,' spotte Leo. 'En jouw pasfoto is pas vijf jaar oud.'

Versavel liet hen kibbelen. Hij zette zijn gloednieuwe tekstverwerker aan en zocht het bestand 'Fiedle' op. Het ding flikkerde onheilspellend en Versavel dacht met weemoed terug aan zijn oude Brother.

Het nachtleven in Brugge beperkt zich tot een handvol beruchte cafés en bars. Van In veronderstelde dat de Duitser een van die tenten had bezocht voor hij in de Blinde-Ezelstraat werd neergeslagen. De 2,8 promille wees in die richting, tenzij Fiedle zich eerst in zijn hotelkamer had bezat en daarna nog een nachtelijke wandeling had gemaakt.

Twee agenten waren nog altijd bezig met het controleren van de hotelfiches. Tijdens het weekeinde werden die niet opgehaald en daarom moesten ze de gastenlijsten ter plaatse verifiëren. Tot nu toe hadden ze de verblijfplaats van Fiedle nog niet kunnen lokaliseren.

Om kwart over zeven, Versavel zat nog altijd op zijn tekstverwerker te tokkelen, gingen Van In en Vanmaele op stap.

'Biep me op als er nieuws over de hotels binnenloopt,' riep Van In opgewekt toen hij de deur achter zich dichttrok.

Gewapend met de foto's begonnen ze hun kroegentocht op de Eiermarkt. De meeste uitbaters kenden Van In en verleenden spontaan hun medewerking of deden alsof. Obers en vaste klanten bekeken de foto's, maar niemand herkende de Duitser. Bijna ieder café kostte hun een Duvel. Om halftwee dronken ze hun zesde in de Vuurmolen, een nachtkroeg op het Kraanplein. De zaak zat stampvol en de hardrockmuziek bonkte de membranen van de dure luidsprekers langzaam maar zeker stuk.

Leo bestelde een dubbele croque en Van In schakelde over op koffie.

'Je bent geen dertig meer, hé,' smaalde Leo tussen twee happen door.

Van In dronk met tegenzin van het bittere brouwsel.

'Zo keek Christus ook toen ze Hem een zure spons aanreikten,' grinnikte Leo.

'Dat herinner ik me nog heel goed,' zei Van In ijzig. 'Jij hing links en stierf van de dorst.'

'Heel spiritueel, Pieter. Straks ga je liegen voor de haan driemaal kraait.'

Van In wierp een blik op zijn polshorloge.

'Benson im Himmel. Kwart over twee.'

'Ben je moe?'

'Natuurlijk niet,' bitste Van In. 'Eet je bord leeg. Ik trakteer op een whisky-cola in de Villa.'

'Trakteren!' grinnikte Leo. 'Iedere flik weet toch dat jij je medicijn daar gratis krijgt.'

'Schreeuw het van de daken. Ik wed dat je ook niet moet afdokken voor die portie hondenvoer, anders had je geen dubbele croque besteld.'

Leo nam een flinke beet en haalde zijn schouders op.

'Dat merk je straks als je de rekening betaalt.'

Hoewel Van In er als een opgeviste clochard uitzag, liet de buitenwipper van de Villa hem met een vriendelijke glimlach binnen. Een jong Amerikaans stel, hij droeg een dure Levis en zij een paar Nikes van 140 dollar, sloeg het tafereel verontwaardigd gade. Jean-Luc, de portier, had hun net de deur gewezen.

De Villa bruiste en swingde. Na middernacht was het er meestal razend druk. Op de dansvloer kronkelden hitsige deernes in een flitsend laserlicht. Vanop een afstand en onder de wisselende belichting zagen ze er onweerstaanbaar uit. De minirokjes verhulden niets en onder de strakke topjes golfde het land van belofte. De meesten waren de dertig gepasseerd en gescheiden. Van In kende het genre. Voor een ronkende titel of een achteloos bovengehaalde bundel bankbiljetten gingen ze plat.

'Hallo Mario.'

Van In schreeuwde en de barman las zijn lippen. Mario stak zijn duim omhoog en pakte automatisch twee longdrinkglazen. Hij boog zich voorover en schreeuwde iets in het oor van een kalende veertiger. De yuppie nam zijn vriendin bij de arm en plotseling waren er twee barkrukken vrij.

Van In bedankte hem met een knipoog en liet zich neerploffen. Hij was moe. Zijn enkels waren gezwollen en zijn kuiten tintelden.

Mario was royaal met de Glenfiddich. Hij had maar één flesje cola nodig om de glazen tot de rand te vullen.

'Dat is lange geleên, commissoris,' bulderde hij. 'En je hebt chance. Véronique is t'er. Moe'k er roepen?'

Van In voelde de afkeurende blik van Leo op zijn linkerwang branden. Hij kreeg hier niet alleen zijn drank gratis, hoorde hij Leo denken.

'Laat maar,' brulde Van In. 'Vandaag komen we niet voor ons plezier.'

Mario trok een lang gezicht.

'Toch niks sérieus hé?'

Van In haalde de foto's boven en liet ze Mario zien.

'Herken je die man?'

Terwijl hij die vraag stelde, keek hij de barman recht in de ogen. Zelfs mensen die gewoon zijn te liegen, verraden zich door een ontwijkende blik of een al te rad geformuleerd antwoord.

'Wacht een momentje,' riep Mario. 'Ach neen. Toch nie... 'k Dachten eerst da... mo neen. Sorry commissoris, mo dien tiep kenne k'ik nie. 'k Gon te kè aan Jacques goan vragen. Menuutje.'

Mario maakte zich uit de voeten zonder zich te bekommeren om de halfzachte dandy die al ruim twee minuten een nieuwe margarita wilde bestellen.

'Bingo,' schreeuwde Leo toen hij de barman naar achter zag verdwijnen.

'Onze vriend loopt de verkeerde kant uit. Jacques staat daar.'

Hij wees naar een tafeltje vlakbij de dansvloer. Van In reageerde nauwelijks. De whisky vocht met de Duvels. Hij voelde zich misselijk.

'Ik blijf het merkwaardig vinden,' tierde Leo, 'dat een mens altijd op het laatste adres succes boekt. Als je door een stapel PV's woelt, ligt het stuk dat je zoekt ook gegarandeerd onderaan.'

Van In knikte. Het schreeuwen deed zijn oren tuiten en hij probeerde zich te verzetten tegen de wazige golfslag in zijn hoofd. Hij was inderdaad geen dertig meer.

'Zal ik het de wet-Vanmaele noemen?' schreeuwde Leo.

Van In knikte opnieuw. De samenhang tussen de twee zinnen ontging hem.

Na een minuut of vijf kwam Mario opdagen in het gezelschap van Patrick, bijgenaamd de Gigolo. Patrick was veertig, slank en zongebruind. Hij baatte de Villa al meer dan zes jaar uit en kende het klappen van de zweep. In het milieu van nachtbars en privé-clubs kende men in principe twee soorten flikken: zij die hun werk deden en zij die zich lieten smeren. Van In was de spreekwoordelijke uitzondering op die regel. De commissaris liet zich niet in een hokje duwen. De Gigolo was op zijn hoede.

'Bonsoir Pietèr.'

Hij stak joviaal zijn hand uit. Om zijn pols hing een fortuin aan gouden kettingen.

Van In tikte met zijn vinger tegen zijn oor. De Gigolo begreep hem onmiddellijk.

'Kom mee naar mijn kantoor. Dat praat makkelijker.'

Leo zag hoe de Gigolo met zijn hoofd wenkte. De woorden had hij niet verstaan. Ze wurmden zich door het geëxalteerde kluwen van verdwaasde, op balorige muziek meedeinende mensen.

Van In kende de weg. Hij was er al vaker geweest.

De gecapitonneerde deur smoorde negentig decibel. Leo kon zijn ogen amper geloven. Het kantoor was ingericht als een Griekse tempel, compleet met Corinthische zuilen en wulpse ligbedden. Het witte marmer fluoresceerde blauwachtig in het indirecte licht van tientallen halogeenlampen. In de hoek klaterde een fontein. Het wansmakelijke ding, drie op elkaar gestapelde bekkens in de vorm van een schelp, werd bekroond door een gipsen kopie van de Venus van Milo.

'Vertel nu eens, Pietèr. Waarmee kan ik je van dienst zijn?'

De Gigolo vlijde zich ongegeneerd neer op een van de ligbedden. Van In volgde zijn voorbeeld en Leo ging als een kabouter op het voeteneinde zitten. Zijn korte beentjes raakten de mozaïekvloer net niet.

'Ik zoek een man,' zei Van In moeizaam. Zijn tong bleef haperen en de Gigolo wist wat dat betekende.

'Dat is vreemd,' antwoordde hij luchtig. 'Meestal zoek jij een vrouw.'

'Deze man,' zei Van In.

Hij haalde de foto's uit de envelop en gaf ze aan Vanmaele. Leo protesteerde niet en speelde zwijgend voor koerier. Hij had de Gigolo liever een muilpeer verkocht.

'Waarom denk je dat ik deze oude man zou kennen?' vroeg de Gigolo toen hij de foto's een paar tellen had bekeken.

'Het is belangrijk,' drong Van In aan. 'Geloof me. Als iemand van jullie deze man kan identificeren, beloof ik dat er...'

Die zin werd onderbroken door een rochelende hoestbui. Leo sprong op en hielp Van In recht. De commissaris zag er zielig uit.

'Ik zou je graag helpen, beste vriend,' zei de Gigolo meewarig. 'Maar ik ben net terug van Jamaica. En zelfs indien ik hier was geweest...'

Van In herstelde zich en ging op de rand van het ligbed zitten.

'Benson im Himmel,' hijgde hij. 'Ik vraag niet of jij hem herkent. Ik wil je personeel ondervragen. Mario twijfelde in ieder geval en misschien kan Jacques de man identificeren.'

De Gigolo dronk van zijn whisky als een volbloed Amerikaan, gulzig en zonder genot.

'Moet je luisteren, Pietèr. Mijn zaak zit stampvol. Laat de foto's hier achter en als straks de boel dicht is laat ik ze door iedereen bekijken.'

'Dat apprecieer ik, Patrick,' zei Van In. Hij piepte door zijn oogleden als een verdwaasde bacchant.

Leo volgde de conversatie met stijgende verbazing. Hij begreep niet waarom Van In zich zo gemakkelijk liet inpakken. Uit pure frustratie nam hij een slok van zijn drankje. Het smaakte naar verschaalde hoestdrank.

'Zullen we zo afspreken, Pietèr?'

De Gigolo speelde met een gouden duikertje dat aan een ketting om zijn hals hing.

'Indien Véronique er was geweest...' Hij maakte met opzet de zin niet af.

'Is ze er dan niet?'

'Vanavond niet,' loog de Gigolo.

'Komt ze nog?'

Van In reikte naar zijn glas. Hij beefde. Leo gaf hem een por in de ribben. Hij kende Van In al meer dan twintig jaar en het deed pijn zijn vriend op die manier te zien afgaan.

'Woensdag zal ze er zijn,' teemde de Gigolo. 'Zal ik vragen dat ze op je wacht?'

Van In kokhalsde en ging weer liggen. Zijn ogen tolden als twee draaibakens. Plotseling maakte hij een spastische beweging met zijn linkerbeen.

'Het lijkt me beter dat we opstappen, Pieter.'

Leo ging staan en schudde Van In bij de schouder. De Gigolo knikte en kwam bij hen staan.

'Hij ziet er echt ziek uit. Heeft hij misschien iets verkeerds gegeten?'

'Help me liever,' snauwde Leo. 'Hij heeft lucht nodig. Verse lucht,' voegde hij er nijdig aan toe.

Samen hielpen ze hem recht. Van In keek verdwaasd en liet zich gewillig afvoeren. De afstand naar de gecapitonneerde deur leek maar niet kleiner te worden. Van In had de indruk dat hij op een rolband liep. Zijn benen bewogen zich als de poten van een slaperige spin. Hij had het gevoel dat zijn hoofd nog op het rustbed lag.

Het kostte Leo en de Gigolo vijf volle minuten om zich een weg te banen door de opeengepakte massa. Tijdens de laatste meters kwam Jacques hen te hulp. De Gigolo verdween geruisloos naar de achtergrond.

'Tot ziens, mijne heren.'

De bloedeloze ober deed geen enkele moeite om de spot in zijn stem te verbergen.

'Ben je helemaal gek geworden?' brieste Leo toen Van In zich tegen de gevel in de sneeuw liet zakken. 'Straks ga je nog dood aan een longontsteking.'

Van In schepte een handvol sneeuw en smeerde er zijn gezicht mee in.

'Als je maar weet dat ik met een verzopen vat geen medelijden heb,' bitste Leo.

'De smeer...lap,' huiverde Van In. 'De smeerlap heeft iets in mijn drank gedaan.'

'Natuurlijk,' zei Vanmaele sarcastisch. 'Ze hebben whisky door je cola gemengd.'

Van In begon opnieuw te rochelen. Hij trok zijn jas en zijn overhemd open en gooide sneeuw op zijn borst, net als een kind dat zich ingraaft aan het strand.

'Scheelt er iets met uw maat?'

Een keurig geklede heer van een jaar of zestig sloeg het tafereel met belangstelling gade.

'Zal ik een ziekenwagen bellen?'

'Bemoei je met je eigen zaken.'

'Uw vriend ziet er beroerd uit,' drong de behulpzame vreemdeling aan.

Leo Vanmaele stond normaal bekend om zijn zacht karakter en zijn voorliefde voor een stoïcijnse aanpak, maar de te snel geconsumeerde Duvels deden de Mister Hyde in hem ontwaken.

'Is hij aan de drugs of zo?' vroeg de man bezorgd. 'De tijden zijn wel heel snel veranderd, nietwaar? Zo jong ziet hij er nu ook weer niet uit. Op de televisie laten ze alleen jonge kerels zien, maar een mens mag niet alles geloven wat ze op de televisie...'

'Beste man.' Leo zoog zijn longen vol. 'Als je hier nog lang blijft lullen, bel ik mijn collega's en laat ik je arresteren voor het verstoren van de openbare orde.'

Hij tastte in zijn binnenzak en haalde een plastic identificatiepasje boven.

'BOB.'

Het klonk dreigend genoeg.

De babbelzieke Samaritaan wierp een vluchtige blik op de kaart en maakte zich als een beginnend schaatser uit de voeten.

Leo Vanmaele bekeek de kaart en grijnsde. Hij had hem per ongeluk zijn Superconfex-pasje laten zien.

4

De volgende morgen meldde Van In zich ziek. Zijn tong was gezwollen en er zat een karrenvracht gruis tussen zijn oogleden. Het slikken deed pijn en in zijn keel woekerde een rauwe vleesbol. Zelfs een douche van meer dan een kwartier heelde amper de pijn in zijn botten. Zijn gewrichten kraakten als droge scharnieren. Ademen kostte moeite, alsof hij de hele nacht met een blok lood op zijn borst had geslapen.

Van In duwde met zijn vinger op de gevoeligste plek, net onder zijn borstbeen. Hij werd haast gek van de pijn.

In de spiegel zag hij een ineengezakte schim. Zijn blik was nog troebel, waardoor hij gelukkig niet op de uitdeinende vetkwabben lette.

De eerste kop koffie smaakte naar aangelengde stookolie. De obligate sigaret die bij het brouwsel hoorde, veroorzaakte een droge hoestbui.

Mijn dag kan waarlijk niet meer stuk, kuchte hij.

Van In zag de envelop door de brievenbus vallen en ging ze halen met de vaart van een bijna leeggelopen ballon. Het logo van de Investbank op een van de enveloppen voorspelde niet veel goeds. Hij schonk zich een tweede kop koffie in. De warme drank deed de vleesbol in zijn keel voor de helft afsmelten.

'Dus toch geen kanker,' zei hij halfluid.

Terwijl hij de brief van de Investbank slordig openscheurde, stak hij een nieuwe sigaret op. Vorige maand had hij een aanslagbiljet ontvangen, waar hij twee dagen niet goed van was geweest, maar de brief van de Investbank tartte iedere verbeelding.

'Benson im Himmel,' kreunde hij. 'Dit is het einde.'

Als Van In zich over iets opwond, wilde hij altijd tien dingen tegelijk doen. Hij liep met de brief in de hand naar de keuken, trok de stekker van het koffiezetapparaat uit het stopcontact en controleerde de boord van zijn overhemd, dat achteloos op de tafel slingerde. De cafeïne stimuleerde zijn darmen. Hij moest zich reppen en las de brief nog eens door op het toilet.

Dit kan geen dag langer wachten, dacht hij opstandig. Ik zal die pennenlikkers eens tonen uit welk hout Van In gesneden is. De boord van het overhemd op de tafel was groezelig en vettig. Toch trok hij het aan. De andere overhemden waren gekreukt en lagen te stinken in de wasmand. Een palmvol Denim-aftershave camoufleerde de okselgeur.

Zijn beste pak zat krap, maar het zag er tenminste netjes uit.

Het hoofdkantoor van de Investbank bevond zich op vijf minuten lopen van de Vette Vispoort. Van In rilde. Hij vertikte het om zijn winterjas aan te trekken, want die vloekte met het katoenen zomerpak.

Gelukkig scheen de zon, waardoor hij zich een graad of tien minder belachelijk voelde. Toch maakte hij bewust een omweg om de drukke Sint-Jacobstraat te vermijden.

De Investbank was sedert drie jaar ondergebracht in een gerestaureerd gildenhuis. De voorgevel zag er prachtig uit. Het gedeelte achter de façade daarentegen was door een consortium van vetbetaalde architecten aangepast aan de functionele noden van de moderne bank en oogde als een gestroomlijnde bunker waarin de doorsnee-bediende zich thuis voelde.

De automatische schuifdeuren lieten Van In gewillig binnen. De droge hitte van een geavanceerde airconditioning greep hem bij de keel. Het was een beproefde tactiek van de banken om hun cliënten bij het binnenkomen te bedwelmen.

Vier van de zes loketten waren onbemand. Van In had de keus tussen een kalende amateur-triatlonloper en een pas gesjeesde economiestudente. Beide bedienden hadden een ding gemeen: ze keurden hem geen blik waardig. Van In koos voor het meisje.

'Kan ik mijnheer Lonneville spreken? Mijn naam is Van In, adjunct-commissaris Pieter Van In.'

Ze droeg een zedige bloes van dikke jerseystof waaronder hij een wonderbra vermoedde.

'Sorry, mijnheer Van In, maar mijnheer Lonneville is momenteel niet vrij. Heeft u een afspraak?'

'Nee. Het gaat om een persoonlijk probleem. Ik zou het op prijs stellen als u mijnheer Lonneville ervan op de hoogte bracht dat Pieter Van In hem wenst te spreken.'

Hij probeerde zijn stem koel en dreigend te laten klinken.

Geertrui Vaes, dat las hij op de fantasieloze borstspeld, legde haar balpen neer en taxeerde Van In als een vleeskeurder die een verdacht karkas krijgt aangeboden.

'Het is heel dringend, juffrouw Vaes. Ik ken mijnheer Lonneville al jaren,' loog hij met veel overtuiging.

Ze glimlachte routineus en pulkte aan haar oorbel. Het was duidelijk dat ze aarzelde.

'Een ogenblik, mijnheer Van In.'

Ze stond duidelijk tegen haar zin op en liep naar achteren. Wat de zedige bloes deed vermoeden, klopte perfect met het beeld dat Van In zich van haar had gevormd. Geertrui Vaes droeg een vuilgrijze pantalon met smalle pijpen en stretch bandjes onder haar voeten. Ze had het silhouet van een contrabas, maar paradeerde als een adept van Naomi Campbell.

Van In trok zijn das recht en bekeek zichzelf in het spiegelende glas dat de loketten afsloot van de buitenwereld. De triatlonloper gaapte ongegeneerd en poetste bij gebrek aan klanten de glazen van zijn dure bril.

'Mijnheer Lonneville zal u onmiddellijk ontvangen,' zei juffrouw Vaes. 'Wilt u me volgen, mijnheer?'

Ze drukte op een knop en ontgrendelde op die manier de tussendeur. Toen Van In tegen de deur duwde, floepte het controlelampje weer op rood. Met een verveelde blik bediende ze de knop opnieuw. Van In glipte als een dief naar binnen en de veiligheidsdeur klikte automatisch achter hem dicht. Geertrui Vaes leidde hem naar een kleine wachtkamer en wees een stoel aan.

'Gaat u hier maar zitten, mijnheer Van In. De directeur zal u dadelijk ontvangen.'

De wachtkamer rook naar een bekend schoonmaakmiddel en op het bijzettafeltje lagen een paar beduimelde exemplaren van de *Financieel Ekonomische Tijd*. Dit was blijkbaar het hok voor de wanbetalers. Van In was er haast zeker van dat in de kamer ernaast cognac met chocoladekoekjes werd geserveerd.

Lonneville liet hem twintig minuten antichambreren. In de verte sloeg de beiaard kwart over tien.

Plotseling zwaaide de deur open. Een hautain, blond schepsel gebaarde dat hij aan de beurt was en leidde hem naar het kantoor van Humbert Lonneville. De directeur had een uitstekende smaak. Haar benen waren bijna even mooi als die van Hannelore.

'Goedemorgen, mijnheer Van In. Gaat u toch zitten. Waarmee kan ik u van dienst zijn?' ratelde Lonneville routineus vriendelijk.

Van In nam plaats in een dure gemakkelijke stoel. Lonneville glimlachte minzaam. Hij was vijfenveertig, glad en totaal onpersoonlijk. Banken zijn tuk op gestroomlijnde machines en ook de blonde secretaresse vormde een onderdeel van die strategie.

'Zegt u het maar, mijnheer Van In.'

'Stoort het als ik rook?'

Lonneville keek met afgrijzen naar het pas geverfde plafond.

'Liever niet, mijnheer Van In. Tenzij u er echt op staat.'

Van In knikte. Hij had zich van een verkeerde openingszet bediend. Het spel was om zeep.

'Ik veronderstel dat u op de hoogte bent van mijn dossier.'

Lonneville vouwde zijn handen en plaatste ze met een dramatisch gebaar op de rand van zijn bureau.

'Euh, ik vrees van niet, mijnheer Van In.'

Jakhals. Je weet drommels goed waar het om gaat, dacht Van In. Mensen in een machtspositie zijn dol op dat soort van kat-en-muisspelletjes. Het slachtoffer moet zijn miserie zelf uit de doeken doen. Als politieman kende hij die tactiek.

'Ik sta vijf maanden achter met de afbetaling van mijn hypotheek en vanmorgen heb ik deze brief gekregen.'

Lonneville pakte de brief aan en wierp er een vluchtige blik op.

'Vijf maanden,' zei hij nonchalant. 'Dat kan toch geen probleem zijn voor een man in uw positie.'

Hij refereerde zonder schroom aan de meer dan riante vergoeding die een adjunct-commissaris maandelijks opstrijkt.

'Toch kan ik het bedrag niet betalen. Ik heb meer tijd nodig.'

Lonneville zuchtte als een schoolmeester die erachter komt dat zijn beste leerling de helft van de vragen verkeerd heeft beantwoord.

'Tja, mijnheer Van In. Dat maakt het probleem natuurlijk niet eenvoudiger. Me dunkt dat de inhoud van de brief heel duidelijk is.'

‘Ik heb meer tijd nodig,’ herhaalde Van In koppig. ‘Of een overbruggingskrediet.’

‘Meer tijd, commissaris. Vijf maanden is meer dan een bank zich kan permitteren. Meestal stellen we al na drie maanden een vordering in.’

‘Daarom wil ik een overbruggingskrediet, een lening of een tweede hypotheek. Het kan me niet schelen zolang jullie mijn huis maar met rust laten.’

Lonneville trok een verongelijkt gezicht. De rode kleur op zijn wangen weerspiegelde perfect de financiële toestand van de commissaris.

Van In schrok toen in de belendende kamer een printer begon te zoemen. De tussendeur stond aan en even ving hij een glimp op van een magere man die met een zwaar dossier onder de arm voorbijliep.

‘U hebt dus meer tijd nodig. Had u soms een termijn in gedachten?’ vroeg Lonneville schamper. ‘Kent u iemand die borg voor u wil staan? Familie? Vrienden?’

Lonneville schoof zijn stoel achteruit en leunde met zijn achterhoofd tegen de leren hoofdsteun. Volgens Desmond Morris een teken dat de bankdirecteur zich distantieerde en het gesprek als zinloos beschouwde.

‘Het huis ligt me heel nauw aan het hart. Mijn probleem is tijdelijk. Dat moet u toch begrijpen.’

‘Ik begrijp u zeer zeker, mijnheer Van In. Maar een bank is geen liefdadigheidsinstelling. Zonder bijkomende borg moet ik u helaas teleurstellen.’

Van In streek zenuwachtig door zijn haar. De krop in zijn keel hoefde hij niet te veinzen.

‘Ik hou van mijn huis, verdomme,’ zei hij schor. ‘Over een jaar ben ik er weer bovenop en de hypotheek is al voor 75 percent afgelost. Ik begrijp niet waarom u mij geen krediet kunt toestaan.’

‘Een jaar uitstel!’ hinnikte Lonneville. ‘Dat meent u toch niet? Ik geef u tot 1 maart, commissaris.’

Die datum stond al vast nog voor Van In een voet in zijn kantoor had gezet. Lonneville hield ervan mensen de indruk te geven dat hij met hen meevoelde. Een uitstel van twee weken was het minste wat hij kon doen.

'En wat gebeurt er als ik niet betaal?'

Lonneville keek hem ijskoud aan.

'Dan wordt het huis waar u zoveel van houdt openbaar verkocht. Ik heb trouwens vernomen dat het een prachtig pand is,' voegde hij er gemeen aan toe. 'Ik kan me voorstellen dat het niet aan kooplustigen zal ontbreken.'

Opgekropte woede kolkte in zijn hoofd als de maalstroom van een bad dat leegloopt. Van In had de slinkse bankrat met plezier een poot uitgedraaid.

'Zo is het welletjes geweest, mijnheer Lonneville.'

Hij ging staan, zette een stap naar voren en plaatste beide handen op de rand van Lonnevilles bureau. De bankdirecteur drukte zijn hoofd dieper in zijn stoel.

'Commissaris Van In...' protesteerde hij schichtig.

'Ik wou u nog een ding vragen, Lonneville.'

De directeur zocht vergeefs naar de alarmknop. Toen hij die niet vond, produceerde hij een schrale glimlach.

'Ja, commissaris.'

'Bent u soms familie van Scrooge?'

'Scrooge?' echode Lonneville hoopvol.

'Laat maar,' snauwde Van In. 'Wie voor een bank werkt, moet kunnen tellen. Lezen zal wel niet op het programma staan.'

'Commissaris,' blies Lonneville verontwaardigd.

'Nog een prettige dag gewenst,' siste Van In.

Hij wierp zijn hoofd in zijn nek en schreed waardig naar de deur.

'En voor ik het vergeet,' zei hij met de klink in zijn hand. 'Als u aan mijn huis raakt, vermoord ik u.'

Lonneville hapte naar adem. Het wegebben van de blos op zijn wangen zou een kameleon jaloers hebben gemaakt.

'Maar dat is een regelrechte doodsbedreiging,' zei hij gechoqueerd.

'Niemand verbiedt je klacht in te dienen bij de politie. Ik zal er de gepaste aandacht aan besteden.'

Het blonde mormel schrok toen hij de deur achter zich dichtsloeg.

'Ga hem maar troosten,' zei Van In venijnig. 'Waar dient een secretaresse anders voor?'

Van In slenterde nukkig door de Steenstraat. Nijvere handelaars hadden de sneeuw vakkundig geruimd. Het stadsbestuur liet zich evenmin onbetuigd. Na iedere sneeuwbui sproeide een strooiwagen tonnen zout over het wegdek. In Brugge leek de 'commercie' onaantastbaar. Boeren die een paar hectoliter mest op hun land gooiden, dat waren pas echte milieuvervuilers.

Even overwoog hij rechtsomkeert te maken en naar het gerechtshof te lopen. Hij moest ergens zijn ellende kwijt en Hannelore zou hem zeker niet afwijzen. Of toch? Na hun laatste slaande ruzie hadden ze elkaar al een tijd niet meer gezien.

Ter hoogte van de C&A bleef hij besluiteloos staan.

'Benson im Himmel,' mompelde hij. 'Ben ik een man of een dweil? Lonneville heeft me twee weken gegeven. Het wordt tijd dat ik mijn problemen zelf oplos.'

Twee passerende grunge-jongeren draaiden hun hoofd in zijn richting.

'Last van hallucinaties, opa?' riep de smerigste van de twee smalend.

Van In bekeek hen misprijzend en stak zijn tong uit. De jongens reageerden prompt met twee opgestoken middelvingers. Het was een komisch tafereel waar niemand van de schaarse voorbijgangers aandacht aan besteedde. Van In glimlachte en dacht aan zijn eigen jeugd. Hippie of grunge, rebellen waren in ieder geval beter dan een heir gehersenspoelde carrièrejagers. Hij viste een sigaret uit zijn broekzak en genoot van de stoot nicotine. Na het rookverbod in de bank was hij haast vergeten dat roken op de openbare weg voorlopig nog altijd was toegelaten, net als het maken van schunnige gebaren naar onschuldige burgermannetjes.

Het kunstmatig ontbreken van sneeuw en een waaier onvolwassen zonnestralen zorgden voor een bedrieglijke lente-indruk. Een aantal fervente etalagekwijlers flaneerden eveneens zonder jas in de winkelstraat. Dit was een typisch voorbeeld van de schijn van het zijn. Van In voelde de koude door zijn botten snijden. Hij zette zijn kraag recht en hoewel hij geen precies doel voor ogen had, versnelde hij de pas.

Net voor het Zand besefte Van In dat hij officieel met ziekteverlof was. Het commissariaat was vlakbij en als hij zich verder waagde, werd hij straks door een of andere promotiegeile klikspaan opgemerkt. Terugkeren naar de Markt leek zinloos, dus stapte hij het eerste het beste overdekte terras binnen. De warmte van de gasbranders overviel hem. In de hoek zat een jong stel met een baby. De ober serveerde het opgewarmde flesje voor de kleine. Het jonge paar vroeg de kaart en deed alsof ze iets gingen bestellen. De ober droop af.

Naast de deur genoot een nette heer van zijn favoriete abdijbier. Van In zocht een plaats ver van het stel met de hongerige baby.

'Wat zal het zijn?' vroeg de ober net niet onbeleefd.

In de loop van de dag dronk Van In precies genoeg om niet laveloos door de straten te zwalpen en voldoende om de confrontatie met Hannelore aan te kunnen. Het minderwaardigheidscomplex dat in zijn genen zat gebed, kon hij alleen op die manier bestrijden. Alle andere methodes waren vruchteloos gebleken en hij had de strijd al jaren geleden opgegeven. Voor de buitenwereld had hij zijn ziekelijke beschaamdheid grotendeels verborgen kunnen houden. Maar intimi wisten dat Van In problemen meestal uit de weg ging en zich liever mokkend in een hoekje terugtrok. De geplande confrontatie met Hannelore vond hij dan ook een moedig initiatief.

Hij wachtte haar op aan het nieuwe, peperdure gerechtsgebouw vlakbij de Kruispoort. Meestal kwam ze om halfzeven naar buiten en gelukkig was dit ook vandaag het geval.

Op de parking viel ze op als een transparante nimf in een donker oerbos. Ze droeg een nauwsluitende grijze jurk die tot aan haar hielen reikte en een kort leren jasje met opgevulde schouders. De transparantie was het gevolg van een paar koplampen die ongenadig door het onderste deel van de jurk priemden en de contouren van haar getrainde benen bijzonder scherp accentueerden.

'Hallo Pieter. Dat is lang geleden.'

Hij liep haar tegemoet en kuste haar kuis op het voorhoofd.

'Alles kits?' informeerde hij lullig.

'Je verwacht toch geen donderpreek,' schertste ze.

Hij durfde zijn arm niet om haar schouder te leggen.

'Ik had een snipperdag genomen en ik dacht bij mezelf...'

'Een dagje ziek, zal je bedoelen.'

Haar ogen flitsten ondeugend.

'Een dagje ziek dan,' gaf hij schoorvoetend toe.

'Ik heb vanmorgen Guido aan de lijn gehad,' zei ze verontschuldigend. 'Hij kon natuurlijk niet weten dat je fit genoeg was om op de parking van het gerechtsgebouw rond te waren.'

Ze ontsloot het rechterportier van de Twingo en liet hem instappen.

'Straks bevries je nog,' zei ze bezorgd.

Van In zag blauw van de koude. Het dunne katoenen pak hing als een bevroren laken rond zijn lichaam. Hannelore startte de motor en zette de verwarming op de hoogste stand.

'Het duurt maar een paar minuten.'

'Ben je nog boos op me?' vroeg hij rillend.

'Natuurlijk niet, Pietertje. Eigenlijk ben ik blij dat ik je zie. Ik heb een boel te vertellen en toen je op kantoor noch thuis te bereiken was...'

Mens, wat zag hij er zielig uit. Ze boog naar links, sloeg haar arm om zijn schouder en drukte haar koele lippen op zijn mond.

'Dat is tenminste een echte zoen,' grinnikte ze toen Van In, die door zijn verstopte neus moeilijk kon ademhalen, de omhelzing vroegtijdig moest afbreken.

'Gaat het beter?'

Van In knikte. In zijn hoofd klingelden alle klokken van de beiaard. Hannelore verifieerde de warmer wordende luchtstroom en zwiepte het smeltende laagje sneeuw weg met de centrale ruitenwisser. Door de achteruitkijkspiegel zag ze onderzoeksrechter Creytens in de richting van de Twingo gapen. De pinnige magistraat zeulde een schilferige boekentas.

'Dat zou hij nooit doen,' zei ze venijnig.

Van In begreep er geen snars van.

'Kijk discreet achter je. Herken je hem?'

Van In zag hoe Creytens de voorruit van zijn aftandse Mercedes met een plastic spatel schoonmaakte.

'Creytens, alias de Krent,' merkte hij schamper op. 'De man die gieriger is dan zijn schaduw. Natuurlijk ken ik hem.'

Hannelore lachte hartelijk om de vergelijking en Van In was blij dat ze naast hem zat.

'Begin je al een beetje te ontdooien?'

'Dat gaat. Ik roep je hulp wel in als het te heet wordt.'

Gewoonlijk negeerde Hannelore zijn flauwe toespelingen, maar deze keer scheen ze het niet erg te vinden. Ze beloonde hem met een kus.

'Trek in een sigaret?'

'Graag.'

Zijn pakje was al uren leeg.

'Je bent dus niet boos,' zeurde hij als een verwende echtgenoot.

Hannelore nam een trek van zijn sigaret en schakelde de Twingo voorzichtig in de eerste versnelling.

'Ik was boos, Pieter Van In, en dat weet je drommels goed. Je was stomdronken toen je met Kerst bij mijn ouders binnenwaggelde.'

De sigaret smaakte bitter. In zijn dromen had hij het tafereel eindeloos opnieuw beleefd.

'Maar dat duurde geen drie maanden,' voegde ze er verwijtend aan toe.

'Elf weken,' steigerde Van In.

Ze ging niet in op de pietluttige correctie.

'En waarschijnlijk wil je ook horen of mijn ouders het erg vonden dat je op de sofa lag te snurken.'

'Heb ik echt gesnurkt?'

'Het huis trilde,' overdreef ze. 'Mijn vader zette de televisie knalluid en toen had hij nog moeite om zijn favoriete feuilleton te volgen. Moeder daarentegen vond je best sympathiek.'

'Echt waar?'

'Moeder vindt bijna iedereen sympathiek,' teemde ze.

'Alsjeblieft, Hanne, plaag me niet.'

'Your wish is my command, sir.'

'Hanne!'

'Prima. Heb je plannen voor vanavond?'

Van In nam een nijdige trek van zijn sigaret en schudde het hoofd.

'Dat komt goed uit, want...'

'Je hebt me een boel te vertellen.'

'Prijs de Heer. Van In ontwaakt.'

In de Langestraat scheerde ze rakelings langs twee fietsers die ongegeneerd de helft van de rijweg in beslag namen. Een van de fietsers stak woedend zijn vuist omhoog.

'Ik veronderstel dat je niet veel eetbaars in je kasteel hebt, Pieter Van In.'

Hij had amper vijfhonderd frank op zak en de manier waarop ze hem aankeek, voorspelde niet veel goeds.

'Kijk naar de vogels in de lucht. Ze zaaien niet en toch...'

'Wat dacht je van de Griek in de Ezelstraat?' stelde ze enthousiast voor. 'En maak je maar geen zorgen. Ik trakteer vanavond. Of heb ik de hint gemist?'

Van In rechtte zijn verstijfde rug en nam ongevraagd een nieuwe sigaret.

'Akkoord?'

Hij hield van Hannelore maar vertikte het om zonder slag of stoot te capituleren. Het werd ijzig stil in de Twingo.

'Oké,' zei ze luchtig. 'Ik zeg het nog een keer. Ego te absolvo. Of geloof je niet in vrouwelijke priesters?'

Van In probeerde zich te beheersen maar toen ze hem een pittige elleboogstoot gaf, kon hij zijn lach niet meer bedwingen.

'Eindelijk,' zuchtte ze. 'Ik dacht dat het nooit zou lukken.'

'Op een voorwaarde,' grijnsde hij. 'Dat we daarna bij mij thuis nog een slaapmutsje drinken.'

5

Bij de Griek kozen ze voor een goddelijk gerecht: geflambeerde lamsfilet met groentekrans en roomsaus. Niko, de eigenaar van het restaurant, verwende hen met een tafel bij het haardvuur. Op straat knarsten de autobanden, waaruit Van In afleidde dat het weer was beginnen sneeuwen. De sfeer was perfect.

Ze aten met smaak van het sappig geroosterde vlees en Hannelore zorgde op tijd voor een nieuwe karaf huiswijn.

'Ik wilde je spreken over de moord in de Blinde-Ezelstraat,' zei ze tussen twee slokjes door.

'Moord?'

Hij verdeelde de laatste vier sneden vlees over de twee borden. Hannelore legde prompt een snede terug.

'Is Fiedle de pijp uit?'

'Hij is vanmorgen aan zijn verwondingen bezweken. De procureur heeft onderzoeksrechter Creytens met de zaak belast, maar toen ik hoorde dat jij met het onderzoek bezig was, werd ik nieuwsgierig. Dat is trouwens de reden waarom ik je vandaag probeerde te bellen.'

'Op het omkopen van een politiefunctionaris staan strenge straffen,' plaagde Van In. 'Maar voor een portie baklava verklap ik je alles.'

'Indien ik in jouw schoenen stond, zou ik me niet vrolijk maken, Pieter Van In. De procureur was woedend toen bleek dat je vandaag onbereikbaar was. Hij heeft het onderzoek stante pede naar de gerechtelijke politie overgeheveld.'

'Tant mieux. Zo hoort het ook. Ik zal de man eeuwig dankbaar blijven.'

'Dat begrijp ik niet goed, Pieter. Het gebeurt zelden dat jullie een moordzaak toegeschoven krijgen en jij zegt doodkalm: tant mieux.'

'De Duitser was nog niet dood toen we aan het onderzoek begonnen en wie zegt dat hij vermoord werd. De man was zo zat als een Zwitser. Het sneeuwde, de straten waren glad. Misschien is hij gewoon uitgegleden,' reageerde Van In koel. 'Bovendien heb ik al genoeg zorgen aan mijn kop.'

'Daar gaan we weer. Hang de underdog maar uit.'

Hij liet het sarcasme over zich heen gaan en stak de laatste snede lamsvlees achter de kiezen.

'Naar verluidt heeft men een zekere commissaris Croos aangesteld als hoofd van het rechercheteam,' ging ze achteloos door.

De manoeuvre sorteerde effect. Van In verslikte zich bijna.

'Wilfried Croos?'

'Ken je hem?'

'En of ik hem ken.'

Van In reageerde als een schoolmeisje op de steek van een wesp.

'Iedereen kent de meest debiele commissaris van het westelijk halfrond.'

'Mm, debiel zou ik hem niet noemen,' zei Hannelore ernstig. Ze verborg haar gezicht achter een vol glas wijn. 'Macho en verwaand misschien, maar debiel?'

'Je vindt die rukeend dus aantrekkelijk,' snoof Van In. 'Weet je hoe wij hem noemen? Croos recht in de roos. Hij kan zelfs zijn schoonmoeder niet met rust laten.'

Hannelore probeerde niet te lachen.

'Ik ken je op een draad, Pieter Van In. Laten we ophouden met die onzin.'

Van In grijnsde als een klein kind dat de postbode verkeerd op zijn fiets ziet springen.

'Bestel de baklava maar,' zei hij uitdagend. 'En vertel me het grote nieuws.'

'De procureur dringt aan op een diepgaand onderzoek. Herr Fiedle blijkt een vooraanstaand zakenman te zijn.'

'Daar gaan we weer,' vloekte Van In. 'De mof krijgt een voorkeursbehandeling. Ik vraag me af of de heer procureur zoveel drukte zou maken als Fiedle een Marokkaan was geweest. Je mag hem gerust meedelen dat Van In niet wakker ligt van een dode Duitser.'

'Pieter, gedraag je,' zei ze berispend.

Een paar eters keken verontwaardigd in hun richting. Niko, de Griek, die heel goed Nederlands verstond, stond achter de bar te grinniken. Tijdens de Tweede Wereldoorlog had de SS zijn vader gegijzeld en koelbloedig afgemaakt. Het kon hem geen barst schelen wat de klanten van Pieters commentaar vonden.

'Wist je dan niet dat de bekendste Duitser eigenlijk een Oostenrijker was?' zei Van In met opzet heel luid.

Het stel aan de tafel naast hen lachte smakelijk, hoewel ze daarstraks even verontwaardigd hadden gekeken als de rest.

'En ken je die mop van die twee Duitsers die na de oorlog op een Londens terras twee cocktails bestellen?'

De helft van het restaurant spitste de oren.

'Omdat ze niet willen opvallen, doen ze dat uiteraard in het Engels. De ober knikt en vraagt hun heel ernstig: Dry? Nein zwei, antwoorden de moffen in koor.'

Hoewel Hannelore de pointe best aardig vond, deed ze haar uiterste best om niet te lachen.

'Op die manier kunnen we geen gesprek voeren,' zei ze koel.

'Alsjeblieft, Hanne. Ik maakte een grapje.'

'Dat zeg je altijd, Pieter Van In.'

Niko bracht een royale portie baklava.

'Van het huis,' glimlachte hij.

'Fiedle werkte voor Kindermann, een van de grootste touroperators van Europa. Hij logeerde in hotel "Duc de Bourgogne" op het Huidenvettersplein. Croos heeft zijn suite laten doorzoeken en vond een aantal merkwaardige foto's.'

Ze boog zich voorover en viste een grauwbruine envelop met opdruk van het Ministerie van Jusitie uit haar handtas.

De madonna van Michelangelo, wou hij zeggen.

'Wat denk je hiervan?'

Hannelore spreidde een tiental foto's uit op de tafel.

'Een Duitser die van onze polders houdt. Moet ik dat verdacht vinden?'

Van In herkende duidelijk het karakteristieke silhouet van een Vlaamse boerderij en de verlichtingspalen langs de snelweg.

Deze snelweg verbindt de haven van Zeebrugge met het hinterland en snijdt het beschermde landschap doormidden als een verkoolde ratelslang.

'En?' vroeg ze nieuwsgierig.

Van In bekeek de foto's. Ze waren recent en leken totaal onschuldig.

'Eerlijk, Hanne. Ik zie geen enkel verband. Voor mijn part zijn het gewoon souvenirs.'

'En deze dan?'

Ze haalde een vergeelde zwartwitfoto uit haar handtas.

'Ach, de madonna. Heb je die ook op zijn hotelkamer gevonden?'

'Je weet heel goed waar die foto vandaan komt,' sneerde ze.

Van In dook in de baklava en ze wachtte geduldig tot hij zijn mond had leeggegeten.

'Croos heeft dus het hele dossier ingepikt.'

'Op uitdrukkelijk bevel van Creytens,' fluisterde ze. 'Gelukkig heeft Leo stiekem een paar kopieën gemaakt, want Croos beschermt het dossier alsof zijn leven ervan afhangt. En dat staat me niet aan.'

'Onderbreek me als ik iets verkeerds zeg, maar heeft de procureur je soms gevraagd Creytens in het oog te houden?'

Hannelore grabbelde zenuwachtig een sigaret uit haar pakje. Het scheelde niet veel of ze bloosde.

'Je hebt uiteraard het recht om te zwijgen,' grinnikte Van In toen ze de vraag niet beantwoordde. 'Maar zoals ik al eerder zei: het is voor iedereen beter dat de gerechtelijke politie de zaak overneemt.'

Hannelore vulde haar glas bij en wenkte de ober. Het viel niet mee Van In om de tuin te leiden.

'Een koffie en nog een portie baklava voor mijnheer,' zei ze een beetje nijdig. De Griek glimlachte en haastte zich naar de keuken.

'Naar het schijnt is er iets mis met de vegetatie op de achtergrond.'

Van In liet de foto tussen zijn duim en wijsvinger glijden.

'Is dat zo?' vroeg hij onnozel.

Hannelore pakte de foto en schudde meewarig het hoofd.

'Ik zie de radertjes draaien, Pieter.'

'Draai er dan niet langer omheen, Hannelore.'

Ze slikte. Af en toe was hij haar de baas.

'Ik heb met Leo geluncht,' bekende ze. 'Net als ik heeft hij je de hele voormiddag proberen te bereiken. Hij vertelde me dat je je vragen stelde over het landschap op de achtergrond van de foto.'

'Dat lijkt me evident,' zei Van In gelaten. 'Ik veronderstel dat de foto niet meer in het officiële dossier voorkomt.'

'Precies.' Ze vond het blijkbaar normaal dat hij spontaan de juiste conclusie had getrokken.

'Specialisten hebben ondertussen de vegetatie geïdentificeerd.'

'Dat is vlug,' merkte Van In sarcastisch op. 'En hoe luidt het verdict?'

'Doe niet flauw, Pieter.'

Van In wenkte de ober en bestelde een nieuwe karaf wijn.

'Volgens hen gaat het om de karmozijnbes.'

'Een zeer verdachte plant,' meesmuilde Van In.

De tranen sprongen in zijn ogen toen Hannelore plotseling uithaalde en zijn neusvleugels dichtkneep.

'Ai, dat doet pijn verdomme.'

De gasten in het restaurant kregen vandaag waar voor hun geld. Niko zette de bouzoukimuziek een tikkeltje luider.

'Ego te absolvo,' kreunde hij toen ze bleef knijpen.

'Prijs je gelukkig dat het je neus is,' siste ze.

Hannelore loste haar greep en hij masseerde het gemolesteerde lichaamsdeel.

'Bid maar honderd onzevaders,' zei ze streng.

Ze dreigde opnieuw en Van In trok zich terug.

'Ik zal nooit meer lachen met de karmozijnbes,' beloofde hij quasi-ernstig. 'Vertel. Ik luister.'

Hannelore pakte zijn vork en snoepte van de zoete baklava.

'De karmozijnbes is een plant die alleen op het zuidelijk halfrond voorkomt,' zei ze luchtig.

'En de madonna van Michelangelo...'

'Het beeld is bij mijn weten nooit op het zuidelijk halfrond gesignaleerd,' zei Hannelore zelfverzekerd.

Van In stouwde het laatste stuk baklava in zijn mond.

'De vraag is dus: welk belang heeft Creytens erbij de foto aan het dossier te onttrekken?'

'Precies. Daarover wilde ik vanavond met jou van gedachten wisselen.'

Van In fronste het voorhoofd en probeerde helder na te denken, wat niet meeviel na een liter domestica.

'Wat weten we over Creytens?'

'Creytens is aangebrand,' fluisterde Hannelore. 'De procureur verdenkt hem al een tijdje.'

In normale omstandigheden roddelden parketmagistraten nooit over hun collega's.

'Je moet hem dus in het oog houden.'

Hannelore beet op haar onderlip. Ze had absolute geheimhouding gezworen.

'Vergeet niet dat rechters onaantastbaar zijn,' zei Van In. 'Zelfs als ze hun hele leven domme vonnissen produceren, blijven ze eerbare burgers die ons respect verdienen.'

'Je moet niet overdrijven, Pieter,' zuchtte ze.

'Oké, Creytens is een corrupte zak, die dossiers manipuleert en bewijsmateriaal achterhoudt. Wat wil je dat ik daaraan doe?'

'Ik geef toe dat we...'

'Benson im Himmel. Zelfs als we een karrenvracht kinderporno uit zijn studeerkamer slepen, gaat hij vrijuit,' riposteerde Van In. 'Een onderzoeksrechter is na God de machtigste man op deze planeet. In het kader van een onderzoek kan hij iedere maatregel nemen die hij noodzakelijk acht.'

'Je hebt gelijk, Pieter. Het is beter dat we realistisch blijven.'

Van In verdeelde de rest van de karaf over de twee glazen.

'Ik veronderstel dat je vannacht niet thuis wilt slapen,' polste hij totaal onverwacht. Met alcohol in zijn bloed durfde hij alles te vragen.

Hannelore sloeg haar ogen neer, maar dat deed ze niet uit preutsheid.

'Als je de haard ontsteekt en de *Carmina Burana* oplegt.'

'Ik heb nog een fles Cadre Noir in de koelkast.'

'Was dat die schuimwijn die je in oktober bij de scampi's serveerde?'

Van In sloot de ogen. Hij zag haar de slaapkamer binnenkomen met de beslagen glazen en de dampende scampi's.

'Wie zou die avond ooit kunnen vergeten?' fluisterde hij.

Hij schopte een schoen uit en zocht onder de tafel verlangend naar haar kuit.

6

Toen Van In dinsdagochtend rijkelijk te laat op het politiebureau verscheen, leek de hel er losgebroken. Agenten renden zenuwachtig door de gangen als blauwe schimmen in een versnelde film. De hectische sfeer liet hem nogal koud, want vannacht had hij de hemel bezocht. Vermomd als Dante had hij alle sferen doorlopen en hij moest toegeven dat Hannelore stukken beter gidste dan Beatrice.

'Is de Derde Wereldoorlog uitgebroken?' vroeg hij aan een voorbijbenende inspecteur.

De man keek hem ongelovig aan en vervolgde hoofdschuddend zijn weg.

'Pff,' zuchtte Van In. 'Wat zijn we gezellig vandaag.'

'Hoi, commissaris Van In.'

Pieter draaide zijn hoofd. Hij herkende de stem van Versavel uit duizend.

'Guido, eindelijk een normaal mens. Wat is hier in 's hemelsnaam aan de hand?'

Versavel liep hem met veerkrachtige passen tegemoet. In tegenstelling tot de anderen zag hij er bijzonder ontspannen uit, een eigenschap die Van In hem benijdde.

'Je weet dus echt van niets.'

'Wat zou ik moeten weten?' vroeg Van In met een onschuldige smoel.

'Een of andere geschifte terrorist heeft vannacht het standbeeld van Guido Gezelle opgeblazen.'

'Dat meen je niet.'
'Erewoord, commissaris.'
'Waarom heeft niemand mij verwittigd?'
Van In vergat dat hij gisteren zelf de stekker van de telefoon had uitgetrokken.
'Bleyaert heeft om acht uur een patrouille op je afgestuurd. Er was een probleem met de telefoon, beweerde hij.'
'Onzin,' mopperde Van In. 'Zeg me liever wie het onderzoek leidt.'
Versavel streek zijn snor glad en wees naar de klok aan de muur.
'Vanaf negen uur ben jij dat,' zei hij met enig leedvermaak.
'Benson im Himmel.'
'Je weet dus echt van niets,' herhaalde Versavel.
'Wil je dat ik een verklaring in duplo opstel?' bitste Van In.
Hij kreeg er onmiddellijk spijt van. Versavel verdiende beter.
'Sorry, Guido.'
''t Is je vergeven,' grijnsde Versavel onverstoorbaar.

'Je weet in ieder geval hoe je een mens klaarwakker krijgt,' knorde Van In toen ze kamer 204 binnengingen.
'Dan ben je niet alleen,' zei Versavel. 'Heel Brugge staat in rep en roer. Hoofdcommissaris Carton heeft de burgemeester al drie keer aan de lijn gehad en vanavond komt het schepencollege in spoedberaad bijeen.'
'Is er veel schade?'
'Dat valt nog mee. Volgens Bleyaert is het beeld achterovergetuimeld en in drie stukken gebroken.'
'Zijn er getuigen?'
'Wat dacht je?'
'Sorry, stomme vraag.'

Je moet niet overdrijven met je excuses, wou Versavel zeggen, maar hij hield toch maar zijn mond. Van In ging achter zijn bureau zitten en stak een sigaret op.

'Is er koffie?'

Versavel schudde het hoofd en liep naar de vensterbank. Hij schepte routineus vijf maten gruis in de filter en vulde het reservoir van het koffiezetapparaat.

'Mijn eerste bomaanslag,' mijmerde Van In op de toon van een moeder die haar baby knuffelt.

'Dat ik dat nog mag beleven.'

'Tiens.'

Versavel ging met gekruiste armen op de rand van de vensterbank zitten.

'Wat tiens?

Hij keek de brigadier vragend aan.

'En 1967 dan?'

'Toen zat ik nog op school, Guido.'

Van In dacht met weemoed terug aan de Golden Sixties en de heerlijke jaren van ongebreidelde vrijheid.

'Maar je woonde toch in Brugge.'

'Benson im Himmel. Je bedoelt de bomaanslag tegen het gerechtsgebouw op de Burg.'

'Precies,' knikte Versavel.

Hij liep naar zijn bureau en haalde twee bekers en een tupperware-doos met klontjes uit de bovenste lade.

'Alle ruiten sneuvelden en men heeft de daders nooit kunnen oppakken. Het parket heeft nochtans de helft van de provincie ondervraagd. De pers sprak er schande van en dat was in die tijd nog heel ongewoon.'

'Nu haal je als politieman de voorpagina als je een migrant om zijn papieren vraagt,' meesmuilde Van In.

Versavel schudde voorzichtig de prut in de papiermand en vulde de bekers.

'Begin alsjeblieft niet over de migranten te zeuren, commissaris. Straks lezen we dat de politie over aanwijzingen beschikt dat de moslimfundamentalisten Gezelle hebben opgeblazen voor een gedicht dat hij honderd jaar geleden uit zijn pen heeft geschud.'

'Wie moet je anders de schuld geven?' vroeg Van In met een uitgestreken gezicht. 'Er zijn geen communisten meer en de zwarten moorden elkaar zelf uit.'

'En de werklozen zijn zeker te lui om een bom in elkaar te knutselen,' snoof Versavel.

'Wie blijft er dan nog over?'

'De werkgevers!'

Versavel reikte Van In een beker aan.

'Eén klontje?'

'Twee, Guido. Je weet toch dat ik op mijn lijn let.'

Versavel negeerde de flauwe opmerking en gaf hem de hele doos suiker.

'Volgens Carton maakt de burgemeester zich vooral zorgen om de impact van de bomaanslag.'

'Je bedoelt dat hij doodsbenauwd is dat er geen toeristen meer zullen komen.'

'Iedereen weet toch dat de middenstand achteruit boert. Niemand kan zich nog een slecht seizoen permitteren,' suste Versavel.

'Zelfstandigen klagen altijd. Als hun omzet met vijf percent daalt, schreeuwen ze moord en brand. Ik wed dat ze volgende week allemaal Gezelletjes-in-drie-stukken in hun etalage hebben liggen.'

'Burgemeester Moens denkt daar blijkbaar anders over,' reageerde Versavel droog. 'Vergeet niet dat de middenstand hem in het zadel heeft geholpen.'

'Heeft Carton je dat allemaal verteld?' vroeg Van In geamuseerd.

Versavel nipte flegmatiek van de koffie. Hij was het sarcasme van de commissaris al jaren gewoon.

'Moens wil in ieder geval een discreet onderzoek,' zei hij vastberaden.

'Zelfs indien er voor de kust van Zeebrugge een vraatzuchtige witte haai was gesignaleerd, zou hij het deksel nog op de ketel houden,' smaalde Van In.

'Officieel houden de politici het voorlopig op een incident.'

Versavel aaide over zijn snor. Van In zou altijd wel een dwarsligger blijven, dacht hij.

'Heeft iemand de aanslag opgeëist?'

'Tot nu toe niet.'

'Nog beter,' zuchtte Van In. Hij strekte zijn benen, liep naar de vensterbank en schonk zich een tweede beker koffie in.

'Straks hebben de studenten het gedaan.'

Van In snotterde en imiteerde een huilerig stemmetje.

'Mama, ik ben gezakt voor mijn examen Nederlands en ik heb een bommetje onder het beeld van Gezelle geplaatst.'

'Het kunnen ook vandalen geweest zijn,' zei Versavel.

'Vandalen, mijn kl...' vloekte Van In.

'Dat is de werkhypothese van de gerechtelijke politie.'

'Dixit Croos, zeker,' stoof Van In op. 'Hebben ze geen werk genoeg met die dode mof?'

'De bomaanslag is voor ons, commissaris. Moens wil per se dat wij de zaak onderzoeken.'

'Ach zo.'

Die opmerking leek Van In te kalmeren. Versavel ging voor het raam staan en deed stiekem een paar buikspieroefeningen.

'Ben je al ter plaatse geweest?'

Versavel draaide zich om en antwoordde ontkennend.

'De ontmijningsdienst is pas gearriveerd. Ik hoop dat we gauw meer details krijgen.'

'Ik vraag me af waarom ze precies het beeld van Gezelle hebben uitgekozen,' zei Van In plotseling. 'Indien ik een beeld mocht opblazen, had ik wel een ander genomen.'

'Toch niet de madonna van Michelangelo, zeker?' reageerde Versavel spontaan.

Van In verstijfde. De foto van de madonna met de karmozijnbes op de achtergrond achtervolgde hem sinds gisteren.

'Verrek. Waarom heb ik daar niet eerder aan gedacht? Twee beelden in twee dagen. Dat kan geen toeval zijn.'

'Niets is toeval, commissaris.'

'Precies. Het wordt hoog tijd dat we ter plaatse poolshoogte gaan nemen.'

Van In slurpte zijn beker leeg, beende energiek naar de kapstok en trok zijn jasje aan.

'Ik ben klaar,' zei hij ongeduldig.

Toen beide mannen de trap afliepen, kon Versavel het niet laten zijn chef een beetje te plagen.

'Is het weer koek en ei met de mooie Hannelore?' teemde hij.

Van In wierp hem een vernietigende blik toe.

'Of heb je vannacht je oude tante uit Oostende op bezoek gehad?'

Van In hield zijn pas in en stak dreigend zijn wijsvinger uit.

'Ik weet toevallig dat jij donderdag naar de Chippendales gaat,' zei hij minzaam. 'En een klein vogeltje heeft me verklapt waar je je ticket bewaart. In jouw plaats zou ik beter op mijn woorden letten, Versaveltje.'

'Sorry, commissaris. Indien ik had geweten dat je meekwam, had ik twee kaartjes gekocht.'

'Lach maar,' bitste Van In.

'Tot uw orders, commissaris.'

Twee jonge hulpagenten die de trap opliepen, deden alsof ze de conversatie niet hadden gehoord.

'Is dat Van In?' vroeg de jongste toen ze uit het zicht waren verdwenen.

'Ik denk van wel,' fluisterde de andere.
'Is het waar dat hij een beetje...?'
De jongste bracht zijn wijsvinger naar zijn slaap.
'Dat zegt men,' antwoordde de andere schuw.
'En Versavel?'
Hij maakte een ander veelbetekenend gebaar.
'Dat is zeker,' knikte de oudste resoluut.

7

Het imposante bronzen beeld van Guido Gezelle lag er zielig bij. Het grootste brokstuk was op een ongelukkig geparkeerde Mazda terechtgekomen. De cultuurschok was de blikken Japanner slecht bevallen. Het dak van de wagen stak nog nauwelijks boven de wielen uit.

'Arme Guido.'

'Pardon?'

'Jij niet, Versavel. Zie de sukkelaar daar liggen. Onze grootste dichter is aan diggelen gevallen.'

'Je hoeft niet zo neerbuigend te doen,' snoof Versavel. 'Beeldenstormers zullen er altijd bestaan maar zijn werk zal nooit vergaan.'

'Bravo, brigadier. Maar zo'n vers ruikt naar karamellen.'

'Ik blijf in ieder geval eerbiedig,' bokte Versavel, 'want ik hou zielsveel van die man.'

'Ja, dat kan ik me voorstellen.'

'Pastoors hadden in die tijd ook hun gevoelens,' zei Versavel fier. 'Vandaag de dag zou daar geen haan meer naar kraaien.'

'Haan is een passend woord,' meesmuilde Van In.

Versavel bleef verontwaardigd staan en zoog zijn longen vol koele winterlucht.

''k Heb menig menig uur bij u
gesleten en genoten,
en nooit en heeft een uur met u
me een enkle stond verdroten.

'k Heb menig menig blom voor u
gelezen en geschonken,
en, lijk een bie, met u, met u
er honing uit gedronken.'

Versavel declameerde het gedicht met een warme baritonstem. Van In kon niet ontkennen dat de lome, zachte, West-Vlaamse klanken hem beroerden.

'Ik wist niet dat je zo fanatiek van Gezelle hield,' zei hij met onverholen bewondering.

Versavel keek naar de loodgrijze lucht. De sneeuw oefende een vreemde invloed uit, dacht hij weemoedig.

'Gezelle was een monument,' mijmerde hij. 'En nu ligt het monument aan stukken.'

De politie had het Guido Gezelleplein hermetisch afgesloten. En hoewel het half februari was, verdrongen de toeristen zich als bevoorrechte toeschouwers achter de dranghekken.

'Muggen raak je tenminste in de winter kwijt,' gromde Van In toen ze zich een weg baanden door de stugge, kwetterende minimenigte.

Gelukkig merkte een van de agenten binnen de omheining hen op. Hij salueerde strak en verschoof een hek zodat ze er langs konden.

Leo Vanmaele kreeg Van In en Versavel in de gaten en banjerde op zijn korte beentjes in hun richting.

''t Zijn altijd dezelfden die moeten werken,' zei hij opgewekt. De kleine expert van het parket was bijna altijd in een goed humeur.

'De patron van het "Schrijverke" deelt gratis koffie met cognac uit,' zei hij met pretlichtjes in de ogen.

Van In keek om zich heen. Iedereen leek druk bezig. Hij zag geen enkele reden om niet op het aanbod in te gaan.

'Vertel ondertussen wat je weet,' zei hij monter. 'Hier krijgen we het toch maar koud.'

Binnen de dertig seconden zaten ze met zijn drieën in de knusse gelagzaal.

'Is er nog iemand op de hoogte van de koffie met cognac?' vroeg Van In argwanend toen hij geen officieel volk in het café bespeurde.

'Je denkt toch niet dat ik zulke kostbare informatie aan om het even wie doorgeef,' gnuifde Leo Vanmaele. 'Als de mannen van de ontmijningsdienst erachter komen, houdt onze sympathieke uitbater straks geen druppel meer over, nietwaar Ronald?'

De patron, een pezige kerel van een jaar of veertig sloeg Leo vriendschappelijk op de schouder.

'Je kent Leo toch. Hij neemt iedereen in de maling.'

Zijn stem galmde door het café.

Ronald bracht zijn vrije uren in een naburige gymzaal door. Zijn stem harmonieerde perfect met het volume van zijn borstkas.

'En of we hem kennen,' beaamde Van In.

Voor Vanmaele kon de lol niet meer op.

'Je loopt er ook altijd in, hé,' gniffelde hij. 'Maar ja, hoe kan dat anders als je Van In heet.'

''t Zal gaan zeker, Vanmaele.'

Leo bleef grinniken als een pas vrijgelaten chimpansee.

'Geen paniek, Pietertje. Ik betaal de cognac wel,' suste hij.

'Voor mij alleen maar koffie,' riep Versavel de atletisch gebouwde kroegbaas na.

'Met een koekje of een stuk chocolade?'

Ronald wachtte even, maar zelfs Leo lachte niet om de zoutloze toespeling.

'Maak er dan maar een cappuccino van,' reageerde Versavel sportief.

Ze gingen aan een tafel bij het raam zitten. De mannen van de ontmijningsdienst waren nog lang niet klaar. In vredestijd hoefde het leger zich immers nooit te haasten.

Wilde Ronald iets goedmaken of was hij altijd zo royaal? De bellen cognac die hij aanzeulde, klotsten bijna uit de glazen en de cappuccino geurde naar echte Italiaanse koffie.

'Semtex is in de mode,' zei Leo. 'Luitenant Grammens van de ontmijningsdienst is het volledig met me eens over de aard van de springstof.'

Leo verbrandde haast zijn tong aan de hete koffie.

'Een professionele klus?'

'Mogelijk,' antwoordde Leo voorzichtig.

Hij bluste zijn schrijnende tong met een slok cognac, wat natuurlijk niet erg verstandig was.

'Een glaasje water?' vroeg Van In toen hij de pijnlijke grimas op het gezicht van Vanmaele bemerkte.

'Of een Duvel,' sneerde Versavel.

Buiten arriveerden een takelwagen en een open vrachtwagen. Zes arbeiders overlegden hoe ze het karwei zouden klaren. De ploegbaas keek afgunstig door het raam van het 'Schrijverke', maar Ronald negeerde hem bewust.

'Volgens luitenant Grammens was het niet de bedoeling het beeld te vernietigen. De dader heeft de springstof in een lange worst tussen de sokkel en het voetstuk gepropt.'

'Dus toch een professional,' concludeerde Versavel.

'Of iemand die helemaal niets van explosieven afweet,' opperde Leo.

'Hoeveel weegt het beeld eigenlijk?'

'Geen idee,' zei Leo.

'Indien de auto er niet had gestaan, was het beeld toch in gruzelementen uiteengespat,' zei Van In. 'De vraag of de dader het beeld wilde vernietigen of alleen maar achterover laten tuimelen, lijkt me bijgevolg irrelevant.'

'Is er al meer nieuws van het buurtonderzoek?'

'Iedereen in de omtrek heeft de klap gehoord.'

Versavel had voor ze vertrokken naar de stand van zaken geïnformeerd.

'Vier ploegen ondervragen de bewoners in een straal van vijfhonderd meter, maar tot dusver heeft dat nog niet veel opgeleverd. Ooggetuigen zijn er evenmin.'

'Mirakels zijn zeldzaam,' zuchtte Van In.

'De dader heeft het tijdstip van de explosie zorgvuldig gekozen,' ging Versavel rustig door. 'Om drie uur is het in Brugge even druk als op de top van de Mount Everest.'

'Bruges la Morte,' zei Leo dramatisch. 'Eergisteren heeft iemand een Duitser afgemaakt en vandaag blaast een maffe kerel Gezelle op. In mijn woordenboek heeft "rustig" blijkbaar een andere betekenis.'

'Heeft Croos al vorderingen gemaakt in de zaak-Fiedle?' vroeg Van In plotseling.

'Dat zou jij beter moeten weten dan ik,' lachte Leo.

Zowel Van In als Versavel keken de bolle gerechtsexpert verbouwereerd aan.

'Heeft Hannelore je gisteren dan niets in het oor gefluisterd?' zei Leo met oprecht gespeelde onschuld.

'Jij ook, Leo?'

'Maar ze heeft me gisteren gebeld,' protesteerde Vanmaele. 'Ze wou je per se spreken, dus dacht ik...'

Versavel verborg zijn neus in het halflege kopje en zijn schouders schokten van het ingehouden lachen. Van In bloosde en Leo keek het tweetal verbijsterd aan.

'Brigadier Versavel heeft zojuist zijn ticket voor de Chippendales verspeeld,' gromde Van In.

'Sorry, Pieter, maar ik vrees dat ik jullie niet kan volgen.'

'Laat maar,' wuifde Van In. 'Negeer Versavel. Als de PV's straks binnenstromen, zal hij wel een ander deuntje kraaien.'

‘Voorwaar een prachtige beeldspraak, commissaris. Maar pas op als de haan de passie preekt.’

‘Ik vroeg alleen maar of Hannelore de zaak-Fiedle met jou heeft besproken,’ zei Leo hoofdschuddend.

‘Neen, Leo. We zijn vroeg gaan slapen.’

Vanmaele roerde obstinaat in anderhalve centimeter koffie.

‘Timperman heeft beloofd dat we morgen het resultaat van de autopsie mogen verwachten,’ zei hij verontschuldigend. ‘Ik dacht dat jij op de hoogte was.’

Van In nam een fikse slok van de cognac.

‘We hebben amper over het werk gesproken,’ zei hij mat.

‘Die Fiedle schijnt nogal belangrijk te zijn.’

Leo probeerde wanhopig de wrevel te neutraliseren.

‘Volgens commissaris Croos is, of liever was, hij een van de topmensen bij Kindermann, je weet wel, de touroperator met een hart voor je portemonnee.’

‘Dat weten we ondertussen,’ zei Van In lijzig.

Vanmaele hield op met roeren en dronk zijn kop leeg.

‘Volgens insiders controleert Kindermann 45 percent van de toeristische sector in Europa.’

‘Gelukkig ga ik nooit met moffen op reis,’ zei Van In gemelijk.

‘Toen ik laatst in Lanzarote met vakantie was, liep daar het gerucht dat Kindermann het naburige eiland Fuerteventura bijna helemaal heeft opgekocht,’ zei Versavel.

‘Dat zou me niet verwonderen,’ haakte Van In gretig in. ‘Voor wat Lebensraum hebben ze vijftig jaar geleden een pact met de duivel gesloten.’

‘Laten we niet afdwalen,’ zei Leo wanhopig.

Hij wapperde met zijn handen als een paus die de massa begroet. Als Van In over de Duitsers begon te lullen, zaten ze hier vanavond immers nog.

‘De affaire heeft in Duitsland heel wat deining veroorzaakt. ZDF heeft er gisteren een item van drie minuten aan gewijd.'

'Creytens zal het in zijn broek doen,' smaalde Van In. 'Dat zal hem trouwens deugd doen.'

Terwijl hij zijn gal uitspuwde over de onderzoeksrechter, flitste een vluchtig beeld door zijn hoofd. Net voor hij het kon vatten, werden ze alledrie opgeschrikt door een snerpend gekraak van metaal. Van In probeerde zich te concentreren, maar de ingeving ontsnapte hem als een droom voor het ontwaken.

Een zware hijskraan lichtte voorzichtig het grootste brokstuk: het hoofd en de torso van de dichter. De platgedrukte Mazda piepte als een slippende stoomlocomotief. De takelwagen kwam ogenblikkelijk in actie en sleepte het wrak weg.

De zes arbeiders, duidelijk stadspersoneel want anders waren ze niet zo talrijk geweest, volgden het gevaarte met berustende belangstelling.

Vier andere 'stadsbedienden' hadden in de laadbak van de tientonner postgevat. Zij waren verantwoordelijk voor het losmaken van de kettingen.

'Wanneer kan ik je rapport verwachten, Leo?' vroeg Van In toen het beeld of wat daar nog van restte eindelijk veilig op de vrachtwagen lag.

'Over de bom?'

'Wat zeg je?'

Van In zat weer met zijn gedachten in Bobbejaanland.

'Wil je een rapport over de bom of een verslag van mijn bevindingen?'

'Welke bevindingen?'

'Over de bom dus,' zuchtte Leo.

'Natuurlijk, stommetje.'

'Dat hangt grotendeels van de ontmijningsdienst af,' riposteerde Leo. 'Luitenant Grammens vertelde me dat de tests een paar dagen in beslag kunnen nemen.'

'Dat is een rekbaar begrip, Leo. Vooral als je zaken doet met beroepsmilitairen.'

'Twee dagen, Pieter,' zei de kleine gerechtsdeskundige beslist. 'Dat beloof ik je.'

'Oké, twee dagen, of anders...'

'Een krat Duvel zeker,' hinnikte Leo.

'Twee,' eiste Van In stoïcijns.

Leo Vanmaele aanvaardde het vonnis zonder morren. Hij had pas vorige week een weddenschap gewonnen. Het leek billijk Van In af en toe ook een overwinning te gunnen. Bovendien was hij helemaal niet zeker van zijn verlies. Grammens was een nauwgezette kerel. Met een beetje geluk kregen de militairen hun paperassen binnen de twee dagen rond.

'Prima,' glunderde Van In.

Het intermezzo deed hem de perikelen rond de dreigende verkoop van zijn huis een ogenblik vergeten.

'Ik vrees dat we hier niet veel meer kunnen doen,' zei hij toen Ronald geen aanstalten maakte de glazen bij te vullen.

'Guido, wil jij ondertussen de PV's van het buurtonderzoek bundelen? Dan kan ik de eerste fase van het onderzoek afronden.'

Versavel dronk zijn kopje leeg en veegde een denkbeeldige sliert slagroom uit zijn snor.

'Het leven is een krijgsbanier,' zei hij op klagerige toon.

'door goede en kwade dagen
gescheurd, gevlekt, ontvallen schier
kloekmoedig voorwaarts dragen.'

'Over and out, brigadier. Vertrouw je poëtische ontboezemingen maar aan je nieuwe tekstverwerker toe. Ik kom vanmiddag langs om te zien hoever je daarmee staat.'

'Tot uw orders, commissaris.'

Versavel sprong in de houding en salueerde. Ronald gaapte beide politiemannen aan met een mengeling van verbazing en ongeloof. De homo had nochtans niets gedronken. Betaal ik daarvoor belastingen, dacht hij.

Leo haalde de schouders op. Hij kende het duo. Het werd tijd dat ze iets originelers bedachten.

Van In bleef nog een minuut of tien op het Guido Gezelleplein rondhangen, alsof hij de omstanders de indruk wilde geven dat de politie intensief met de zaak bezig was. Hij liet de snerpende vrieskou tot in het diepste van zijn vezels binnensijpelen en genoot van de pijn.

Van In baalde van de rompslomp. Hij had genoeg van de routine en de kafkaiaanse tredmolen. Afzien leek hem een aantrekkelijk alternatief. Het zou pas deugd doen als hij een echte blunder beging.

Mannen worden op middelbare leeftijd vaak filosofisch, mijmerde hij. Hannelore had vannacht weliswaar haar best gedaan, maar de euforie was kort en de herinnering vluchtig. Hij voelde zich oud en uitgeblust. Zijn leven was een puinhoop. Het slimme speurderswerk waar zijn oversten hem zeven maanden geleden voor hadden gefeliciteerd, leek nu zo banaal. Misschien kon hij troost putten uit het feit dat zij nog dommer waren dan hij en dat zij zich daarvan niet bewust waren.

Van In slenterde langs de Dyver onder de geknotte bomenrij. Het knarsen van de sneeuw onder zijn voetzolen klonk vertrouwd.

Hoewel hij wist dat de deuren van de Villa niet voor zeven uur opengingen, wandelde hij automatisch in die richting. Toen hij de Burg overstak, werd hem plotseling duidelijk welke stommiteit hij zou uithalen.

Van In versnelde de pas. Het prestigieuze plein lag er smetteloos bij. De privé-parking van het schepencollege stond vol met auto's. Hij herkende de protserige BMW van Decorte en de bescheiden Honda van burgemeester Moens. Het gebleekte stadhuis stak scherp af tegen de donkere sneeuwhemel. De grauwe lucht omkranste het gotische schrijn als een dreigende gifwolk. Er hing een storm boven Brugge en Van In dacht alleen aan de lenige lichtekooi. Op het plein viel geen toerist te bespeuren en dat was op zich al angstaanjagend. De Burg zonder menigte leek even onwezenlijk als een popconcert zonder decibels.

De Villa was potdicht, zoals verwacht. Het was nutteloos om aan te kloppen. Daarom liep Van In naar de dichtstbijzijnde telefooncel en toetste het nummer van de nachtclub in. Het signaal ging meer dan twee minuten over.

'Allo, Villa Italiana,' klonk het gesmoord.

Van In juichte in stilte.

'Hallo Jacques.'

Hij herkende de stem van de oudste ober. Jacques was een Limburger en, hoewel hij al ruim vijftien jaar in West-Vlaanderen woonde, kon hij zijn accent amper maskeren.

'Commissaris Van In hier. Is Véronique daar?'

Het bleef even stil. In normale omstandigheden had Jacques de beller afgesnauwd.

'Niet op dit ogenblik, commissaris. Ze is gaan shoppen.'

'In Brugge?'

Jacques dacht na. Hij had er geen idee van waar ze uithing.

'Dat veronderstel ik toch.'

'Ze komt dus terug.'

'Véronique moet pas vanavond werken,' zei hij, in de hoop dat Van In daar genoegen mee zou nemen.

'Wat doe jij daar eigenlijk zo vroeg, Jacques?'

De ober schrok. De flik liet zich niet gemakkelijk afschepen.

'We organiseren vanavond een erotische karaokewedstrijd. De technici zijn bezig met het installeren van de geluidsapparatuur.'

'Je verwacht dus een hoop geile mannen,' zei Van In scherp.

'Waarom denk je anders dat ons Véronique moet werken?'

Het 'ons' klonk erg bezitterig. Van In lachte niet en er viel een pijnlijke stilte. Jacques slikte.

'Dan heb je er niets op tegen dat ik even binnenwip.'

'De show begint om acht uur, commissaris. Iedereen is welkom.'

'Ik bedoel nu,' drong Van In aan. 'Vanavond ben ik niet vrij en als Véronique moet werken, komt ze heus wel vroeger opdagen.'

'De zaak is nu dicht, commissaris. Begrijp a.u.b. mijn positie.'

'Kom, kom, Jacques. Maak er geen gewetenskwestie van. Ik weet zeker dat Patrick je deze gunst niet kwalijk zal nemen. Ik heb trouwens nog iets van hem te goed.'

De ober stond in tweestrijd.

'Benson im Himmel.'

Van In was niet in de stemming om nog langer te flikflooien.

'Laten we zo afspreken,' stelde hij autoritair voor. 'Maak een pittig drankje klaar en zorg ervoor dat de deur aanstaat. Ik ben er over twee minuten.'

Jacques registreerde de droge klik toen Van In de hoorn op de haak gooide. Hij staarde ongelovig naar het toestel en pulkte zenuwachtig in zijn oor.

'Mario,' schreeuwde hij. 'Een whisky-sour voor commissaris Van In.'

De barman legde zijn schroevendraaier neer en liep gehoorzaam naar de bar.

Van In arriveerde binnen de twee minuten. Hij hijgde als een gescheurde blaasbalg. Jacques begroette hem met een streepje glimlach en sloot plichtbewust de voordeur af.

'Het kan nog uren duren voor ze terug is,' zei hij gelaten.

'Geeft niet. Ik wacht wel.'

Van In liet zich piepend op een barkruk neerploffen en dronk gulzig van de whisky-sour. Jacques bleef hem gezelschap houden als een kleverige chaperonne.

Afgezien van een schriele Marokkaan in een afgedragen overall bespeurde Van In geen technici.

'Je weet toch dat ik die zure bocht niet door mijn keel krijg, Jacques,' klaagde Van In toen zijn glas zo goed als leeg was.

'Je had een pittig drankje gevraagd, commissaris,' zei de ober met een uitgestreken gezicht.

'Met pittig bedoel ik drie maten J&B en een scheutje cola voor de kleur. Doe me een plezier en roep Mario.'

Jacques protesteerde niet. Hij vroeg zich zelfs niet af hoe de commissaris kon weten dat Mario er was.

'Mario.'

De Marokkaan zat aan een tafeltje bij de dansvloer en keek amper op.

'Mario.'

Jacques liep naar de salon en schreeuwde opnieuw. Geen antwoord.

'Hoi, Mario,' zei Van In blij verrast.

De kleine barman sloeg puffend de kelderdeur achter zich dicht en sleurde een krat cola naar binnen.

'Je bent ook altijd in de weer,' zei Van In.

Mario veegde een paar zweetdruppels van zijn voorhoofd. Hij had vier uur geslapen en voelde zich allesbehalve goed in zijn vel.

'Een mens moe toch zun brood verdienen, éh commissoris.'

'Eindelijk. Ik sta me schor te schreeuwen en mijnheer zit in de kelder.'

Jacques wond zich zichtbaar op, maar daar trok de barman zich geen bal van aan.

'Een whisky-cola, commissoris?'

'Graag,' zei Van In.

Mario kende het recept. Het was hem al een raadsel geweest waarom de commissaris een whisky-sour had besteld.

'En olles goed?'

'Prima,' zei Van In. De whisky-cola smaakte verrukkelijk.

'We hebben die zaak van de vermoorde Duitser vanmorgen opgelost. De moordenaar zit al een paar uur achter de tralies.'

'Allee. Zeg ton nog dat de politie niet werkt,' lachte Mario.

Jacques verbleekte en probeerde wanhopig de aandacht van de barman te trekken.

'Da's goe nieuws éh.'

'Dankzij jullie,' glunderde Van In.

'Da's een pak van mun herte. Menere Patrick got ook content zin otjie dat oort,' zei Mario opgelucht.

Jacques stond op het punt een hartaanval te krijgen.

'Jullie hebben er inderdaad niets mee te maken,' suste Van In. 'De Duitser kwam van zijn hotel toen hij neergeslagen werd.'

''k Zin blie dattie nie van ier kwaamt,' zei Mario terwijl hij de cola in de koeling stopte.

'Hij is hier natuurlijk wel geweest,' gokte Van In. 'Maar dat was veel vroeger op de avond.'

'Ze zin ier roend ten elven binnengekommen,' flapte Mario er nietsvermoedend uit. Voor een barman was elf uur inderdaad vroeg.

'Precies,' zei Van In. 'Dat klopt perfect met de verklaring van onze getuigen.'

'Eejt dien Ollandere ton toch zun mule opengedoan?' vroeg Mario naïef.

Van In nam een grote slok en viste zijn sigaretten uit zijn zak.

'Het onderzoek is uiteraard geheim,' fluisterde Van In.

Hij profiteerde van de dramatische stilte om een sigaret op te steken.

Mario pakte een vaatdoek en begon duchtig glazen te poetsen.

Jacques kreeg het tegelijkertijd koud en warm.

''t Was ollesins een raren kwisten. Eerst vroeg tie een cocktail en ton moest ie mazout hebben. En nu dajje 't zegt, dien Ollander is weggegoan on d'andere twee...'

Jacques wendde het hoofd af. Hij had nog een troost: in Brugge vinden obers gemakkelijk ander werk.

'Die andere persoon heeft de hele zaak aan het rollen gebracht,' blufte Van In.

Hij had beter iets anders kunnen verzinnen want zelfs Mario vond die omschrijving iets te vaag. In zijn achterhoofd rinkelde een primitieve alarmbel.

'Ah dien andere Duutser,' zei Mario met gespeelde verwondering.

Hij keek naar Jacques en besefte dat hij zich door Van In had laten inpakken.

'Ze spraken toch heel den tied Duuts,' zei hij onhandig. 'Mo ja m'en ier zovele toeristen.'

Van In besefte dat zijn prooi zich probeerde te bevrijden.

'Ollanders en Duutsers,' zuchtte Mario. 'Je zoed up een ende 't verschil nie mè weten.'

'Was die Nederlander een vaste klant?' vroeg Van In terloops.

Mario was blij dat de commissaris zich op de Nederlander vastpinde. Hij had tenminste de identiteit van mijnheer Georges niet prijsgegeven en dat zou de Gigolo zeer zeker appreciëren.

'Kenne gie em?' vroeg Mario aan Jacques en probeerde op die manier het gesprek op zijn collega af te wentelen.

'Absoluut niet,' antwoordde de bloedloze ober. Hij verwenste de stomme barman naar Saturnus.

'Snugger zaag tie d'er nie uut.'

Bij gebrek aan respons moest hij wel doorgaan.

'Otjie no de WC gink, eetjie zalfs zijn bankkoarte loaten liggen.'

'Dat gebeurt hier waarschijnlijk vaker,' zei Van In onschuldig.

'Da kujje zeggen commissoris.'

'Mô.'

Mario hield een glas tegen het licht en stak zijn vinger omhoog.

'Of we een koarte vienden, wordt da direct aangegeven.'

'Dat is waar,' gaf Van In nadrukkelijk toe. 'Op dat gebied heeft de Villa een onberispelijke naam.'

Jacques merkte dat de veldslag verloren was en trok zich waardig terug in de salon.

'Nog een vraagje, Mario.'

Het was een gok maar Van In vond dat hij dit risico moest nemen.

'Je hebt toevallig niet op zijn naam gelet?'

Mario staakte het poetsen. Zijn veel te kleine hersens draaiden op topsnelheid.

'Wacht een momentjie.'

Hij raspte met zijn volle hand over zijn stoppelbaard.

''t Kloenk ollesins Ollands,' zei hij na een poos.

'Andriessen of zo een twa. Neen. Adriaansen. Dat was't. Adriaansen, nu zi'k d'er zekers van.'

'Proficiat, Mario,' juichtte Van In overdreven uitbundig. 'Ik moet toegeven dat mijnheer Patrick zijn personeel zorgvuldig selecteert. Je doet je werkgever alle eer aan. Wat een geheugen, man.'

'Wa wil je, commissoris. Een mens onthoudt oltied zijn lastigste kalanten.'

Mario bloosde. Hij pakte een glas en begon enthousiast te poetsen.

'Nog een mazoetjie, commissoris?'

'Omdat je aandringt,' zei Van In tevreden.

Van In vloekte toen het ding in zijn broekzak begon te biepen. Mario herkende het geluid van de semafoon en reikte hem automatisch een snoerloos toestel aan. Van In toetste het nummer van het politiebureau.

'Hallo, Van In hier.'

'Ogenblikje, ik schakel je door.'

De telefonist deed geen moeite om zijn leedvermaak te verbergen. Na een paar maten van de *Kleine Nachtmuziek* werd Van In doorverbonden. Hij herkende de diepe bromstem van Carton.

'Waar hang je in 's hemelsnaam uit, kerel?'

De hoofdcommissaris verwachtte uiteraard geen antwoord op die vraag.

'Vanavond komt het schepencollege in spoedberaad bijeen en ze wensen een verslag van de politie.'

Van In hield de hoorn een eindje van zijn oor. Carton klonk bijzonder opgewonden.

'Ik zou het op prijs stellen als je vanavond aanwezig kunt zijn, Van In. Ten slotte leid jij het onderzoek.'

Carton had er een hekel aan om in het openbaar te spreken.

'Geen probleem, mijnheer,' zei hij zelfverzekerd. 'Ik rond mijn onderzoek terstond af.'

'De vergadering gaat om acht uur door op het stadhuis,' zei Carton. 'In jouw plaats zou ik nu naar huis gaan, een douche nemen en een net pak aantrekken.'

'Wenst u een donkere of een fleurige das, mijnheer?'

'En een liter zwarte koffie drinken,' voegde Carton er venijnig aan toe. 'Je adem stinkt tot hier.'

'Ik doe onmiddellijk het nodige, mijnheer.'

Carton haatte vergaderingen net als Van In, maar door zijn rang beschikte hij over het privilege om zijn ondergeschikte voor de leeuwen te gooien.

Véronique had een sleutel van de Villa. Ze maakte haar entree toen Van In zijn laatste whisky-cola savoureerde. In iedere hand droeg ze een paar tasjes met daarop de logo's van heel exclusieve boetieks. In haar zog zeulde een bleke dertiger de rest van haar inkopen. Ze herkende onmiddellijk het afgeronde silhouet van Van In.

Hij schrok nauwelijks toen ze met haar koele hand door zijn haar woelde. Hij rook haar parfum, een mengsel van musk en sandelhout. Zij stak haar neus in zijn oor en meteen besefte Van In dat er niets mis was met zijn hormonenbalans. Mario trok zich discreet terug en liet Véronique haar gang gaan.

'Quelle surprise, Pierrot,' kirde ze.

Van In liet zich gewillig afkussen. De wroeging zou pas veel later komen. Haar schuchtere begeleider trok zich terug in een donker hoekje. Véronique wierp hem een speelse blik toe.

'Ga alvast uitpakken, Xavier. Ik zie je straks wel.'

De jongeman knikte onderdanig en graaide de pakjes bijeen.

'Hij is zo lief,' giechelde ze.

Toen Xavier de trap opstommelde, ging Véronique op

Van Ins schoot zitten en nipte van de koele whisky-cola. De bontjas verhulde amper haar spitse boezem.

''t Is meer dan twee weken geleden,' pruilde ze.

'Zeventien dagen,' zei Van In en dat was het laatste zinnige woord dat over zijn lippen kwam. Véronique troonde hem mee naar de kamer van de Gigolo. Toen ze de bontjas van haar schouders liet glijden, besefte Van In dat hij voor de eerste keer in zijn leven een ongedekte cheque zou uitschrijven.

8

Het college vergaderde in de kleine raadzaal vlak naast het kabinet van de burgemeester. In tegenstelling tot wat algemeen wordt aangenomen, gebruikt men de gotische zaal van het stadhuis alleen nog voor officiële gelegenheden en huwelijken. De kleine raadzaal is veel gezelliger en makkelijker te verwarmen. De eiken vloer dempt het gekakel en de gobelins zorgen voor een intieme sfeer.

'De toestand is bijzonder ernstig.'

Op deze stereotiepe manier opende burgemeester Moens de vergadering. Hij was pas zes weken in functie en hij baalde van deze onverwachte crisis. Als hij nu fouten maakte, zou de oppositie hem als een lam naar de slachtbank leiden. Van de socialisten, met wie zijn partij een coalitie vormde, hoefde hij evenmin steun te verwachten. Zij hadden achttien jaar beleidservaring achter de rug. Als het misliep zouden ze zonder veel scrupules de schuld op zijn partij afwentelen. En binnen de CVP liep het allesbehalve gesmeerd. Voor de verkiezingen had het maar een haar gescheeld of de Middenstand had zich afgescheurd. De minste onenigheid met die invloedrijke fractie kon een politieke aardverschuiving veroorzaken.

'De bomaanslag op het beeld van Guido Gezelle is duidelijk het werk van extremisten. Hun doel is duidelijk. Ze willen Brugge treffen in zijn meest vitale activiteit: het toerisme.'

Moens hapte naar adem en nam een slok water. De aanwezige schepenen reageerden amper. Net als de burgemeester waren ze bijna allemaal nieuwkomers.

'Daarom heb ik hoofdcommissaris Carton en adjunct-commissaris Van In op deze vergadering uitgenodigd. Zij kunnen ons helpen bij het nemen van de gepaste maatregelen.'

De schepen van Financiën, een oude rot, liet een afkeurend gemompel horen.

'Als er opmerkingen zijn, wil ik die graag horen,' reageerde Moens scherp.

Fernand Penninck, een heel toepasselijke naam voor een schepen van Financiën, zette zijn bril af en wreef met beide handen langs de zijkant van zijn neus. Moens was een partijgenoot en Penninck wou hem in een crisis niet voor de voeten lopen. Aan de andere kant had het niet veel gescheeld of hij was burgemeester geworden als kandidaat van de Middenstand. Penninck voelde zich zedelijk verplicht om zijn ongenoegen te formuleren.

'Ik denk dat we zelf maatregelen moeten uitdokteren,' zei hij minzaam. 'De politie heeft een uitvoerende taak. De tijd van De Kee is voorbij.'

Er klonk gelach. Iedereen herinnerde zich de vorige hoofdcommissaris en de manier waarop hij politiek bedreef.

'Het gaat om een advies,' verdedigde Moens zich stuntelig.

Penninck was een briljant advocaat. Als hij een polemiek opstartte, was Moens kansloos.

'Waarde collegae,' zei hij. 'Ik ga akkoord met de burgemeester zolang de politie adviezen uitbrengt en wij de beslissingen nemen.'

Moens slaakte een stille zucht. Penninck stelde zich loyaal op. In een noodsituatie was eensgezindheid belangrijker dan het ventileren van lichtzinnige kritiek. De andere CVP-schepenen begrepen de hint en hielden hun mond.

'We moeten het toerisme koste wat het kost beschermen,' hernam Moens zelfverzekerder.

'Is dat niet een beetje voorbarig, Pierre?'

Albert Cleynwerk, de schepen van Monumenten en Stadskernvernieuwing, stak zijn scepsis niet onder stoelen of banken. De gebaarde SP'er was aan zijn laatste mandaat toe. Hij hoefde Moens zijn wittebroodsweken niet te gunnen.

De burgemeester vertrok geen spier, maar in zijn binnenste kolkte onzekerheid als een pan kokende melk.

'Niemand heeft de aanslag opgeëist en niets laat vermoeden dat er nog andere op komst zijn,' stelde Cleynwerk droog.

'Misschien heeft er iemand een hekel aan Guido Gezelle,' mengde Marie-Jeanne Derycke zich plotseling in de discussie.

De keurig gekapte schepen van de Burgerlijke Stand genoot van haar interventie. Het was de eerste keer dat ze op een vergadering haar mond opendeed. Niemand sloeg echter acht op haar tussenkomst.

'Ik vind dat we de zaak niet al te lichtzinnig mogen opnemen. Vandalen maken gebruik van spuitbussen, niet van bommen. Als er extremisten aan het werk zijn, lijkt het me duidelijk dat ze de toeristische industrie proberen te ontwrichten. Welke andere keus hebben ze? We hebben geen ambassades, geen luchthaven en geen migrantenprobleem. De monumenten zijn de achillespees van Brugge.'

De korte apologie van schepen Penninck lokte instemmend gemompel uit.

'We moeten de realiteit onder ogen zien, tenzij collega Cleynwerk meer weet dan hij laat blijken.'

Die zat. Cleynwerk krabde in zijn rosse baard en zweeg.

'Over een paar maanden begint het toeristische seizoen,' ging Moens verder. 'Ik hoop dat het bij dit ene incident blijft, maar als we met extremisten te maken hebben, zullen ze waarschijnlijk voor Pasen opnieuw toeslaan.'

'Wanneer valt Pasen dit jaar?'

Hoewel de vraag van schepen Dewilde totaal irrelevant was, trok Moens de datum na.

'16 april,' zei hij vriendelijk.

Moens had geen zin Dewilde tegen zich in het harnas te jagen door een neerbuigend antwoord te geven.

Dewilde, een gestroomlijnde kopie van het Michelinmannetje, haalde een in leer gebonden agenda boven.

'Dan kunnen we niet anders dan onze monumenten dag en nacht te laten bewaken,' zei hij met het air van een staatsman in spe.

Dewilde was drie maanden geleden nog leraar aan een technische school. Hij had een A2-diploma mechanica op zak en dankte zijn succes in de politiek aan zijn vader, een succesvol aannemer.

'Besef je hoe groot het Brugse patrimonium is?' vroeg Penninck verveeld.

'Vorder alle papieren politieagenten op en de zaak is zo geklaard,' sneerde Cleynwerk. 'Als de Engelsen tegen Club Brugge spelen, is dat toch ook geen probleem.'

'Of we kunnen een burgerwacht optrommelen. Ik ken een boel Bruggelingen die belangeloos zouden meewerken,' stelde Marie-Jeanne Derycke enthousiast voor. Ze glunderde als een verlegen schoolmeisje, een hele prestatie voor een vrouw van ruim negentig kilo.

Penninck zuchtte, maar niet in stilte zoals de burgemeester.

'Vind je mijn voorstel misschien belachelijk, mijnheer de schepen van Financiën? Ik vraag me af of je ook zo zou reageren als het voorstel door een mannelijke collega werd geformuleerd.'

Ze had duidelijk de smaak te pakken.

Penninck wou niet laten blijken dat hij haar opgeklopte feminisme beu was. Hij glimlachte als een farao die net verneemt dat de architect van zijn piramide overleden is. Marie-Jeanne Derycke interpreteerde de glimlach als een toegeving en kruiste manhaftig de armen.

'En als dat niet helpt, kunnen we nog altijd een beroep doen op de para's,' plaagde Suzanne Dewit van Sociale Zaken.

Beide vrouwen konden elkaars bloed wel drinken. Marie-Jeanne was vijfenvijftig, schonkig en niet bijster intelligent.

Dewit was tweeëndertig, elegant en licentiate Germaanse Filologie. Ze had amper 476 stemmen behaald en dankte haar zetel uitsluitend aan het feit dat de socialisten per se een vrouw naar voren moesten schuiven, wilden ze hun imago van vrouwvriendelijke partij niet verliezen.

'Dames, heren, alstublieft. Laten we elkaar niet in de haren vliegen,' kwam Moens tussen.

Dewit grijnsde arrogant en Derycke stak mokkend een sigaret op. Dat deed ze om Dewit te pesten, want de trut haatte sigarettenrook.

'Hoever staat het onderzoek eigenlijk?' vroeg Cleynwerk, die het gesprek opnieuw in fatsoenlijke banen wilde leiden.

'Als ik me niet vergis, heeft de burgemeester precies daarom de heren van de politie uitgenodigd,' zei Marc Decorte droog. De schepen van Toerisme had de hele tijd met zijn balpen zitten spelen en legde die nu met een dramatisch gebaar naast zich neer.

Hoofdcommissaris Carton en Van In troffen de vroede vaderen in een dikke walm van grijsblauwe rook aan. Met uitzondering van Dewit had iedereen het voorbeeld van

Derycke gevolgd. De kristallen luchters zaten onder een laag bruine nicotine, maar daar had het vorige bestuur ook een wolkje aan bijgedragen.

Van In monsterde het zootje en hoopte dat het gelul niet te lang zou duren. Hij vergeleek politici vaak met psychopaten. Ze doodden de tijd en beschikten over geen enkel motief.

Carton nam op uitnodiging van de burgemeester aan het hoofd van de tafel plaats. Van In ging noodgedwongen naast hem zitten.

Toen Moens zijn keel schraapte, viel de discussie stil.

'Adjunct-commissaris Van In, Hoofd van de Bijzondere Recherche van de Brugse Politie, zal nu het onderzoek in verband met de bomaanslag toelichten.'

Het klonk afschuwelijk. De onervaren burgervader sprak in hoofdletters, een typisch trekje van een voorzichtig politicus die niemand wilde kwetsen. Moens vouwde de handen voor zijn buik, keek over de hoofden van de schepenen heen en ging zitten als een Tibetaanse lama die net de lotto heeft gewonnen.

Van In creëerde een dramatische stilte door lijdzaam voor zich uit te staren. Carton wekte hem met een nijdige schop onder de tafel.

'Geachte Heer Burgemeester, Geachte Schepenen,' zei hij tegen zijn zin.

Van In merkte niet dat ook hij in hoofdletters sprak.

'Het incident van vandaag houdt ons allemaal bezig. In Brugge zijn we geen terrorisme gewoon.'

Iedereen luisterde gespannen. Van In kon zich niet voorstellen waarom, want hij had nog niets gezegd.

'Ik zal morgen de Staatsveiligheid contacteren en hen vragen ons een lijst te bezorgen van alle extremistische groeperingen die tot een dergelijke aanslag in staat zijn. Over een paar dagen verwacht ik een verslag van de ontmijningsdienst en mijn assistent coördineert het buurtonderzoek.'

'Belachelijk,' snoof Cleynwerk. 'Dat soort onzin hadden we zelf wel kunnen verzinnen.'

'Mijnheer Cleynwerk,' kwam Moens bezorgd tussen. 'Laat de commissaris tenminste uitspreken.'

Van In dankte de burgemeester met een vriendelijke knik.

'In samenwerking met de bevoegde diensten hebben we een inventaris opgemaakt van alle belangrijke monumenten. De rijkswacht heeft zijn medewerking toegezegd en het leger stuurt ons deskundig personeel. Zij zullen de gebouwen zo vaak als mogelijk controleren op explosieven.'

'Daarstraks beweerde onze waarde collega Penninck nochtans dat Brugge zoveel waardevolle gebouwen telt dat een efficiënte surveillance door de ordediensten geen haalbare kaart is,' teemde schepen Dewilde.

Penninck rolde geïrriteerd zijn Parker-vulpen tussen duim en wijsvinger. Moens had verzuimd hem over de strategie van de politie in te lichten. Nu stond hij voor aap tegenover een sul als Dewilde.

'Het gaat hier wel degelijk om een beperkte selectie van monumenten,' kwam Carton de schepen van Financiën te hulp.

Penninck had zijn kandidatuur voor het ambt van hoofdcommissaris onvoorwaardelijk gesteund. Carton kon niet anders dan voor hem in de bres te springen.

'Alle gebouwen die met een elektronisch alarmsysteem zijn beveiligd, staan niet op de lijst. Die worden voor sluitingstijd door het leger gecontroleerd.'

Carton probeerde zijn argumentatie overtuigend te laten klinken. Hij wist maar al te goed dat ieder alarmsysteem gekraakt kan worden. Bovendien was het systeem ontworpen tegen insluipers, niet tegen terroristen. Wie een bom wilde plaatsen, hoefde niet per se in te breken.

'Op die manier kunnen we alle musea, het stadhuis,

het belfort en een aantal kerken schrappen,' zei Carton.

'Wat blijft er dan nog over dat het opblazen waard is?' schimpte Derycke.

Ze blies een krachtige rookwolk in de richting van Dewit.

'En als ze een bomauto op de Markt plaatsen, kunnen jullie nog jaren zoeken,' voegde ze er sarcastisch aan toe.

Benson im Himmel, waarom dacht uitgerekend Xanthippe aan die mogelijkheid, sakkerde Van In in stilte. Straks moest hij hier tot in de vroege uren rampenscenario's aanhoren. Natuurlijk stonden de ordediensten machteloos, maar dat konden ze de dames en heren politici onmogelijk verkopen.

Zoals Van In had gevreesd, flakkerde de discussie op en ontaardde in een regelrechte scheldpartij. Ten einde raad liet Moens Straffe Hendrik en jenever aanrukken. De met gulle hand geschonken drank putte de bewindslieden voortijdig uit. Om kwart over een vielen ze stil als een benzinemotor met suiker in de carburator. De toestand was inderdaad zorgwekkend, dus gingen ze akkoord met de maatregelen die door de heer commissaris waren geformuleerd en legden zich neer bij het feit dat er voorlopig niet veel meer kon worden ondernomen.

Toen iedereen aanstalten maakte om op te stappen, zag Van In dat de burgemeester Carton iets toefluisterde. De hoofdcommissaris treuzelde en hij volgde noodgedwongen het voorbeeld van zijn overste.

De conciërge van het stadhuis, een onopvallende man in een marineblauw pak, wachtte gedwee aan de deur. Het gerinkel van zijn sleutelbos klonk heel discreet.

'Ga maar naar boven, Antoine,' zei Moens tegen de conciërge.

'Ik bel wel als we klaar zijn. Lang zal het niet meer duren,' voegde hij er opgewekt aan toe.

De bediende knikte en slofte gelaten door de gang. Hij ging echter niet naar boven. Zijn vrouw sliep al meer dan een uur en op de buis viel niet veel meer te rapen. In de keuken daarentegen stond een pas aangebroken vat Straffe Hendrik.

Het kabinet van de burgemeester bevindt zich aan de achterkant van het stadhuis. Het is ruim en bestaat uit een werkkamer annex zitkamer. Bezoekers genieten er van een prachtig uitzicht over een klassiek aangelegde tuin en de Reie. Omdat de burgemeester over een eigen motorboot beschikt, is er zelfs een aanlegsteiger voorzien.

'Ga zitten, mijne heren,' zei Moens formeel. Hij wees naar een roodfluwelen bankstel. In het midden van de kamer eiste een fraai bureau van gefineerd notenhout alle aandacht op.

'Cognac of whisky?'

Moens stelde met opzet geen bier voor, anders moest hij de conciërge nog eens lastig vallen.

Carton gaf de voorkeur aan cognac. Moens en Van In namen whisky. Toen ze alledrie beleefd aan hun glas hadden genipt, liep Moens naar zijn bureau.

'Dzing.'

Van In herkende het geluid van een springveer en die wees op een geheime bergplaats.

'Vanmorgen heb ik thuis deze brief ontvangen,' zei Moens sip.

Hij overhandigde Carton een lichtgele envelop.

'Ik wou geen paniek zaaien,' zei hij verontschuldigend.

Zowel Carton als Van In kende de echte reden. Moens wantrouwde de helft van het college.

'Ze dreigen expliciet met een nieuwe aanslag,' zei hij nog voor Carton zijn bril had opgezet.

'En dat we de volgende keer geen "pétard" moeten verwachten. Bruges va trembler, schrijven ze.'

'Les touristes vont bien rester à la maison cette année...

Le phénomène s'est déjà produit en Turquie et en Egypte...'

Moens nam een flinke slok van de whisky terwijl Carton met enige vertraging kennis nam van de brief.

'Bovendien dreigen ze me te liquideren als ik niet meewerk,' zuchtte Moens.

'Wat moeten we daar in 's hemelsnaam mee aanvangen?' reageerde Van In ongelovig. 'Meewerken. Waaraan meewerken?'

'Dat zeggen ze niet.'

Moens was beginnen ijsberen. Carton tuurde over het montuur van zijn bril. Hij vroeg zich af waarom de burgemeester hem de brief liet lezen als hij zelf de inhoud ervan verklapte.

'Ik denk dat we ons voorlopig geen zorgen hoeven te maken,' zei Van In resoluut.

Moens bleef abrupt staan en Carton greep naar zijn voorhoofd.

'Ik bedoel dat u geen gevaar loopt zolang ze hun eisen niet bekendmaken,' verduidelijkte Van In toen de burgemeester hem een obscure blik toewierp.

'Is de brief getekend?'

Carton zette zijn bril af en gaf hem het vel papier.

'Terroristen plaatsen meestal hun handtekening,' zei Van In na lezing. 'En misschien ben ik ouderwets, maar een laserprinter lijkt me niet tot het arsenaal van de doorsneebommenlegger te behoren.'

Moens knikte enthousiast. Het was dus toch waar dat Van In over een fijne speurneus beschikte.

'En waarom schrijven ze in het Frans?'

Van In hield de brief tegen het licht en verifieerde het watermerk.

'Dit is het werk van een gek of van een bende Waalse heethoofden,' zei hij resoluut.

De burgemeester ging zitten en gaapte hem met open

mond aan. Carton kruiste zijn armen voor zijn buik en leunde achterover. 'Het watermerk is in ieder geval Frans.'

Van In vouwde de brief en zorgde ervoor dat hij niet over het papier wreef.

'Hebt u soms een plastic zak?'

Hij pakte de envelop voorzichtig bij een hoekje. Moens veerde recht en rommelde in de laden van zijn bureau.

'Is een tasje ook goed?'

Aan de reclame op het tasje zagen ze meteen waar de burgemeester vis kocht. Van In schoof de brief en de envelop er behoedzaam in.

'Morgen weet ik of er bruikbare vingerafdrukken op staan, tenminste als mijnheer de burgemeester er geen bezwaar tegen heeft dat ik het technisch lab van de gerechtelijke politie inschakel.'

'Kan je de nodige discretie verzekeren, commissaris Van In?' vroeg Moens ongerust.

'Leo Vanmaele is een goede vriend. Ik zou hem zelfs mijn liefdesbrieven toevertrouwen,' zei Van In nonchalant.

Moens schonk zich een verse whisky in en dronk gulzig.

De burgemeester is bang, dacht Van In.

'Oké, commissaris, maar op voorwaarde dat de inhoud van de brief niet uitlekt.'

Moens herhaalde zich nodeloos. Van In had de indruk dat hij beefde.

'Waarom denk je eigenlijk aan Walen, commissaris?' vroeg Carton plotseling.

De oude vos voelde instinctief aan dat de commissaris meer wist dan hij kwijt wilde.

Van In stak zelfverzekerd en ongevraagd een sigaret op. Hij nam een forse trek en stak van wal.

'Het is genoegzaam bekend dat de Waalse gemeenschap in nood verkeert. De voortschrijdende federalisering doet hun pijn. Ze zijn bang dat de Vlamingen de sociale zekerheid gaan splitsen. Dat zou hun meer dan honderd miljard kosten en dat geld hebben ze gewoon niet. België is wellicht het enige land in de wereld waar etnische problemen nog nooit bloed deden vloeien, maar als de Vlamingen de geldkraan dichtdraaien en de Walen honger beginnen te lijden, lijkt het vanzelfsprekend dat sommige extremisten hun toevlucht zullen zoeken tot geweld. De brief verwijst expliciet naar Turkije en Egypte, waar terroristen toeristen proberen te intimideren. Brugge is de drukst bezochte stad van Vlaanderen en waarom hebben ze uitgerekend Gezelle als eerste doelwit gekozen?'

'Jezus,' mompelde Moens. 'Denk je dat...?'

'Je analyse is bijzonder beangstigend, Van In,' onderbrak Carton. 'Maar ik moet toegeven dat dit scenario erg realistisch is.'

Van In genoot van het compliment. Hij had de hele theorie zo-even in een flits bedacht.

'Morgen krijgen we meer nieuws van de Staatsveiligheid. Als er een anti-Vlaamse beweging bestaat, kunnen we ons daar beter op concentreren.'

'Een prima idee, commissaris,' zei Moens enthousiast.

'In afwachting stel ik voor dat we de burgemeester de klok rond onder surveillance plaatsen.'

'Uitstekend, Van In.'

'Dan is er nog een probleem.'

Carton en Moens hingen aan zijn lippen als kinderen die naar een kabouterverhaal luisteren.

'Is het wel opportuun de andere politiediensten hierbij te betrekken of kiezen we voor een zelfstandige aanpak?'

Carton kreeg het koud en warm. Van In speelde met vuur.

'Ik heb de gerechtelijke politie en de rijkswacht beloofd dat we zouden samenwerken,' reageerde de hoofdcommissaris voorzichtig.

'Natuurlijk gaan we samenwerken, maar als we een doorbraak in het onderzoek kunnen forceren, zijn we niet verplicht hen daarvan stante pede op de hoogte te brengen. Zou het niet mooi zijn als de gemeentepolitie de zaak oploste?'

Dit laatste argument gaf de doorslag, want in zijn functie van burgemeester was Moens ook hoofd van de politie.

'Goed, Van In. Je krijgt je zin,' zei Moens kordaat. 'Ik geef je een week.'

'Ik zal mijn best doen, mijnheer de burgemeester.'

Van In ledigde zijn glas in een teug. Moens mocht dan een middelmatig politicus zijn, van whisky had hij echt verstand.

9

Na een verkwikkende nachtrust verscheen Van In ruim drie kwartier te laat op het commissariaat in de Hauwerstraat. Niemand die daar nog van opkeek.

'Hallo, je ziet er patent uit,' zei Versavel die net een paar PV's had gekopieerd.

Onder een verfomfaaide gabardine droeg de commissaris een ouderwets streepjespak en een schreeuwerige das. Op zijn hoofd tartte een belachelijke deukhoed de wetten van de zwaartekracht. De brigadier stak zijn hand omhoog en probeerde ernstig te blijven.

'Mag ik je geheim agent Van In voorstellen?'

Versavel vroeg zich af of hij dat nu echt meende. Van In wachtte niet op een antwoord. Hij draaide zich om zijn as en liet de gabardine openwaaieren als een geroutineerd mannequin.

'Heer, leid ons niet in bekoring,' kreunde Versavel.

Hij borstelde door zijn snor en floot bewonderend tussen zijn tanden. Van In zette instinctief een pas achteruit.

'Blijf van mijn lijf of ik laat je in de boeien slaan,' dreigde hij. Versavel wist meteen hoe laat het was.

Een van de hulpagenten die het duo gisteren op de trap tegen het lijf was gelopen trok zich discreet terug. Het was dus waar dat Van In ze niet allemaal op een rij had.

Versavel zag de jonge agent door een kier naar buiten loeren.

'This is showtime,' grijnsde hij en legde zijn arm om de schouder van zijn baas.

'Pompompom pompom pompom pompom...'

Van In liet zich gewillig leiden op de tonen van 's werelds beroemdste wals.

'Je danst verdomd goed, commissaris,' gniffelde Versavel. 'Zal ik op de dansvloer verslag uitbrengen?'

'Laat maar, Guido. Straks denken ze dat we een beetje...'

'Dat jij een beetje...' protesteerde Versavel. 'Iedereen weet dat ik volledig normaal ben.'

Toen Van In de hulpagent in het oog kreeg, monsterde hij zijn vriend met een smachtende blik.

'Your place or mine?' vroeg hij met een hese baritonstem.

De gluurder had ondertussen het gezelschap van een paar collega's gekregen.

'We oefenen voor carnaval,' schreeuwde Van In. 'Vanaf morgen is er verplichte danstraining voor iedereen die nog langer dan tien seconden staat te gapen.'

De nieuwsgierige koppen verdwenen als bij toverslag. Van In lachte breed en Versavel keek hem bezorgd aan.

'Je ziet er vandaag welgezind uit, commissaris.'

Hij trok zijn hemd in de plooi en verifieerde de positie van zijn das.

'Ik heb een redelijk aangename dag achter de rug,' meesmuilde Van In. 'Een onderzoek hoeft niet per definitie saai te verlopen.'

Versavel schraapte beschaafd zijn keel.

'Heeft Véronique je extra verwend?'

Het klonk afkeurend en zo bedoelde hij het ook.

Van In verstarde. Hij wist dat de brigadier voor Hannelore door het vuur zou gaan.

'Het scharminkel heeft je een halfuur geleden gebeld,' zei Versavel grimmig. 'Ze is je gisteren iets vergeten te vertellen.'

Hij begreep niet waarom de commissaris schuimwijn dronk als hij thuis champagne had.

'Ligt er nog iets op je lever, brigadier?'

'Zou er iets op moeten liggen, commissaris?'

Van In duwde de deur van kamer 204 met zijn schouder open.

'Het vlees is zwak, Guido. Dat hoef ik jou toch niet te vertellen,' bromde hij. 'Is er koffie?'

'Ik heb om acht uur een verse kan gezet.'

Versavel wierp een veelbetekende blik op zijn polshorloge.

'Ik heb gezegd dat we haar vanmiddag zouden contacteren,' zei de brigadier terwijl hij koffie inschonk.

'Prima,' bitste Van In. 'Vergeet vooral de sleutel van haar kuisheidsgordel niet.'

Versavel reikte hem een plastic beker aan en ging met opgeheven hoofd achter zijn bureau zitten. Het ging al een paar weken niet goed met Van In. Hij maakte meer depressies door dan het weersysteem boven Noord-Europa. Het had geen zin hem nog verder op stang te jagen.

'Wisten die luitjes op het stadhuis dan niets te vertellen?'

Van In haalde onverschillig de schouders op. De gedachte aan Véronique maakte hem hitsig. Hij kon het niet helpen dat hij op dat wijfje reageerde als een hongerige baby op een sappige moederborst.

'Het scheelde niet veel of ze hadden de staat van beleg afgekondigd,' zei hij minachtend. 'Heeft het buurtonderzoek iets opgeleverd?'

Versavel tuitte zijn lippen.

'Zal ik je de verslagen voorlezen?' zei hij op een toon die niet veel goeds voorspelde.

'Laat maar. Iedereen heeft de ontploffing gehoord en is na vijf minuten weer in slaap gevallen.'

'Hoe kan je het raden? De mensen die ons opbelden, dienden klacht in voor nachtlawaai.'

'Natuurlijk,' lachte Van In schel. 'Alsof we niets anders te doen hebben.'

'Hebben we dan iets anders te doen?' schertste Versavel. 'Neem bijvoorbeeld Depuydt. Die telefoneert ons bijna iedere avond om vijf over tien. De sukkelaar woont naast de "Octopus", een pianobar in de Wollestraat.'

Van In plaatste behoedzaam zijn beker op het bureau. Al meer dan vierentwintig uur probeerde hij de vluchtige impressie die hem in het 'Schrijverke' was ontsnapt in te halen en plotseling stond het beeld van de spichtige man in het kantoor van Lonneville hem haarscherp voor de geest.

'Die man wordt gek van de pianomuziek, maar wij mogen niet optreden. Depuydt heeft werkelijk alles geprobeerd, metingen door de milieudienst, boze brieven naar de pers en een klacht bij de vrederechter,' roddelde Versavel. 'Voor mijn part mogen ze die zaak gewoon sluiten. Om de haverklap staat er een ziekenwagen voor de deur. Voedselvergiftiging. Bah. Ik mag er niet aan denken.'

Van In luisterde met een half oor.

'Depuydt, zeg je. Toch niet Philippe Depuydt?'

'Ja. Ken je hem misschien?'

'Ik zat ooit met een Philippe Depuydt in de klas. Is hij ongeveer even oud als ik?'

'Ik geloof van wel. Als je wilt, zoek ik zijn adres voor je op.'

'Doe geen moeite, Guido. Zo belangrijk is het nu ook weer niet.'

Versavel liep naar de vensterbank en schonk zich nog een kop koffie in.

'A propos, is Carton al gearriveerd?'

Van In stak zijn beker uit en Versavel bediende hem van koffie en suiker. Zelf nam hij genoegen met een scheutje magere melk.

'Je weet net zo goed als ik dat Carton geen drank verdraagt. En je gaat me toch niet wijsmaken dat jullie gisteren de hele avond droog stonden,' lachte Versavel.

'Hij is er dus niet.'

'Ik denk dat we hem niet voor elf uur moeten verwachten.'

'Goed zo.'

Van In nam een slok van de hete koffie en stak een sigaret op. De cafeïne en de nicotine deden hem deugd. Hij voelde zich stilletjes weer de oude worden.

'Ik zou graag hebben dat je iets voor me natrekt, Guido.'

Versavel zat op de rand van zijn bureau. In tegenstelling tot die van veel andere agenten was zijn rug kaarsrecht.

'Controleer de hotelfiches van het voorbije weekend. Ik zoek een Hollander.'

Van In haalde zijn notablok boven en las de beschrijving die hij van Mario had gekregen.

'Vermoedelijk een zakenman, ongeveer vijfenveertig jaar, groot, slank, grijs haar en modieus gekleed. Zijn naam is Adriaans of Adriaensen.'

'Oké,' glunderde Versavel. 'Precies wat ik zoek.'

'En een Duitser,' vervolgde Van In onverstoorbaar. 'Vijfenzestig, corpulent en kaal.'

'Jekkes,' kreunde Versavel.

'Als je in de zon wilt zitten, moet je ook de schaduw accepteren,' zei Van In filosofisch.

Versavel noteerde de gegevens. Hij was blij dat Van In weer op dreef kwam.

'Dit heeft waarschijnlijk niets met de bomaanslag te maken,' polste hij voorzichtig.

'Dat heb je goed geraden, Guido. Het volgende heeft er daarentegen alles mee te maken.'

Versavel hield zijn pen in de aanslag. De vermenging van twee zaken leek hem bijzonder spannend.

'Ik wil dat de burgemeester dag en nacht bewaakt wordt. Zoek een paar betrouwbare mannen uit en laat ze in burger opereren.'

Versavel trok een smoel waar Uilenspiegel jaloers op was geweest. Dit was echt een kolfje naar zijn hand.

De Staatsveiligheid knapt allerlei klussen op, maar in feite heeft de dienst nauwelijks gerechtelijke bevoegdheid. Volgens sommige politici is de inlichtingendienst een overbodige instelling, volgens anderen een noodzakelijk kwaad. De voornaamste taak van de Staatsveiligheid is het verzamelen van informatie. De dienst beschikt over een half miljoen dossiers, die het hele scala van staatsondermijnende activiteiten beslaan: van de burger die ooit een meeting van een links-radicale partij bijwoonde tot de kopstukken van de CCC, de Bende van Nijvel en Action Directe. Het is merkwaardig dat de dossiers over de eerstgenoemde categorie vaak meer pagina's beslaan dan de schaarse stukken over de echte zware jongens.

Dat dacht Van In toen hij voor de derde keer het nummer van de Belgische geheime dienst intoetste. Daarvoor had hij steeds de bezettoon gekregen. Precies op het moment dat hij een sigaret opstak, nam een telefoniste de hoorn op. Ze schakelde vlot over op steenkolennederlands toen ze hoorde dat er een 'flamand' aan de lijn was.

Van In stelde zich voor en kon zijn oren niet geloven toen de tweetalige bediende hem onmiddellijk doorverbond met directeur Bostoen, een van de mandarijnen van de Staatsveiligheid.

'Goedemiddag, mijnheer. U spreekt met adjunct-commissaris Van In, hoofd van de Bijzondere Recherche van de Brugse politie.'

Van In betrapte er zich op dat hij officiële kletskoek aan het uitkramen was.

'Ik bel u in verband met een recent gepleegde bomaanslag.'

Hij gaf een kort verslag van de gebeurtenissen.

'De daders lieten geen handtekening na en ik vroeg me af of...'

'Daarvan ben ik op de hoogte,' onderbrak Bostoen hem nogal autoritair.

Van In was zo verrast door de bruuske toon, dat hij amper tegensputterde.

'Is het beeld van onze grote Vlaamse dichter erg beschadigd?'

Het viel moeilijk uit te maken of Bostoen dat neerbuigend bedoelde. Eén ding was zeker. Hij kon onmogelijk zijn West-Vlaamse accent maskeren.

'Dat valt mee,' antwoordde Van In neutraal.

Bostoen zette zijn bril op en doorbladerde het dossier dat voor hem lag. Hij had het gisteren grondig bestudeerd. Op het vaalgroene kaft stond in verbleekte letters: MWR.

'Gelukkig maar,' zei hij na een poos.

Van In probeerde zich een beeld te vormen van Bostoen. Hij snoof de hautaine zelfverzekerdheid door de telefoon en gokte op een jurist.

'En u dacht aan een of andere extremistische groep?'

'Daar lijkt het in ieder geval op,' reageerde Van In voorzichtig.

'Mm, u zou wel eens gelijk kunnen hebben,' zei Bostoen. 'Ik herinner me vaag een dossier over het Mouvement Wallon Révolutionnaire, maar dat is allemaal heel lang geleden.'

Van In hield een balpen in de aanslag en wachtte geduldig af. Bostoen had blijkbaar alle tijd van de wereld.

'Ze hebben gedurende een paar jaar pamfletten verspreid en men heeft hun destijds een zestal brandstichtingen in de schoenen proberen te schuiven. In hun manifest stond dat ze het Vlaamse imperialisme met alle middelen wilden bestrijden en niet zouden terugdeinzen voor harde acties.'

'Dat belooft,' zei Van In redelijk enthousiast.

'Het probleem is dat het MWR in 1980 werd ontbonden,' zei Bostoen met een ondertoon van spijt. 'Wat natuurlijk niet belet dat een stelletje heethoofden de beweging nieuw leven wil inblazen.'

Van In noteerde driftig de gegevens.

'Als u wilt kan ik u het dossier laten bezorgen.'

'Dat zou heel vriendelijk zijn, mijnheer Bostoen.'

Van In legde zijn balpen neer en stak een nieuwe sigaret op. Bostoen hoorde de klik van de aansteker, maar onthield zich van commentaar.

'Ik schrijf onmiddellijk een nota voor het archief,' zei hij. 'Met een beetje geluk is het dossier overmorgen in Brugge,' voegde hij er minzaam aan toe.

'Dat is fijn,' zei Van In. 'In ieder geval vriendelijk bedankt voor de medewerking.'

'Graag gedaan, commissaris.'

Bostoen legde de hoorn neer, stond moeizaam op en hinkte naar de kleine koelkast waar hij zijn medicijnen bewaarde.

Van In toetste onmiddellijk het nummer van het gerechtelijk lab aan de Kazernevest in.

'Ik was net van plan je een seintje te geven,' klonk het vrolijk. 'Timperman heeft me een halfuur geleden het autopsierapport van Fiedle doorgefaxt.'

In gerechtelijke kringen is professor Timperman een levende legende. De bescheiden patholoog-anatoom geniet een stevige reputatie in binnen- en buitenland en zijn studenten dragen hem op de handen.

'Je hebt dus nieuws,' drong Van In ongeduldig aan.

'Momentje,' giebelde Vanmaele. 'Over de doodsoorzaak is alles al gezegd. Fiedle stierf aan de gevolgen van een subduraal hematoom. De massieve bloeding werd hem fataal.'

'Bespaar me de details, Leo.'

'Oké. Zal ik iets over zijn lever zeggen?'

'Leo!'

'De maaginhoud dan. Timperman ontdekte sporen van trigla lucerna en stizostedion lucioperca.'

'Wat zeg je?'

'Rode poon en pieterman.'

'Vissen dus.'

'Inderdaad.'

'Is dat alles?'

'Ja,' zei Leo droog.

'Fiedle hield dus van vis.'

'Bouillabaisse, Pieter. Rode poon en pieterman zijn de typische ingrediënten van een zuiderse vissoep.'

'Daar schieten we geweldig mee op,' zuchtte Van In. 'Is er nog van dat fraais?'

Leo aarzelde.

'Creytens heeft het onderzoek volledig naar zich toe getrokken en Croos zwijgt als een...'

'Rode poon, zeker,' onderbrak Van In hem kregelig.

'Timperman heeft onder de rechterwijsvingernagel van Fiedle een stukje weefsel aangetroffen,' zei Leo.

Indien Creytens erachter kwam dat hij het autopsierapport had gekopieerd, kon hij vanaf morgen de gangen van het gerechtsgebouw gaan schoonmaken.

'Dat is goed nieuws,' juichte Van In. 'Bezorg me het rapport en je hebt een Duvel van me te goed.'

'Zal ik ze bij de rest schrijven of laat je me een flesje aan huis bezorgen?' lachte Leo schamper.

'Kom er zelf maar om. Ik ben vanavond thuis. En doe de groeten aan Creytens. Dag Leo.'

Van In bleef een paar ogenblikken met de hoorn in zijn hand zitten. Het stukje weefsel onder de vingernagel van Fiedle was het eerste mogelijke bewijs dat de Duitser vermoord was. Een valpartij leek nu uitgesloten. Het leek er sterk op dat de dader de moord als een ongeval had willen camoufleren en dat maakte de zaak bijzonder intrigerend.

Van In verbrak de verbinding, wachtte op de kiestoon en vormde het nummer van de ontmijningsdienst. Een vriendelijke beroepsmilitair schakelde hem vier keer door, maar luitenant Grammens bleek onvindbaar. Van In kon moeilijk eisen dat de telefonist hem met de kantine verbond.

Om halfvier viel Versavel binnen. Hij deed zijn intrede als een gehavende Hermes. De brigadier zat onder de sneeuw en zijn snor leek op die van een verkouden walrus.

'Ik denk dat we prijs hebben,' zei hij vol vuur.

Versavel hing zijn jas netjes aan de kapstok en wreef het ijs uit zijn knevel.

'Volgens de fiches logeerden er vorig weekeinde 68 Hollanders in Brugge. Een daarvan heet Adriaan Frenkel en de beschrijving klopt perfect.'

'Mario dacht waarschijnlijk dat Frenkel een Nederlandse voornaam was,' knikte Van In. 'Ik volg je, maar...'

'Momentje, commissaris. Laat me uitspreken. Frenkel had zijn hotelkamer tot dinsdag geboekt en is zondagmorgen in allerijl vertrokken.'

'Tiens,' zei Van In.

'En hij heeft zonder morren tot en met dinsdag betaald,' voegde Versavel er triomfantelijk aan toe.

'Dan is Frenkel onze man. Heb je zijn adres?'

Versavel klopte op zijn borstzak.

'Goed, dan contacteer ik straks de Nederlandse recherche.'

Versavel fronste het voorhoofd.

'Is dat wel wijs, commissaris?'

Van In bonkte met zijn vuist op het blad van zijn bureau.

'Benson im Himmel. Telkens als we een prooi bij de strot houden, moeten we die onbenullen van het parket met de eer laten gaan lopen.'

Versavel maakte zich daar al lang niet meer druk over.

'Zal ik het rapport typen?' vroeg hij behulpzaam.

'Doe dat, Guido. Maar het hoeft niet per se vandaag de deur uit,' zei hij met een knipoog.

'Ik ben ook eens in de Duc de Bourgogne binnengewipt. Volgens de receptionist was de kamer van Fiedle per fax gereserveerd.'

Hij raadpleegde zijn notitieboekje.

'Door de firma Kindermann, Wagnerstrasse 45 in München.'

'Voor een of twee personen?'

'Eén. Fiedle was de enige Duitser die in de "Duc" logeerde.' Versavel schepte royaal koffie in de filter en bevochtigde het gruis om het te laten zwellen.

Van In stond op, rekte zich uit en liep naar het raam. Het sneeuwde zo hevig dat de inspanningen van de strooiploegen weinig effect sorteerden. Brugge kreeg stilletjes een golvende skyline.

'Ofwel liegt Mario, ofwel is Fiedle zaterdagavond stomweg een andere Duitser tegen het lijf gelopen,' zei hij.

Versavel goot langzaam kokend water in de filter.

'Misschien heeft ze daarvoor gebeld,' zei hij terloops.

'Gebeld?'

'De lichtekooi,' verduidelijkte Versavel.

'Wat de Hollander betreft, sprak Mario in ieder geval de waarheid,' zei Van In ontwijkend.

'Laat me niet lachen, commissaris.'

Hij pakte de koffiekan en schonk in.

'Je kent Mario toch. Hij beschrijft heel nauwkeurig Frenkel, die waarschijnlijk niets met de zaak te maken heeft en blijft vaag over het gezelschap van Fiedle.'

'Ik weet het niet, Guido.'

Van In nam een slok van de hete koffie en liet zich in zijn stoel neerploffen.

'Scheelt er iets?' vroeg Versavel bezorgd toen de commissaris over zijn borst wreef.

'Sorry, Guido. Ik voel me vandaag niet al te best.'

'We worden allemaal een dagje ouder,' schertste Versavel.

Van In reageerde nauwelijks. Dit was duidelijk geen depressieve bui, concludeerde Versavel. Daarvoor kende hij de commissaris te goed.

Het rumoer van vluchtende agenten in de gang deed Van In even opkijken.

'Vijf uur,' zei Van In cynisch. 'De ratten verlaten het zinkende schip.'

Versavel hield wijselijk zijn mond.

'En jij, Guido?'

'Liet Merlijn koning Arthur in de steek?'

Van In glimlachte. Versavel was een belezen man en liet dat graag merken.

'Dank je, Guido. Je bent een engel.'

Plotseling sloeg de pijn ongenadig toe. Hij zat in een grote kille zaal vol mensen die hebzuchtig tegen elkaar opboden. Hij zag hoe een verwaten deurwaarder, vergezeld van vier potige kerels, zijn huis leeghaalde. Bloed stuwde met onregelmatige stoten door zijn aorta en opdringerige fruitvliegjes dansten voor zijn netvlies. Toen deed iemand het licht uit.

'Verdomme, Van In.'

De stem van Versavel klonk omfloerst, alsof ze door een dik gordijn van elkaar waren gescheiden. Van In lag plat op de vloer. Hij was met zijn hoofd tegen een archiefkast gedonderd. Versavel reageerde in een fractie van een seconde. Hij belde de meldkamer en maakte een handdoek nat.

Van In hoorde Versavel heen en weer rennen en trok zijn oogleden open. Gelukkig deinde de pijn weg. Boven hem hingen vier of vijf onbekende gezichten als grimmige tronies uit een griezelverhaal. Hij herkende de aftershave van Versavel. De brigadier zag er helemaal niet florissant uit.

De koelte van de natte handdoek pepte hem op en hij probeerde zich op te richten.

'Gaat het een beetje? Wil je dat we een dokter bellen?'

Van In voelde de kilte van de vloer door zijn jasje naar zijn rug kruipen. Hij rilde en kon zich niet voorstellen waarom hij op de grond lag.

'Nee, laat maar. Ik voel me beter,' steunde hij. 'Ben ik gevallen? Help me alsjeblieft recht.'

Vier behulpzame agenten tilden hem als een zak aardappelen van de grond.

'Dank je.'

Het troebele beeld werd scherper, maar zijn borst kraakte alsof er een vrachtwagen was overgereden.

''k Vienden toch da me een ambulance moeten upballen,' hoorde hij een van de agenten fluisteren.

''t Is zun herte. Mien schoonvoadere is verlede weke ook azo gestuukt.'

Versavel twijfelde. Van In haatte dokters en ziekenhuizen.

'Ik denk dat we beter nog een moment afwachten,' suste hij.

Van In greep zijn pols vast en klemde die als in een bankschroef.

'Geen ziekenwagen, Guido. Alles is onder controle.'

Versavel stond voor een dilemma. Hij was er zelf niet gerust op, maar de smekende blik in de waterige hondenogen van de commissaris gaf uiteindelijk de doorslag.

'Oké, mannen. Bedankt voor de hulp. De commissaris voelt zich beter. Ik zorg nu wel verder voor hem.'

De agenten dropen af, terwijl de agent van wie 'zun schoonvoadere was gestuukt' hun uitvoerig probeerde uit te leggen wat de symptomen van een hartinfarct waren.

'Ik denk dat ik te veel van je pittige koffie heb gedronken,' glimlachte Van In dankbaar.

Versavel hielp hem in een stoel. De commissaris grijnsde als een verwende Alzheimerpatiënt.

'Koffie, seks en opwinding. Zoals ik al zei. Je wordt te oud voor dat soort van cocktails, Pieter.'

Versavel sprak de commissaris zelden met de voornaam aan, maar precies het horen van zijn naam bezorgde Van In een warm gevoel. Hij begreep plotseling het verschil tussen homofiel en homoseksueel.

'Niet in die volgorde, Guido,' kreunde Van In. 'Laat me alsjeblieft niet doodgaan van koffie.'

'Verkies je tabak?' vroeg Versavel cynisch. 'In jouw plaats zou ik straks de waarschuwing op de pakjes sigaretten ter harte nemen.'

'Je hebt gelijk, Guido. Seks is heel gevaarlijk voor een man van mijn leeftijd. Vooral met een lichtekooi,' voegde hij er spottend aan toe.

'Opschepper. Ik zei tabak.'

'Na de seks, Guido. Altijd na de seks.'

'Onnozelaar. Je bent zo koppig als een gecastreerde pitbull.'

'Geef me twee minuten en ik huppel je achterna.'

Versavel slaakte een diepe zucht en hield de handdoek onder de kraan. Van In won langzaam een beetje kleur en dat maakte hem op een vreemde manier gelukkig.

10

Versavel bracht Van In met een dienstwagen naar huis. Hij negeerde het protest van zijn vriend en installeerde hem met een deken op de bank. Daarna stak hij de open haard aan en dwong Van In twee bruistabletten in te nemen.

'Probeer wat te rusten,' zei hij streng. 'Ik lees ondertussen wel een boek.'

Van In sloot gedwee de ogen. Hij snakte naar een sigaret, maar zolang Versavel bleef, kon hij evengoed strychnine vragen. Hij hoorde de brigadier met regelmatige tussenpozen een bladzijde omslaan. Van In probeerde zich te ontspannen en telde van 100 naar 1. Toen ook die beproefde methode mislukte, draaide hij zich op zijn zij en imiteerde een rochelende mijnwerker.

Versavel sloeg het boek dicht en keek de commissaris meewarig aan.

'Er staat nog een restant whisky in de koelkast, Guido. Mijn stembanden lijken wel lijmstokken.'

Versavel keek nadenkend in de vlammen. Volgens de dokters kon een beetje whisky geen kwaad. In heel wat gevallen werkte de sterke drank zelfs helend.

'Vooruit dan maar, eentje dan,' gaf Versavel toe.

'Vergeet jezelf niet,' riep Van In hem na.

Van een hese stem was niets meer te merken. Hij liet zich wegzinken en volgde de sneeuwvlokken die voor het raam dreven. Momenten van intens geluk zijn zeldzaam.

Ze bezorgen je kriebels op je voorhoofd en laten je tintelend achter.

'Dank je, Guido.'

De whisky kleurde amper de bodem van het glas. Van In walste de drank en snoof het aroma op. Het proeven stelde hij uit.

Versavel legde een CD van Corelli op. De clavecimbelmuziek vulde de naar knetterend hout geurende kamer met een onbestemde sfeer van rust en gesublimeerd genot.

'Wat ben je aan het lezen?' vroeg Van In na een poos.

Versavel toonde hem het omslag. Van In las de titel.

'Chaos,' reageerde hij verbaasd. 'Ik herinner me niet dat ik dat boek ooit heb gelezen.'

'Zonde, commissaris. Ik vind het in ieder geval bijzonder fascinerend.'

'Neem het dan mee naar huis, Guido. Ik trek mijn plan wel. Mij kan niets meer overkomen.'

Het duurde ruim een kwartier voor hij Versavel had overtuigd dat hij zich weer prima voelde.

'Straks val ik toch in slaap.'

'Oké,' zei Versavel ten slotte. 'Maar je moet me twee dingen beloven.'

Van In haalde opgelucht adem en nestelde zich als een verwende peuter onder de deken.

'Morgen raadpleeg je een dokter.'

Van In dronk het laatste slokje whisky en knikte onderdanig.

'En als er vannacht iets mocht gebeuren, bel je me op.'

Versavel streek een paar keer over zijn snor, een teken dat hij zich zorgen maakte.

'Afgesproken, Guido. Je denkt toch niet dat ik vanavond nog een poot verzet.'

Versavel leek hem te geloven. Hij pakte een houtblok en wierp die in het vuur.

'Ik sluit de deur af en gooi de sleutel in de brievenbus.'

'Dat is erg attent van je. We zien elkaar morgen op het bureau.'

Van In deed zijn ogen dicht en wachtte tot hij de sleutel in de bus hoorde vallen. Het geluid klonk als een verlossende fabriekssirene. Hij wipte van de bank en haalde een reservepak sigaretten uit de keukenkast, want Versavel had zijn voorraad onverbiddelijk in beslag genomen. Daarna sjokte hij blootsvoets de trappen af en haalde een bestofte fles Rémy Martin uit de kelder.

Er was ondertussen een krachtige noordoostenwind komen opzetten. Duizenden sneeuwvlokken stierven een onopvallende dood tegen het warme glas van de terrasdeuren.

Van In stak een sigaret op, inhaleerde diep, ontkurkte de fles cognac en schonk in. Hij blies rook in zijn glas, snoof en nam een slok van het amberkleurige vuur.

Omdat hij er zeker van was dat bijna alle bankbedienden 's avonds braaf voor de buis zitten, toetste hij het nummer van Philippe Depuydt in. Na de derde 'tuut' werd er opgenomen.

'Hallo, u spreekt met Pieter Van In. Is Philippe daar?'

'Een ogenblik,' zei een vrouwenstem. 'Philiiippe... telefoooon.'

Van In hoorde een kind blèren en bijna kon hij de fletse geur van gepoederde billetjes ruiken. Het duurde een poos, maar eindelijk nam iemand de hoorn weer op.

'Met Philippe Depuydt? Pieter Van In hier.'

Aan de andere kant bleef het akelig stil.

'Je kent me toch nog,' zei hij op een toon van gabbers-onder-mekaar. 'We hebben samen op de schoolbanken gezeten. Bij de xaverianen. Jij zat naast me in de studiezaal en we vochten heroïsche steekspelen uit met onze passers.'

'Ja,' klonk het aarzelend.
'Ik heb je maandag in de bank gezien. Ik moest de directeur spreken en toen zag ik je daar voorbijsluipen.'
'Ik vrees dat ik je niet kan helpen, Pieter Van In.'
Depuydt voelde nattigheid. Niemand belt na vijfentwintig jaar een oude schoolvriend op om gewoon goedendag te zeggen.
'Luister eens goed, beste vriend. Ik weet dat je een probleem hebt met je buurman.'
Van In nam zijn toevlucht tot een autoritaire politietoon.
'Je hoeft je helemaal niet te schamen. Nachtlawaai is een fel onderschat probleem. Ik kan daar zelf over meespreken,' loog hij.
'Ja, maar,' sputterde Depuydt tegen.
'Ik kan je helpen, Philippe. Ik weet waarom de overheid niets onderneemt.'
Depuydt voelde zijn hart in zijn keel bonzen. Het geschil met Debaes, de uitbater van de Octopus hield hem nachten uit zijn slaap. Hij smeekte om een oplossing.
'Dat is heel vriendelijk, Pieter.'
'Ik kan er een einde aan maken als jij mij vertelt waarom de bank mijn huis per se wil verkopen.'
Het bleef weer stil. Het achtergrondgeluid verstomde, wat betekende dat Depuydt zijn hand voor het mondstuk hield. Hij overlegt met zijn vrouw, dacht Van In.
'Waarom zou ik je geloven?'
De stem van Depuydt klonk moedeloos.
'Tot nu toe heeft er niets geholpen en als ik het bankgeheim schend, riskeer ik mijn baan.'
'Het bankgeheim,' lachte Van In. 'Je moet nu ook niet overdrijven. Ik ben gewoon nieuwsgierig. Trouwens, mijn ouders hebben me wat geld geleend. De verkoop gaat sowieso toch niet door.'
Er volgde opnieuw een kort overleg. Dit keer hield De-

puydt zijn hand slordig voor de hoorn. Van In herkende de hoge vrouwenstem. Het argument dat Van In zijn schulden kon aflossen brak de laatste tegenstand.

'Kan je het lawaai echt doen ophouden?'

'Binnen de week,' antwoordde Van In resoluut.

'Wel,' zei Depuydt aarzelend, 'het is nooit de bedoeling geweest je huis openbaar te verkopen. Sedert een paar jaar schuimt een immobiliënkantoor de markt af. Ze zoeken wanbetalers op en zetten de bank onder druk om huizen van mensen in financiële moeilijkheden af te stoten.'

'Ga door, Philippe.'

Van In kon zijn oren haast niet geloven. Van banken werd verwacht dat ze netjes zaken deden.

'Dat is alles, echt waar.'

'Onzin,' sneerde Van In. 'Ik heb altijd vermoed dat Lonneville een corrupt mannetje was.'

'Laat Lonneville er alsjeblieft buiten,' smeekte Depuydt.

'Geen probleem, Philippe. Ik ben tevreden met de naam van het immobiliënkantoor.'

'Die Scone,' fluisterde Depuydt. 'Maar zweer me dat deze informatie onder ons blijft.'

'Slaap maar op je twee oren, Philippe. Binnenkort heb je geen last meer van die lawaaimaker.'

'Dat hoop ik maar. In ieder geval bedankt voor de moeite.'

'Je bent zelf bedankt,' zei Van In. 'En bel me op als er iets misloopt. Oké?'

Van In legde de hoorn neer en trok met zijn balpen obstinate cirkels rond Die Scone.

Na het laatavondnieuws liep Van In naar boven en nam een hete douche. Hij trok schoon ondergoed aan en wrong zich in zijn favoriete jeans. De vetrollen boven de broeksband camoufleerde hij met een bontgekleurde trui die Hannelore hem twee maanden geleden cadeau had gedaan.

Van de Moerstraat naar het Jan van Eyckplein was het amper vijf minuten lopen. De sneeuw stoof met bakken uit de hemel. Van In ploeterde voorovergebogen door de smurrie en probeerde tevergeefs zijn sigaret droog te houden in de palm van zijn hand. Hij schuifelde door de Grauwwerkerstraat en slalomde behendig tussen de ingezakte, half ondergesneeuwde hopen hondenpoep door.

In de Villa zaten twee verwaaide stellen verveeld naar hun drankje te staren. Mario stak lusteloos zijn hand op en Jacques hielp hem hoffelijk uit zijn jas.

'Fans van Wendy van Wanten,' snoof de bleke ober. 'Ze hebben zich natuurlijk vergist. Het optreden was gisteren.'

Van In lachte. Jacques herhaalde altijd hetzelfde excuus als er geen volk was.

'Is Véronique er?'

'Ze zit zich boven op te tutten. Zal ik haar roepen?'

'Doe geen moeite. Ik ken de weg.'

Van In stapte met een bonzend hart naar achteren, trok de grote spiegeldeur open en beklom de steile, donkere trap. In tegenstelling tot de gelijkvloerse verdieping leek dit meer op een woonkazerne in Warschau. De verf bladderde van de muren en tegen het plafond woekerden zwarte schimmels als rottend zeewier op de vloedlijn. Het rook er muf, maar daar stoorde niemand zich aan. De mannen die hier kwamen, hadden wel iets anders aan hun hoofd.

Véronique betrok de ruimste kamer aan het eind van de gang. Van In klopte en nog voor ze 'ja' kon roepen, duwde hij de deur open.

Véronique had zoals de meeste hoeren de smaak van een meisje van twaalf: beddengoed in pastelkleuren, een hoop pluche beesten en een toilettafel in craquelé-wit met gouden biesjes.

'Pierrot. Ik had je niet meer verwacht.'

Véronique wipte van haar krukje als een frêle ballerina. Van In zag dat ze onder de drugs zat, maar dat maakte ze goed met een waterval van liefkozingen.

'Tu m'as manqué.'

'Toi aussi,' kon hij tussen twee kussen uitbrengen.

Véronique was hier twee jaar geleden beland. Ze beschikte niet over een geldig visum, zoals zoveel meisjes uit het voormalige Oostblok en toen ze daarvoor werd opgepakt, had Van In zich over haar ontfermd. Ze was tweeëntwintig en geurde naar de toendra. Haar geprononceerde jukbeenderen, koraalrode lippen en een lichaam dat de Nobelprijs voor de vrede verdiende, maakten van de Russische een onweerstaanbaar kruid. Zij had hem in haar weide laten grazen en hij was er verslaafd aan geraakt.

'Je hebt me gebeld,' zei hij onwennig.

Ze sloeg haar armen om zijn nek en begon hem opnieuw hartstochtelijk te kussen.

'Ik maak je eerst een drankje. Campari?'

'Als je echt niets anders in huis hebt,' zuchtte Van In.

Ze haalde een fles Haig achter het gordijn vandaan en vulde twee groezelige glazen.

'Tu avais quelque chose à me dire, chou,' herhaalde hij in zijn beste Frans.

Véronique reikte hem een glas aan en ging op de rand van het bed zitten.

'Gaat het over de Duitser?'

'Fiedlè?'

'Neen, die andere,' zei Van In stroef.

'Pierrot, je bent toch niet gepresseerd,' pruilde ze. 'Encore un peu?'

Véronique vulde zijn glas bij. Ze vond het niet erg dat haar slordig dichtgeknoopte peignoir openviel.

'Dat was geen Duitser,' zei ze speels.

Van In nam een volwassen teug van zijn whisky en trok zijn jas uit. De nep-Duitser kwam straks wel aan de beurt.

Voor Enzo Scaglione kon de dag niet meer stuk. Hij parkeerde zijn leiblauwe BMW in de schaduw van de Gentse Sint-Baafskathedraal, stopte wat kleingeld in de parkeermeter en liep welgezind in de richting van de Korenmarkt. Onder zijn dure overjas bewaarde hij een bundel knisperende bankbiljetten: de vergoeding voor het opblazen van Guido Gezelle.

Zijn moeder had er altijd van gedroomd dat haar zoon arts of advocaat zou worden. Ze had hem tegen de wil van de oude Scaglione naar de universiteit gestuurd. Enzo had achtereenvolgens in Namen, Leuven en Gent gestudeerd. Dat hield hij zes jaar vol, tot zijn moeder omkwam in een verkeersongeval. Ze was pas negenenveertig toen een zatlap haar voor de deur van haar huis doodreed.

Drie maanden later stapte Enzo in het milieu. Een universitair diploma zou hij nooit meer behalen en dat kon hem geen barst schelen. Vandaag incasseerde hij een ereloon waar een doorsnee chirurg alleen van kon dromen.

Het Gravensteen blikte als een buitenaardse monoliet over de dichtgevroren slotgracht. De heldere sneeuw op de kantelen verleende de oude reus een eerbiedwaardig aanschijn. Een rinkelende tram trok een evenwijdig spoor door de verlaten straten. De jagende sneeuw vertroebelde het scherpe licht van de gele koplampen. In tegenstelling tot Brugge liet men in Gent de sneeuw liggen, wat voor de voetgangers veel veiliger was. Enzo had geen haast. Hij genoot van de serene stilte.

Robert Nicolaï betrok een gerenoveerde flat in het Patershol, vlakbij het Pand. Enzo kende het Pand als zijn broekzak. Als student ging hij er regelmatig wippen. Nu hadden ze het vervallen klooster compleet gerestaureerd. De romantiek van weleer was platgewalst door de stijve deftigheid van de jaren negentig.

Nicolaï verwachtte zijn bezoeker, want nog voor Enzo de belknop losliet, zwaaide de deur open.

'Komt u binnen,' zei hij vriendelijk.

Nicolaï was een knappe kerel, klein van gestalte, maar met de allure van een getrainde bodybuilder. Hij droeg zijn haar in een lange paardenstaart en zijn handdruk was stevig en droog.

'Geen problemen?'

Enzo trok zijn schouders op en stapte naar binnen. De flat was sober ingericht. De meubelen van Ikea pasten perfect bij de witgekalkte muren en op het parket lagen een paar zalmroze vloerkleden.

'Gaat u zitten, mijnheer.'

Nicolaï kende de naam van zijn bezoeker niet en Enzo was niet van plan om zich voor te stellen. Hij nam plaats in een schommelstoel van blank beukenhout.

'Kan ik u iets aanbieden?'

Nicolaï sprak heel moeizaam Nederlands, maar hij deed zijn best.

'Graag,' zei Enzo.

'Witte wijn?'

'Fijn.'

Het rijm klonk even stroef als de gekunstelde sfeer.

'U woont hier bijzonder knus, mijnheer Nicolaï.'

De breedgeschouderde Waal lachte verlegen. Hij vond het prettig dat iemand zijn smaak apprecieerde.

'Ik haal een fles uit de koelkast. Kijk ondertussen gerust maar even rond.'

Enzo hoefde niet rond te kijken. Thuis bezat hij een lijvig dossier over de jongeman.

Nicolaï werkte als lasser voor een metaalbedrijf. Ondanks zijn bescheiden inkomen was hij verslaafd aan luxeproducten. Hij dweepte met Armani, verzamelde oud speelgoed en was verzot op delicatessen. Dat hij die uitspattingen voor de buitenwereld verborgen moest houden, deerde hem niet. Hij leefde als een kluizenaar en deelde zijn heimelijke genoegens met niemand. Om zijn hobby's te financieren zette hij af en toe een kraak. De Waal werkte uitsluitend in opdracht en voor een vaste commissie. Zijn specialiteit was juwelen, maar als hij om geld verlegen zat, accepteerde hij iedere klus.

'Trek uw jas toch uit, mijnheer,' stelde Nicolaï vriendelijk voor. 'Dat praat makkelijker.'

Hij zette de fles en de glazen op de schoorsteenmantel en hielp Enzo uit zijn dure jas.

'Engels?' vroeg hij zonder naar het label te kijken. 'Saville Row?'

Enzo knikte goedkeurend. Hoewel hij nooit familiair werd met een 'onderaannemer', voelde hij een zekere sympathie voor de lasser. De man hield van dure, perfect zittende kledij, net als hij.

Nicolaï ontkurkte de wijn met een professionele 'blop' en schonk de glazen vol. Pinot Noir was toevallig ook de lievelingswijn van Enzo.

'Ik heb het voorschot bij me,' zei Enzo toen ze van de wijn hadden geproefd. 'Vierhonderdduizend nu en de rest na afloop van de opdracht. U vindt alle details in deze envelop.'

Hij haalde het geld en de instructies uit de binnenzak van zijn colbert.

Nicolaï knikte weifelend, alsof hij nu pas besefte wat er hem te wachten stond. Het karwei kon verstrekkende gevolgen hebben. Diefstal was een ding, maar dit...

'U beseft toch welk risico u loopt,' zei Enzo, die de aarzeling detecteerde. De lasser mocht een geroutineerde insluiper zijn, het plaatsen van een zware bom was het werk van een expert en dat was Nicolaï zeker niet.

Nicolaï scheurde zenuwachtig de envelop open.

'Op de groene blaadjes vindt u een schema van de beveiliging,' zei Enzo behulpzaam.

Wellicht had de Waal Enzo slecht begrepen, want hij pakte de blauwe velletjes.

'Dat zijn de tekeningen van het gebouw,' reageerde Enzo korzelig.

'Sorry. Die bestudeer ik straks wel.'

De bundel bankbiljetten leek hem meer te interesseren. Hij telde de briefjes van tienduizend als een geroutineerde klerk.

'De toren vormt geen enkel probleem,' zei Nicolaï overmoedig. 'Er zijn scheuren en uitsteeksels zat. In minder dan een halfuur ben ik boven.'

Enzo rilde, ondanks de knusse warmte. Hij kon zich niet voorstellen dat iemand zonder beveiliging een toren van meer dan tachtig meter hoog aan de buitenkant wilde beklimmen. Enzo kreeg al een wattig gevoel als hij vanaf de derde verdieping uit het raam keek.

'U mag de datum voor de beklimming vrij kiezen.'

Enzo spoelde zijn hoogtevrees door met een flinke slok wijn.

'Hoe vlugger, hoe liever,' zei Nicolaï enthousiast.

'Vóór 1 april zou ideaal zijn.'

'Maakt u zich geen zorgen. Zonder die rotsneeuw waagde ik morgen al een poging.'

Enzo was de sneeuw compleet vergeten. Natuurlijk kon Nicolaï in die omstandigheden niet klimmen.

'Gelukkig blijft de sneeuw hier nooit lang liggen,' anticipeerde de Waal.

'Nee, maar het kan flink koud zijn.'

'Geen probleem. Vorig jaar heb ik in de Franse Alpen een loodrechte wand van vierhonderd meter gepakt en dat bij een middagtemperatuur van tien graden onder nul,' zei Nicolaï zelfverzekerd.

'Oké dan.'
Enzo ledigde zijn glas in een teug.
'Dit is de sleutel van de bagagekluis. Ik stel voor dat u die zo snel mogelijk leegmaakt. De rijkswacht voert af en toe routinecontroles uit en soms zetten ze getrainde honden in.'
'Om drugs op te sporen, zeker,' reageerde de Waal nogal sarcastisch.
Enzo knipperde met zijn ogen. De lasser kreeg kapsones en daar hield hij niet van.
'Vorig jaar was er een bomalarm in het Sint-Pietersstation. Ik geloof niet dat ze toen drugshonden gebruikten,' viel hij scherp uit.
Nicolaï lachte als een kind dat op de kermis een grote beer heeft gewonnen. Enzo haalde diep adem en probeerde een woedeaanval te onderdrukken. Als halve Siciliaan viel hij onder de categorie licht ontvlambare producten.
'Ik zou deze opdracht niet al te luchtig opnemen,' snoof hij.
'Maakt u zich toch geen zorgen, mijnheer. Ik maak zelden fouten.'
'Dat hoop ik voor u, amice.'
Enzo ging staan. De Waal reageerde alert. Hij liep naar de kapstok en reikte hem zijn jas aan.
'Als er problemen mochten zijn, kunt u me altijd op dit nummer bereiken.'
Enzo haalde een kaartje uit zijn binnenzak en liet hem het nummer gedurende tien seconden bekijken.
Nicolaï wierp een vluchtige blik op het kaartje.
'Dan stap ik maar eens op,' zei Enzo droog.
Hij zette de kraag van zijn jas recht en stak zijn hand uit.
'Veel succes.'
'Dank u. En vertel uw opdrachtgever maar dat alles dik in orde komt.'

Het klonk arrogant en even voelde Enzo zich als een ordinaire loopjongen. De Waal had pit, maar zijn naïviteit was een slecht voorteken. Aan de voordeur draaide Enzo zich bruusk om.

'Herhaal het telefoonnummer nog eens.'

Nicolaï grijnsde en reproduceerde het nummer zonder hapering.

'Dat zal mijn opdrachtgever bijzonder op prijs stellen,' zei Enzo sarcastisch. 'Als uw klimtechniek even feilloos is als uw geheugen, hoeft niemand zich zorgen te maken.'

11

'Ik vind dat we Versavel op de hoogte moeten brengen. Ik kan onmogelijk werken met een assistent die niet volledig bij de zaak betrokken is,' zei Van In formeel.

Hoofdcommissaris Carton vouwde zijn mijnwerkershanden tegen zijn neus en zoog hoorbaar liters lucht op.

'Je weet toch dat de burgemeester absolute geheimhouding heeft geëist.'

'Wat duidelijk bewijst dat Moens niet veel van politiezaken afweet,' riposteerde Van In. 'Politici denken alleen aan hun imago.'

Carton trok zijn das los. De lucht was verdomd droog. Hij liep naar de radiator en verifieerde het peil van de waterverdamper.

'Geen mens die zich met die rotdingen bezighoudt,' mopperde hij.

'Een onderzoek van deze omvang is te veel voor een man, commissaris,' drong Van In aan. 'Bovendien beschik ik over te weinig tijd. Ik kan niet alles alleen doen.'

Carton draaide zich om en keek Van In doordringend aan. Over drie jaar ging hij met pensioen. Hij had de post van hoofdcommissaris nooit geambieerd.

'Ik heb vernomen dat je gisteren nog eens onwel bent geworden,' zei hij terloops. 'Gaat het beter?'

Van In knikte.

'Niets aan de hand, commissaris. Een lege maag, een paar koppen sterke koffie en een slapeloze nacht. Ik ben geen achttien meer.'

Carton leek genoegen te nemen met die verklaring.

'Ik mag dus aannemen dat je Versavel al hebt ingelicht,' zei hij plotseling formeel.

Carton mocht dan niet over een universitair diploma beschikken, mensenkennis kwam hij in ieder geval niet tekort.

'Hoe raadt u het?' zuchtte Van In met een onschuldige smoel.

Carton ging weer zitten en plantte zijn ellebogen op zijn bureau.

'Dan is het probleem toch opgelost,' zei hij dreigend. 'Jij leidt het onderzoek. Breng jij Moens maar op de hoogte.'

'Sorry, maar ik...'

'Bespaar me je uitvluchten, Van In. Doe me een plezier. Ga aan de slag en kom met resultaten voor de dag. En druk Versavel op het hart dat hij zijn mond moet houden.'

'Voor hem steek ik mijn hand in het vuur, net als Mucius Scaevola.'

'Moesius wie?'

Carton was een fervent televisiekijker. De naam deed hem aan *The Godfather* denken.

'Scaevola was een Romeinse patriciër die zijn hand in het vuur liet verkolen om te bewijzen dat...'

'Doe geen moeite, Van In. Je verhalen interesseren me geen fluit. Capice.'

'Vanzelfsprekend, commissaris.'

Carton protesteerde niet toen Van In opstond en verontwaardigd wegliep. Hij was al blij dat hij zijn gezag had laten gelden.

Versavel begroette hem met een brede grijns.

'Goed geslapen, commissaris?'

'Als een engel, Guido. Ik heb amper gehoord dat je de sleutel in de bus liet vallen.'

Ondanks de gure oostenwind en de aanhoudende sneeuwbuien zat de brigadier in hemdsmouwen. Bij de politie bespaarde men niet op de verwarming. Bovendien was Versavel pas terug van Lanzarote. Hij was bijzonder trots op zijn bruine bast.

'Geen problemen met de oude?'

Van In haalde de schouders op.

'Een baas blijft een baas,' zei hij nonchalant.

Leo Vanmaele overviel hen om halftien. De koddige kabouter schudde de sneeuw van zijn rug als een natte teckel.

'Ik heb achtenveertig Duvels van je tegoed,' kraaide hij.

Versavel zette de teksverwerker aan en deed alsof hij veel werk had.

Leo deponeerde een lijvig dossier op het bureau van Van In.

'Je hoeft deze rotzooi natuurlijk niet te lezen,' zei hij luchtig. 'Luitenant Grammens is het volledig met me eens. Het beeld werd opgeblazen met semtex. Ik zal je de technische details van het ontstekingsmechanisme besparen, maar neem gerust van me aan dat we niet met een prutser te maken hebben.'

'Geen vandalen dus?'

'Ik vrees van niet, Pieter.'

Leo liet zich in een stoel ploffen en ritste zijn jas open.

'Grammens heeft zelfs het type van de ontsteking kunnen achterhalen,' zei hij triomfantelijk. 'Het ding wordt in principe alleen door het leger gebruikt.'

'Dat is tenminste iets,' zei Van In. 'Als de ontstekingen gestolen werden, moeten we kunnen achterhalen waar ze vandaan komen.'

'Dan moeten we op Europees niveau gaan zoeken,' zei

Leo. 'Volgens Grammens wordt dat soort elektronische gadgets in drie landen gebruikt.'

'Duitsland, Frankrijk en Groot-Brittannië,'zei Van In achteloos.

'Hoe weet je dat?' vroeg Leo verbaasd.

'De moffen bedenken het, de Fransen verkopen het en de Engelsen krijgen het cadeau van de Amerikanen.'

'Zal ik Europol contacteren?' vroeg Versavel.

Omdat ze niet kibbelden, had hij de tekstverwerker weer afgezet.

'Europol? Laat me niet lachen, Guido. Tegen de tijd dat die hun computers hebben aangesloten, vieren we het tweede millennium.'

'De toestand is in ieder geval ernstig,' zie Leo. 'Met terroristen van dat formaat valt niet te spotten.'

'Geef mij maar studenten,' reageerde Van In laconiek.

Hij pakte het dossier, sloeg het open en las de eerste paragraaf.

'De analyse van het briefpapier heeft ook niet veel opgeleverd,' zei Leo.

Van In legde het verslag van Grammens met een verveeld gezicht naast zich.

'Afgezien van drie paar bekende vingerafdrukken was het papier zorgvuldig schoongeveegd. De niet geïndentificeerde afdrukken op de envelop zijn waarschijnlijk afkomstig van de postbode, de sorteerder, de secretaresse van de burgemeester en iedereen die de envelop heeft bepoteld. Ik kan me niet voorstellen dat iemand die het briefpapier schoonveegt, de envelop over het hoofd ziet.'

'Dat lijkt me logisch,' reageerde Van In korzelig.

'Maar ik heb ook goed nieuws,' zei Leo opgetogen. 'Ik heb de tekst door een filoloog laten bestuderen.'

'Benson im Himmel,' kreunde Van In. 'Je had nochtans beloofd...'

'Geen paniek, Pieter. Ik heb de brief gekopieerd en

verknipt. De man heeft er geen benul van waarover het gaat.'

'Gelukkig.'

Van In kreeg een pijnscheut in zijn borst, maar liet niets merken.

'In de brief staan zinsconstructies die een Waal of een Fransman nooit zou gebruiken. Volgens onze filoloog lijkt het er sterk op dat we hier met een vertaling van een Nederlandse tekst te maken hebben.'

'De Nederlander,' zei Van In. 'Guido, heb je de Nederlandse recherche al gecontacteerd?'

Versavel wreef over zijn snor.

'Ik heb gisteren het onderzoek voortijdig moeten afbreken,' zei hij diplomatiek.

'Wat stom van me,' grijnsde Van In. 'Dat kunnen we dan beter onmiddellijk doen.'

Versavel stond op en zag Van In dankbaar knikken.

'Ik stuur stante pede een fax, commissaris.'

'Ja, doe dat maar, Guido.'

'Er is een klacht binnengelopen over een ongedekte cheque,' zei Versavel met een zuur gezicht.

Van In keek verrast op. Leo was een kwartier geleden opgestapt en hij had zich al afgevraagd waar Versavel zolang uithing.

De brigadier deponeerde de cheque op zijn bureau.

'Herken je dit?'

Van In kreeg het warm en koud.

'De teef,' brieste hij.

'Normaal lag die cheque morgen bij een of andere substituut,' zei Versavel nors.

'En?' vroeg Van In wanhopig.

'Gelukkig is Verbeke van dienst. Anders was het me zeker niet gelukt.'

'Je bent een engel, Guido.'

'Ik begrijp je niet, commissaris.'
'Heeft Verbeke een PV opgesteld?'
Versavel haalde een dubbelgevouwen vel papier uit zijn broekzak.
'Heeft hij niet geprotesteerd?'
'Verbeke verschiet zelfs niet van kleur als de loodgieter halfnaakt in zijn slaapkamer naar een lek in de waterleiding speurt,' zei Versavel sarcastisch. 'Ik doe het voor Hannelore, commissaris.'
Van In dacht aan Mucius Scaevola, die zijn hand boven een houtskoolvuur liet zwartblakeren om Porsenna ervan te overtuigen dat het geen zin had Rome nog langer te belegeren. Versavel was uit hetzelfde hout gesneden als de Romeinse edelman.
'Je mag niet direct het ergste denken,' suste hij.
'Moet ik soms geloven dat je Véronique verhaaltjes gaat voorlezen?'
'Ik had informatie nodig, Guido.'
'Dat zegt James Bond ook altijd,' bitste Versavel.
'Echt waar, Guido. Gisteren vertelde ze me...'
'Je bent dus toch geweest?'
Geen enkele procureur had een beklaagde dieper kunnen treffen.
Van In was beschaamd en sloeg zijn ogen neer.
'Ik kap met die meid,' zei hij. 'En dat meen ik, Guido.'
'Beloof maar niets, commissaris. Vanavond ga ik de slet betalen. Verscheur de cheque en we praten er niet meer over.'
Van In had sinds de dood van zijn moeder niet meer geweend, maar het scheelde niet veel of hij barstte in tranen uit. Er brandde een krop in zijn keel.
'Wil je koffie zetten, Guido?'
Versavel begreep de hint en draaide zich om.

‘Twee klontjes, commissaris?’

Van In knikte en nam gelaten de beker dampende koffie aan.

‘De man die Fiedle vergezelde, was geen Duitser,’ zei hij na een poos. ‘En dat maakt de zaak er niet makkelijker op.’

‘Was het een homo?’

‘Erger, Guido. Veel erger.’

‘Een politicus?’

Ze schoten gelijktijdig in een bevrijdende lach. Van In schuddebolde en vergat heel even zijn zorgen.

‘Het was Georges Vandekerckhove,’ proestte hij.

‘De grote baas van Travel?’

‘In eigen persoon,’ snoof Van In.

‘Ga je hem ondervragen?’

Van In pakte een papieren servet en snoot zijn neus. De tranen biggelden langs zijn wangen.

‘We moeten iets ondernemen of Carton krijgt een beroerte. En wat rest een radeloze politieman anders dan veel papier te produceren als hij niet meer weet van welk hout pijlen te maken?’

‘Je hebt hout nodig om papier te maken,’ schertste Versavel.

‘Wat bazel je nu weer?’

Van In voelde de pijn aan zijn borstbeen knagen.

‘Ik probeer de ecologische balans in evenwicht te houden,’ lichtte Versavel toe. ‘Groen zijn is in.’

‘Groen lachen ook,’ zei Van In. ‘Ga jij Moens maar uitleggen dat we een captain of industry op de rooster moeten leggen. En er is nog meer opbeurend nieuws. Vandekerckhove is tevens eigenaar van de Villa. Wist jij dat?’

‘Kunnen we hem niet oppakken voor vrouwenhandel?’ zei Versavel gretig.

Van In kon moeilijk bekennen dat hij dan zelf op het beklaagdenbankje zou belanden.

'Ik denk dat ik Vandekerckhove morgen een informeel bezoek breng,' zei hij. 'Ik ben in ieder geval nieuwsgierig waarom hij niet heeft gereageerd op de dood van zijn Duitse vriend.'

'Ik weet zeker dat Croos dat niet leuk zal vinden,' grinnikte Versavel.

'Croos kan de pot op.'

'En Creytens?'

Van In walste de lauwe koffie in zijn beker. Versavel had gelijk, hoewel...

'Een onderzoeksrechter die een dossier achter slot en grendel stopt, is volgens mij niet zuiver op de graat. Ik wed voor een etentje in de Wittekop dat hij zich gedeisd zal houden.'

'Dan kies ik voor geflambeerde ossenhaas,' zei Versavel schamper.

'Dat serveren ze daar niet, Guido.'

'Precies, commissaris. Een gewone steak volstaat. Daar kun je tenminste je vingers niet aan branden.'

'Je had paus moeten worden, Versaveltje. Die mag de mensen beroepshalve de les spellen.'

'Ik veronderstel dat mijn impertinente opmerkingen bestraft worden.'

'Reken maar,' plaagde Van In. 'Tegen morgen wil ik alles weten over een Brugs immobiliënkantoor.'

'Ga je verhuizen?'

'Zwijg en noteer, brigadier.'

Van In had frisse lucht nodig en Versavel protesteerde niet toen hij halsoverkop wegvluchtte. Hij doolde door Brugge als de schim van Don Quijote. In minder dan een uur doorkruiste hij de stad en ten slotte belandde hij op de Burg. Daar dreef een enthousiaste gids zijn toeristen als een kudde schapen naar de nabijgelegen winkelgalerij. In de beschutting van de Steeghere stak hij met een stentorstem de lof van Brugge, dat 'oltied schone' was.

Van In kreeg trek in iets warms. Het knetterende haardvuur in een bekende tearoom zong als een bevallige sirene. De verleiding was heel groot, maar Van In dacht aan Antonius in de woestijn en bood weerstand aan de bekoring. Hij stapte resoluut in de richting van de Steeghere en wrong zich door de hecht aaneengesloten groep toeristen die totaal ongeïnteresseerd naar hun 'Führer' luisterden. Aan het einde van de doorsteek sloeg hij links af. Binnen de vijf minuten stond hij onder de imposante toren van de O.L.V.-kerk.

Hij stampte de sneeuw van zijn schoenen en haastte zich door het portaal naar binnen. Het was er even koud als buiten, maar dat leek sommige toeristen niet te deren. Ze zaten luid keuvelend te genieten van het gotische geweld, alsof ze de nieuwste film van Spielberg aan het bekijken waren.

Van In liep door de linkerbeuk naar het altaar waar de madonna van Michelangelo over de hoofden van een twintigtal bewonderaars uitkeek. Hoewel er overal in de kerk borden hingen waarop in vijf talen om stilte werd verzocht, hoorde hij een van de kerkbedienden met luide stem uitleg geven aan de heterogene groep bezoekers. Van In sloot zich aan bij het gezelschap en luisterde met een half oor naar de man die met veel verve de lof van de renaissance bezong. Zijn taal was archaïsch en doorspekt met een woordenschat die een gesjeesde student kunstgeschiedenis pleegt te hanteren.

Van In pakte een stoel en ging zitten. Hij bekeek het beeld aandachtig. Het gelaat van de Brugse madonna leek treffend op dat van de piëta in Rome. Ook het gewaad van beide beelden vertoonde een opmerkelijke gelijkenis. Van In was geen kunstkenner, maar hij had toch de indruk dat de blik van de Brugse madonna een zekere melancholie verraadde. De drapering van het gewaad oogde strakker en het Kind leek hem iets te groot.

'Michelangelo, beste mensen, was met Leonardo da Vinci de meest complete kunstenaar van de Italiaanse renaissance.'

De kerkbediende, een oudere man in een smetteloze blazer, oreerde afwisselend in het Frans en het Engels.

'Vergeet niet dat de vijftiende eeuw een nieuw tijdperk inluidde. Michelangelo en Da Vinci waren de voorlopers van een stroming die de West-Europese beschaving naar nieuwe horizonten voerde. Michelangelo Buonarroti was een "uomo universale". Hij was zelfbewust, arrogant en nukkig. Hij ging met pausen in de clinch en weigerde zich te onderwerpen aan de starre regels die zijn kunst beperkten. De gewrochten van Michelangelo zijn gelouterde kunstwerken en dat kunt u merken aan dit beeld.'

Alle hoofden draaiden zich in de richting van de madonna. Van In keek geamuseerd toe. De oude sprak als een blaaskaak, maar hij slaagde erin zijn gehoor te boeien.

'Sta me toe u een anekdote te vertellen.'

Iedereen spitste de oren en daar genoot de man van.

'Men zegt dat Michelangelo, toen hij de opdracht voor het beeld kreeg, op zoek ging naar een passend model. Hij wilde een jonge vrouw beeldhouwen met de onschuld van een maagd en de edele trekken van een dame. Na lang speuren vond hij een meisje bereid voor hem te poseren en omdat ze van adellijken bloede was, noemde hij haar "la contessina". Tijdens het werk werd hij verliefd op haar, maar die liefde bleef onbeantwoord. Zoals dat in die tijd gebruikelijk was, werd "la contessina" uitgehuwelijkt aan een rijke Florentijnse koopman. Michelangelo, die zich verzette tegen alles wat kleinburgerlijk was, raakte zo gefrustreerd dat hij in het voetstuk de initialen MF beitelde.'

De gids hield zijn toehoorders volledig in de ban. De anekdote maakte meer indruk dan het complexe betoog dat hij net had afgestoken.

'Als we weten,' ging de man zelfvoldaan door, 'dat Michelangelo geen enkel werk signeerde, is deze madonna van Brugge wel heel speciaal. Dit beeld is immers een ode aan de liefde van een groot kunstenaar voor zijn Florentijns liefje. MF, dames en heren, staat voor "mia Fiorentina",' besloot hij met een dramatische stembuiging. 'Mijn kleine Florentijnse.'

De oude kerkbediende produceerde een hemelse glimlach en nam met overdreven dankbetuigingen de fooien in ontvangst.

Van In wierp een laatste blik op het beeld en slenterde nonchalant naar de uitgang. Toen hij buiten was, realiseerde hij zich dat de kille kerk toch beschutting bood tegen de snerpende wind. Hij zette zijn kraag op en probeerde de rillingen te onderdrukken door flink door te stappen. Een Irish coffee zou hem deugd doen.

12

'Je klinkt niet erg opgetogen,' gniffelde Versavel.

'Wil jij in mijn plaats gaan?' vroeg Van In stijdlustig.

Hij stak nijdig een sigaret op en begon zenuwachtig door de kamer te ijsberen. Versavel ging achter zijn tekstverwerker zitten en startte het programma op.

'Ja, wat wil je, commissaris. Dura lex sed lex, nietwaar?'

'En durex sed sex, zeker,' riposteerde Van In pinnig.

Versavel lachte uit beleefdheid.

'Vandekerckhove is niet de eerste de beste. Bovendien heb ik geen poot om op staan,' zuchtte Van In.

'Hoe klonk hij?'

'Als God de Vader. Mijnheer kan me om halftien ontvangen, want hij moet om halfvier in Parijs zijn.'

'Dan zou ik nu maar opkrassen,' zei Versavel. 'Of zal ik iemand van de bereden politie opvorderen om de weg vrij te maken?'

Het hoofdkantoor van Travel, een kubus van spiegelglas en staal beheerste de skyline van het Zeebrugse havengebied met een smakeloze hoekigheid. De veelkleurige bewegwijzering naar het bedrijf was weggegooid geld. Je kon het misbaksel onmogelijk missen.

Dertig jaar geleden was dit nog een klein familiebedrijf. Nu behoorde Travel tot de grootste touroperators van de Benelux.

Georges Vandekerckhove had het taxibedrijf van zijn

vader omgebouwd tot een moderne multinational. Het bedrijf had een omzet van 14 miljard en stelde drieduizend mensen te werk. Samen met zijn jongste zoon Ronald leidde Vandekerckhove het imperium met strakke hand.

Gelukkig had Van In geen kaas gegeten van macro-economische modellen en de dwingende wetten die het geldmaken beheersen. Het kon hem allemaal geen barst schelen. Hij parkeerde de Ford Sierra nonchalant op de tarmac voor het gebouw, vlak naast de gereserveerde plaatsen voor de directie. Hij doofde zijn sigaret in de smetteloze asbak en pakte zijn jasje op de achterbank.

Het parkeerterrein werd kunstmatig sneeuwvrij gehouden. Travel voerde niet voor niets een oranje zonnebol in zijn logo. En hoe wil je reizen naar het warme Zuiden promoten als de parking van het moederhuis er uitziet als een locatie voor de film: Amundsen ontdekt de Zuidpool?

Van In liep naar de centrale inkomsthal en meldde zich bij de receptioniste. Het meisje, een opgeschilderde barbiepop en ongetwijfeld het product van een of andere Vlaamse modellenschool, begroette hem met een Amerikaanse glimlach.

'Ik kijk even of mijnheer Georges op zijnen bureau is,' zei ze in beschaafd West-Vlaams.

Ze bespeelde de toetsen van de telefooncentrale als een volleerde Internetsurfer. Terwijl het toestel discreet zoemde, keek ze halfverlegen in Van Ins richting. Hij trok instinctief zijn buik in.

'Mijnheer Georges kan u over een kwartier ontvangen,' zei ze gewichtig. 'Als u daar even wilt wachten.'

Ze wees naar een met neppalmbomen omzoomde zithoek.

De grote klok, een zon met blauwe wijzers, wees twintig

voor tien aan. Van In speurde naar een asbak en toen hij die niet vond, stak hij toch een sigaret op. De Monroe-kopie kuchte opvallend, maar liet hem ongemoeid.

De telefoon zoemde voortdurend en net toen Van In zijn derde sigarettenpeuk met de hak van zijn schoen op de smetteloze vloer uitduwde, gebaarde de ex-pladijskoningin dat hij naar boven kon gaan.

'Mijnheer Georges zit op de zesde verdieping,' zei ze met al haar tanden bloot.

Van In veegde de peuken met zijn voet onder de plantenbak en volgde de richting die ze met uitgestrekte vinger aanwees.

Georges Vandekerckhove had van het hoofdkantoor bewust zijn visitekaartje gemaakt. Aan de muren hingen litho's van Dali en Modigliani. Er was ook een kitscherige reproductie op doek van de 'Irissen'. Het zonnige palet van de berooide Nederlander betekende hier immers kassa.

Het kamerbreed tapijt in de kleuren van Travel, oranje en blauw, veerde onder zijn schoenzolen. De obligate bankstellen waren van leer en het schrijnwerk van tropisch hardhout. Honderden halogeenlampen zorgden voor een redelijk geslaagde imitatie van natuurlijk zonlicht.

Van In meldde zich aan via het klassieke belletje met rood en groen venster. Het duurde ruim een halve minuut voor het woord 'binnen' in het groene gedeelte oplichtte.

Georges Vandekerckhove zat achter een indrukwekkend bureau. Hij hield de hoorn van de telefoon tussen zijn wang en schouder geklemd. Zijn haar was door een dure kapper modieus achterover gekamd, maar dat kon amper verhullen dat de dynamische baas van Travel bijna kaal was. In een gewoon pak, zonder het blitse overhemd, de extravagante zijden stropdas en de liposomencrème, zou hij op een doorsneekantoorbediende lijken.

Vandekerckhove gebaarde achteloos dat hij kon plaatsnemen.

'Egypte wordt dit jaar een fiasco,' hoorde Van In hem zeggen. 'De voorbije twee jaar is de trafiek met zestig percent achteruitgegaan. Natuurlijk hebben we hotelcapaciteit zat. De vijfsterrenhotels werken momenteel onder de kostprijs en zelfs gratis vluchten leveren niets meer op.'

Vandekerckhove lachte verontschuldigend en wees naar een dienblad waarop twee verchroomde thermoskannen stonden. Met zijn vrije hand schoof hij Van In een porseleinen kopje toe.

'Turkije, min vijfenveertig percent. Zelfs Griekenland lijdt onder de acties van de PKK. Op Rhodos zitten ze met de handen in het haar na die bomaanslag van vorig jaar.'

Van In pakte de thermoskan en schonk het aangereikte kopje vol. In tegenstelling tot de normale bedrijfsprut, herkende hij het milde aroma van echte Columbiaanse koffie; vers gemalen en perfect gezet.

'In Marokko boeren we eveneens flink achteruit. Als de mensen het woord "fundamentalist" op de televisie horen, haken ze massaal af.'

'Nee, niet Algerije,' bitste Vandekerckhove toen zijn gesprekspartner blijkbaar een opmerking maakte.

'Onze klanten maken geen onderscheid tussen Marokko en Algerije. Voor hen is een boernoes een boernoes en een dromedaris een dromedaris.'

De man aan de andere kant van de lijn formuleerde waarschijnlijk een excuus, want Vandekerckhove glimlachte en ging op opgewekte toon door.

'Ebola?' riep hij plotseling.

Het bleef even stil. Van In veronderstelde dat Vandekerckhove nu een lezing kreeg over het dodelijke virus.

'Maak je daar geen zorgen over. Centraal-Afrika is een kleine markt. Dat verlies kunnen we ons gerust permitteren.'

Van In keek kwansuis door het raam. In de verte voerde een ferryboot een hardnekkige strijd met de branding.

'Daarin heb je gelijk. Straks houden we alleen nog Europa over en het oude continent zit vol, mijn beste vriend. In Spanje verhuren ze opnieuw geitenstallen en in de Provence zijn er al campings met twee verdiepingen.'

Van In pakte een tweede kopje, schonk het vol en schoof het door. Vandekerckhove knikte joviaal en nam een zuinig slokje.

'Nee, daar weet ik helemaal niets van.'

De stem van Vandekerckhove schoot uit. Een onderdeel van een seconde blonk er bezorgdheid in zijn ogen.

'Luister, Jean. Bel me vanavond na tien uur terug. Ik moet nu dringend naar een bespreking.'

Hij geneerde zich er niet voor dat Van In getuige was van zijn doorzichtige leugen.

'Dat handel ik vanmiddag af,' zei Vandekerckhove nukkig en verbrak met een verveelde zucht de verbinding.

'En waarmee kan ik u van dienst zijn, commissaris?'

De zure uitdrukking op zijn gezicht maakte als bij toverslag plaats voor de befaamde 'Travel-smile'.

'Adjunct-commissaris Van In, Pieter Van In.'

Hij stelde zich graag op die manier voor. Het klonk een beetje als Bond, James Bond.

'Juist,' lachte Vandekerckhove. 'Mijn excuses voor het oponthoud. Het is hier altijd razend druk.'

'De juffrouw aan de balie had het ook zeer druk,' zei Van In gemoedelijk. 'Ik veronderstel dat het niet makkelijk is personeel te vinden dat bekwaam en presentabel is.'

Vandekerckhove glimlachte plotseling niet meer. Hij

rolde zijn stoel achteruit en kruiste afwachtend de armen. Van In speelde het spel heel subtiel. Vandekerckhove had hem bewust laten antichambreren, dus waarom zou hij onmiddellijk ter zake komen?

'U heeft een prachtig bedrijf, mijnheer Vandekerckhove. Zo te zien floreren de zaken,' zei hij op een toon alsof hij daarstraks niet had meegeluisterd. 'Maar ja, hoe kan het anders? De mensen willen reizen, ongeacht de economische toestand. Vakantie is vandaag de dag big business geworden. Nietwaar, mijnheer Vandekerckhove?

'Dat hoop ik, commissaris. Dat hoop ik van harte. Vergeet echter niet dat de sector onder grote druk staat. De concurrentie is moordend en de consument straft ons voor de geringste fout af.'

De sluwe vos gaf geen krimp.

'Zijn jullie daar dan niet tegen verzekerd?' vroeg Van In olijk.

Vandekerckhove streek door zijn dunne haar en nam een symbolisch slokje van de ongesuikerde koffie.

'Ik mag aannemen dat u niet hier bent om een reis te boeken.'

Hij probeerde duidelijk het gesprek in een andere richting te buigen.

'Nee, daarvoor ben ik inderdaad niet gekomen,' zei Van In slinks.

Vandekerckhove werd zenuwachtiger. Zijn neusvleugels trilden en hij wreef zijn voeten over elkaar.

'Ik wou u een paar vragen stellen in verband met de moord op Dietrich Fiedle.'

Vandekerckhove toonde geen enkele emotie.

'Arme Dietrich. Ik heb daar iets over gelezen in de krant.'

Hij zette zijn bril af en poetste de glazen met zijn zijden das.

'Herr Fiedle was een gewaardeerde zakenrelatie.'
Vandekerckhove schudde meewarig het hoofd.

'Indien dit in New York of Mexico City was gebeurd, hadden we misschien van een beroepsrisico kunnen spreken, maar in Brugge!'

Van In voelde zich ongemakkelijk. Hij had alleen het woord van een hoer.

'Mag ik u vragen wanneer u Dietrich Fiedle voor het laatst hebt gezien?'

Vandekerckhove wierp zijn hoofd achterover. Van In hield hem scherp in de gaten, want dit was een cruciale vraag.

'Ogenblik, commissaris.'

Hij drukte de knop van de intercom in.

'Liliane, kan je even voor me natrekken wanneer mijnheer Fiedle hier voor het laatst is geweest?'

'Zeker, mijnheer,' hoorde hij Liliane antwoorden.

Vandekerckhove lachte ontspannen en zette zijn bril weer op. Van In had nog nooit een vetgemeste gier gezien met een bril op.

'En komt er schot in de zaak, commissaris? Ik mag toch aannemen dat jullie over een paar aanwijzingen beschikken.'

Zijn uitpuilende lippen leken op twee fietsbanden met een knik in het midden.

'Er is een verdachte,' zei Van In droog. 'Maar daar kan ik natuurlijk niets over kwijt.'

Vandekerckhove was even sprakeloos, maar werd gelukkig gered door Liliane.

'Mijnheer Fiedle was hier voor het laatst op vijftien januari,' klonk het door de intercom.

'Dank je, Liliane.'

Zijn driedubbele kin vibreerde als een pudding op een trilband.

'U hebt hem dus niet ontmoet op 11 februari. Privé, bedoel ik,' vroeg Van In nadrukkelijk.

Vandekerckhove bevochtigde zijn lippen en drukte zijn gestrekte handen tegen elkaar.

'Mijnheer Van In.'

Hij benadrukte iedere lettergreep.

'Op 11 en 12 februari was ik in Nice voor een conferentie.'

De zelfvoldaanheid lag er dik op en grensde aan arrogantie. Van In stond perplex. Zijn hele theorie stortte als een kaartenhuis ineen.

'En u beschikt over getuigen die dat kunnen bevestigen?'

'Tientallen, mijnheer Van In,' smaalde Vandekerckhove. 'Zal ik namen noemen?'

Zijn kin trilde weer, maar dit keer blonk er boosaardigheid in zijn dichtgeknepen varkensogen. Met een vastberaden wijsvinger duwde hij opnieuw de knop van de intercom in.

'Liliane, wil je zo goed zijn de reservaties en de tickets van mijn laatste vlucht naar Nice te brengen, alsjeblieft?'

Vandekerckhove leunde ontspannen achterover in zijn dure directeursstoel.

'Doe geen moeite, mijnheer Vandekerckhove. Ik geloof u heus wel,' zei Van In luchtig. 'U moet begrijpen dat we ieder spoor moeten natrekken.'

'Dat spreekt vanzelf, mijnheer Van In. Nog een kop koffie of kan ik u iets pittigers aanbieden?'

'Nee, dank u, mijnheer Vandekerckhove. Tijdens de diensturen wordt er niet gedronken,' zei Van In zonder blikken of blozen.

'Onzin. Het is bijna elf uur. Een aperitief heeft nog nooit iemand kwaad gedaan.'

'Liever niet, mijnheer. Ik zou graag voor twaalf uur in Brugge zijn en met dit weer zal dat niet meevallen.'

Vandekerckhove had blijkbaar alle tijd voor iemand die om halfvier in Parijs werd verwacht.

Liliane was het prototype van de perfecte secretaresse. Ze droeg een elegant mantelpakje en kwam binnen in een wolk van Chanel n° 5.

'De reservatie en de tickets, mijnheer,' zei ze discreet.

'En een kopie voor de commissaris,' voegde ze er ongevraagd aan toe.

'Dank je, Liliane.'

Ze legde het plastic mapje op zijn bureau en verdween geruisloos.

'Mijnheer Fiedle zat toch niet in de problemen?' vroeg Van In plotseling.

'Dietrich? Nee. Als hij vijanden had, dan moet je die in Duitsland zoeken.'

Vandekerckhove overhandigde hem het mapje met de kopieën.

'Dietrich was een kleurloze man. Hij leefde voor zijn werk en het zou me verbazen indien iemand uit zijn omgeving besefte dat hij een topfunctie bij Kindermann bekleedde. De man is volgens mij per ongeluk vermoord.'

Niemand wordt per ongeluk vermoord, wou Van In opmerken.

'In ieder geval bedankt voor de medewerking, mijnheer Vandekerckhove,' zei hij in de plaats daarvan.

'Graag gedaan, mijnheer Van In. Bel me gerust als u meent dat ik u in deze zaak kan helpen.'

Vandekerckhove stond op en vergezelde Van In tot aan de deur. Dat deed hij altijd als hij een gesprek wilde afronden.

Van In beende door de grote hal. Het onderhoud met Vandekerckhove had hem in de war gebracht. Hij kon maar niet begrijpen waarom Véronique had gelogen. Wat had haar bezield om hem te bellen? Vandekerckhove was haar broodheer. Door zijn naam te verraden had ze haar toekomst ernstig in gevaar gebracht. Een woord van de baas van Travel was voldoende om haar terug naar de toendra te sturen. Van In scheurde een velletje uit zijn zakagenda en blokletterde haar naam met daarachter een beverig vraagteken. De bijtende kou sneed hem de adem af en hij zocht haastig de beschutting van zijn wagen op.

13

Onderzoeksrechter Creytens ging vroeger dan gewoonlijk naar huis. Op de rechtbank keek niemand daar van op. De meesten waren blij dat hij weg was.

Na het halfachtjournaal trok hij zich gewoontegetrouw terug in zijn studeerkamer. Zijn vrouw deed de luttele vaat en maakte de woonkamer aan kant. Daarna zou ze televisie kijken.

De onderzoeksrechter had last van zure oprispingen. De ingelegde haring die hij als avondmaal had genuttigd, was hem slecht bevallen. Nochtans was het karige voedsel niet de oorzaak van zijn nukkige humeur, want hij kreeg meestal rotzooi achter de kiezen. Suzanne was een nachtmerrie in de keuken. Ze waren dertig jaar getrouwd en instantsoep was het enige gerecht waarin ze uitblonk. Een keer had ze geprobeerd een malse rosbief te bakken en Creytens had met pijn in het hart moeten toezien hoe ze de zwartgeblakerde homp vlees in de vuilnisbak kieperde.

Dat was dertig jaar geleden en sindsdien had Creytens beslist geen goed geld meer uit te geven aan de culinaire capriolen van zijn echtgenote.

De onderzoeksrechter, toen nog een jong advocaat, was immers een gierig man. Zijn vrouw vond 'gierig' een eufemisme, maar had zich na een paar maanden bij de situatie neergelegd. Zij stamde uit een voorname bourgeoisfamilie en een huwelijk met een advocaat was de enige zekerheid die het leven haar te bieden had. Zij at 's middags in een bescheiden restaurant in de Ezelstraat en kocht daarna wat rommel die ze hem 's avonds voorzette. Op die manier vermeed ze elke discussie met de 'alles-eter'.

Creytens wist dat en net als zijn vrouw accepteerde hij de gewapende vrede. Hij putte zelfs enig plezier uit het feit dat zij niet vermoedde dat hij wist dat ze iedere dag uit ging eten.

Creytens hees zich in een ouderwetse, tot op de draad versleten jas en controleerde de thermostaat van de centrale verwarming. Achttien graden vond hij meer dan voldoende. Hij begreep niet waarom zijn bedienden als verkleumde konijnen achter hun schrijftafel zaten. In het justitiepaleis heerste een tropische temperatuur van twintig graden. Het was geen wonder dat het gerecht met zo'n achterstand kampte. Men had toch wetenschappelijk bewezen dat knusse temperaturen mensen loom maakten. Creytens blies zijn handen warm en nam plaats in een eikenhouten bureaustoel. Het ding kraakte vervaarlijk en de ronde springveren staken venijnig door de afgesleten leren bekleding.

Onder het spaarzame licht van een robuuste staande lamp sloeg hij het dossier-Fiedle open en leunde achterover. Om de lange avond draaglijk te maken haalde hij een vergeeld kistje uit een van de laden van het ouderwetse cilinderbureau.

Een dun sigaartje uit de voorraad van wijlen zijn vader was de enige luxe die hij zich permitteerde. Sommige kistjes dateerden van kort na de oorlog, toen zijn vader, substituut Edgar Creytens, een halve vrachtwagen geconfisqueerde goederen naar zijn woning had laten overbrengen.

Creytens zoog zijn longen vol duffe rook.

'Dietrich Fiedle,' zuchtte hij. 'Wat is de wereld toch klein.'

Hoewel Creytens in 1944 amper acht jaar was, herinnerde hij zich de vader van Dietrich nog heel levendig. Het zwarte uniform, de gehaakte bliksems op de revers en de glimmend gepoetste laarzen hadden hem altijd gefascineerd. Der Franz kwam tussen november 1943 en mei 1944 regelmatig op bezoek.

Zijn vader dweepte met het nationaal-socialisme, maar was verstandig genoeg nooit openlijk partij te kiezen.

Der Franz arriveerde steeds ruim een uur na de avondklok. Creytens senior zorgde ervoor dat de deur aanstond. De SS-officier bleef meestal tot diep in de nacht. Beide mannen dronken uitgelezen Franse cognac en luisterden naar Wagner. Hun discrete vriendschap kwam nooit aan het licht en dat was maar goed ook. Na de oorlog werd der Franz bij verstek ter dood veroordeeld voor misdaden tegen de mensheid.

Toch hield Creytens aan de oorlogsjaren een boel fijne herinneringen over. Der Franz trakteerde hem immers vaak op kersenbonbons en verse ananas.

De onderzoeksrechter nam een zuinig trekje van zijn zure sigaar. Hij beleefde die zalige momenten opnieuw.

Verder was er nog Ludwig Seiterich, de Kriegsverwaltungsrat. In tegenstelling tot de flamboyante SS-officier droeg de koele ambtenaar een eenvoudig grijs pak. Als hij op bezoek kwam, luisterden ze naar Bach en discussieerden over Hegel en Kant. Seiterich bracht nooit kersenbonbons mee. Een eenvoudige handdruk volstond. Het enige plezier dat Creytens aan de bezoeken van Seiterich beleefde, was dat hij op die avonden lang mocht opblijven. Als hij geen herrie maakte, tolereerden ze hem zelfs tot tien uur, maar dan moest hij onherroepelijk naar bed.

Zijn vader en Seiterich spraken Frans en Creytens kon de conversatie vlot volgen. Zoals veel bourgeoiskinderen was hij in die taal opgevoed. Zijn vader was een belezen man. Als hij aan het woord was, klonk alles interessant.

Creytens bladerde het dossier door en bekeek de foto's van de madonna van Michelangelo. Hij herinnerde zich het bewuste gesprek nog heel levendig.

Het was begin september 1944. De geallieerden waren drie maanden geleden in Normandië geland en rukten op naar de Lage Landen. Seiterich maakte die zonnige avond een zenuwachtige indruk.

'Ik vrees dat dit ons laatste samenzijn is, mijn beste Edgar.'

Zijn vader liet een fles champagne uit de kelder halen en ze brachten een toost uit op vrede en rechtvaardigheid.

'Overmorgen wil men het beeld weghalen,' zei Seiterich na een paar glazen.

'Dat zou jammer zijn, Ludwig. Maar wat wil je dat ik daaraan doe?'

'Mensch. Het heeft geen zin meer. Over een paar dagen is de oorlog hier afgelopen. Jij bent kerkmeester van de O.L.V.-kerk. Doe iets. De madonna is te kostbaar.'

'Ludwig, laten we niet overdrijven. Denk je waarlijk dat ze daar nu nog aan beginnen?'

'Nazi's zijn tot alles in staat. Ze hebben half Europa leeggeroofd,' riposteerde Seiterich.

'Dat moet uitgerekend jij verkondigen,' zei Edgar stoïcijns.

Seiterich schudde het hoofd en nam een slokje van de voortreffelijke champagne.

'Jij hebt invloed, Edgar. Ik begrijp niet waarom je zo statisch reageert. Bel het bisdom. Laat ze het beeld verstoppen. Straks is alles voorbij.'

'Dat zou onverstandig zijn, Ludwig.'

'Onverstandig, waarom?'
Seiterich keek zijn vriend argwanend aan.
'Omdat het bevel om het beeld weg te halen rechtstreeks uit Berlijn komt. Himmler wil niet dat het in handen van de Amerikaanse joden valt,' zei Edgar met een cynische glimlach.
Die opmerking deed Ludwig Seiterich verbleken.
'Je vraagt je waarschijnlijk af hoe ik aan die informatie kom?'
Seiterich knikte wezenloos. Dit gesprek leek compleet absurd. Wie was hier de nazi?
'Ik veronderstel dat je Franz Fiedle kent,' zei Edgar voorzichtig.
'Ja, natürlich. Maar ik heb niets met de SS te maken.'
'Dat weet ik, Ludwig. Je bent een intellectueel die net als ik toevallig in een idiote oorlog verzeild is geraakt.'
Die opmerking leek Seiterich enigszins te kalmeren.
'Fiedle behoort tot een speciale sectie van de SS. Zijn aanwezigheid in Brugge was niet toevallig. Hij moest een inventaris opmaken van alle belangrijke kunstschatten die voor ''repatriëring'' in aanmerking komen.'
'En jij bent daarvan op de hoogte?' sneerde Seiterich.
Edgar inhaleerde de rinse rook van zijn sigaar. Hij begreep dat de Duitser in de war was.
'Door logistieke problemen is de verhuizing van het beeld steeds maar uitgesteld. En zoals ik al zei: er kwam gisteren een formeel bevel uit Berlijn. Himmler wil de Michelangelo, koste wat het kost. Als we hem de madonna niet afstaan, dreigt hij Brugge met mortiervuur plat te bombarderen.'
'Quatsch. Dat meen je niet, Edgar. De oorlog is verloren. Himmler heeft wel wat anders aan zijn hoofd.'
Creytens zag zichzelf weer zitten. Hij had zich tussen twee fauteuils genesteld en snoepte van de kersenbonbons. Het was al over elf uur en zijn vader had er geen benul van dat hij nog meeluisterde.

'Franz Fiedle is een goede vriend, net als jij. Ik geloof niet dat hij bluft. Hij houdt van Brugge en daarom heeft hij me gesmeekt de bergplaats van de madonna te onthullen.'

'Maar het beeld staat nog altijd op zijn plaats,' zei Seiterich en stak wanhopig zijn handen omhoog.

'Precies,' zei Edgar. 'Dan moeten ze niet lang zoeken.'

'Mensch!'

Seiterich greep naar de fles en vulde ongegeneerd zijn glas. De Kriegsverwaltungsrat was in alle staten.

'Je moet een ding goed begrijpen, Ludwig. De Kriegsmarine heeft bevel gekregen alle stukken op Brugge te richten. Zelfs de weerstand heeft het bericht bevestigd.'

Seiterich fronste het voorhoofd. De waarheid begon langzaam tot hem door te dringen.

'Geloof me, beste vriend,' zei Edgar lijzig. 'De madonna van Michelangelo zal veiliger zijn in Duitsland en na de oorlog krijgen we het beeld heus wel terug.'

'Als de ware toedracht ooit bekend wordt, zal niemand jouw versie geloven, Edgar.'

'Maak je geen zorgen. Ik sta straks aan de goede kant.'

'Ik zou haast vergeten dat wij de bezetters zijn,' zuchtte Seiterich. 'Ik kom je waarschuwen voor de nakende diefstal van een uniek kunstwerk en jij kiest partij voor de vijand.'

'Ik vertrouw Franz Fiedle,' hield Edgar koppig vol.

Hij duwde zijn sigaar uit en stak onmiddellijk een andere op.

'De stad is me meer waard dan een beeld van Michelangelo. De geschiedenis zal later oordelen of ik de juiste beslissing heb genomen.'

Seiterich ging op het puntje van zijn stoel zitten. Van waar Creytens zat, leek hij op een grijze kabouter op de rand van een verdroogde paddestoel.

'Waarom geloof je mij niet?' vroeg Seiterich wrevelig.

'Ik ben de Kriegverwaltungsrat en ik verzeker je dat de Duitse marine Brugge nooit ofte nimmer zal beschieten.'

'Kun je me dat echt garanderen, Ludwig?'

Seiterich knipperde met de ogen. De voorbije weken verliep alles nogal chaotisch.

'De roemrijke Wehrmacht trekt zich terug als een haveloze bende opgejaagd wild. Alleen de SS biedt nog enige weerstand,' zei Edgar droog. 'Ik ben een pragmatisch man, Ludwig. In het nauw gedreven fanatici kunnen in vierentwintig uur meer schade aanrichten dan een geregeld leger in vier jaar. De SS executeert zelfs hoge ambtenaren als ze een rechtstreeks bevel uit Berlijn negeren.'

Seiterich snoof als iemand die op het punt staat te hyperventileren.

'Ik hoop dat de geschiedenis je gelijk geeft, Edgar. Maar neem me niet kwalijk dat ik de stem van mijn geweten volg. Als jij niet meewerkt, zal ik zelf de nodige stappen zetten om de diefstal van het beeld te verhinderen.'

'Dat is heel lovenswaardig, Ludwig. Maar denk je dat iemand jouw versie zal geloven? Ten slotte ben jij de vijand.'

'Ik kan je dus niet overtuigen.'

'Het spijt me, Ludwig.'

Seiterich stond op, maakte een stijve buiging en drukte Edgar de hand.

'Het wordt laat,' zei hij, 'misschien wel te laat. Ik hoop dat we elkaar na de oorlog in betere omstandigheden weerzien,' voegde hij er melodramatisch aan toe.

Edgar omhelsde hem.

'Au revoir, mon ami,' zei hij gemeend.

'Auf wiedersehen.'

Seiterich was als Duitser gekomen en wilde als Duitser afscheid nemen.

Edgar begeleidde de ontgoochelde Kriegsverwaltungsrat tot aan de voordeur. Creytens bleef als een bange haas in zijn schuilplaats zitten. Als zijn vader hem nu ontdekte, zou er wat zwaaien. Er lagen nog twee bonbons in het schoteltje. Hij zou die eerst oppeuzelen en daarna muisstil naar boven sluipen.

Het gekraak van de deur van de studeerkamer deed hem ineenkrimpen. Normaal kwam zijn vader nooit terug naar de studeerkamer. Nu liep hij naar het telefoontoestel en draaide zenuwachtig een nummer. Er lag een bezorgde trek om zijn mond en hij tokkelde staccato op het glad geboende blad van zijn bureau.

'Ik weet dat het bijna middernacht is, eerwaarde, maar zeg monseigneur dat het dringend is.'

Het duurde vijf volle minuten voor de bisschop aan de lijn kwam. Zijn vader blies ongeduldig staalblauwe rookwolken in de hoorn. Plotseling schraapte hij zijn keel. Er volgde een uitwisseling van geijkte beleefdheidsformules.

'Seiterich zal u zeker contacteren, monseigneur. Als we ons verzetten, schieten ze de stad in puin.'

Het bleef stil, een gelegenheid waar zijn vader van profiteerde om zijn keel met een slok lauwe champagne te spoelen.

'Natuurlijk is het bevel al gegeven. Als ze het beeld niet vinden, wordt de stad bestookt met zware artillerie,' herhaalde zijn vader ongeduldig.

Er volgde opnieuw een drukkende stilte. Edgar doofde de goedkope sigaar en stak haastig een Camel op. De bisschop overlegde waarschijnlijk met een van zijn vicarissen.

'Merci, monseigneur,' hoorde hij zijn vader plotseling opgelucht zeggen. 'Fiedle is een wijs man. Neem dat maar van mij aan.'

Creytens herinnerde zich nog heel scherp de voldane glimlach waarmee zijn vader de hoorn op de haak legde.

Daarna liep hij naar het dressoir en bediende zich van een dubbele cognac. Creytens maakte zich klein en telde angstig de seconden af. Zijn oogleden werden loodzwaar en toen zijn vader bleef zitten, viel hij in slaap tussen de twee fauteuils. De laatste twee kersenbonbons bleven onaangeroerd liggen.

Creytens duwde de peuk van zijn zure sigaar uit in een ouderwetse asbak, waarop een doodshoofd prijkte met daaronder het opschrift: memento mori.

Brugge was inderdaad ongeschonden uit de oorlog gekomen, maar daar had Franz Fiedle noch zijn vader iets mee te maken. De stad ontsnapte aan het artillerievuur omdat een jonge kapitein van de Kriegsmarine het bevel uit Berlijn naast zich neerlegde. Nochtans werd het beeld van Michelangelo op uitdrukkelijk verzoek van de bisschop niet naar een veilige schuilplaats overgebracht. In de nacht van 6 op 7 september 1944 roofde een speciale eenheid het beeld uit de O.L.V.-kerk. De madonna werd via Nederland en Mauthausen naar de zoutmijnen van Alt Aussee overgebracht.

Zowel zijn vader als de bisschop bleef in de waan dat zij de stad van een inferno hadden gevrijwaard. De waarheid was anders. Himmler was nooit van plan geweest de stad te sparen. De bewuste kapitein ontsnapte op het nippertje aan de krijgsraad. Zijn heldendaad bleef verborgen en hij stierf, verstoken van enige erkenning. De ware toedracht van de diefstal kwam evenmin aan het licht.

Creytens' vader bewaarde het stilzwijgen om de evidente reden dat de vriendschappelijke omgang met een hooggeplaatste Duitse ambtenaar en een SS-officier zijn carrière had kunnen schaden en de Kerk hoefde zich in die tijd nog niet te verantwoorden.

Edgar Creytens werd in 1951 benoemd tot procureur. Vier jaar later klom hij op tot procureur-generaal aan het Hof van Beroep in Gent.

Tien jaar later studeerde Joris Creytens af aan de universiteit van Leuven. Hij deed zeven jaar over zijn rechtenstudie en zonder het prestige van zijn vader had hij nooit de eindstreep gehaald. Zijn korte loopbaan als strafpleiter kon hij met één woord omschrijven: armoede.

Opnieuw wierp Edgar Creytens zijn volle gewicht in de schaal en zijn zoon werd op zijn tweeëndertigste de jongste onderzoeksrechter van België, een ambt dat hij bijna dertig jaar later nog steeds bekleedde.

Toen Edgar stierf, liet hij zijn onbekwame erfgenaam een gigantisch fortuin na. Creytens wist hoe zijn vader aan het geld was gekomen en daarom moest hij de zaak-Fiedle in de doofpot stoppen.

Hij klapte het dossier dicht en draaide het privé-nummer van Georges Vandekerckhove.

'Hallo Joris.'

Vandekerckhove pakte automatisch de afstandsbediening van de televisie en dempte het geluid.

'Het gaat over Fiedle. Ik vrees dat we moeilijkheden krijgen.'

'Onzin, Joris. Niemand zal ooit naar een verband zoeken tussen ons en Fiedle. Ik beschik over een waterdicht alibi en jij bent onaantastbaar.'

'Toch maak ik me behoorlijk ongerust, Georges. Die Van In heeft een kwalijke reputatie.'

'So what? Wij hebben Dietrich toch niet om zeep gebracht.'

Vandekerckhove lachte luid. 'Bovendien staat Leitner achter ons. Dietrich was een risicofactor. Hij dronk te veel en dat idiote verhaal over de madonna van Michelangelo kon het Polderproject op middellange termijn ernstige schade toebrengen. De voorbije maanden pakte hij er overal mee uit. We zijn nu een eerbiedwaardige onderneming geworden, Joris. Dietrich bracht de organisatie in gevaar en dat kunnen we niet tolereren. De sukkel dacht werkelijk dat ik in ongenade was gevallen en dat hij me naar Brugge moest lokken. Hij was het die moest sterven, ik niet.'

'De operatie was dus gepland,' polste Creytens voorzichtig.

'Natuurlijk, Joris. Maak je geen zorgen. Zorg jij voor het dossier en laat de rest aan mij over.'

'Ik hoop maar dat alles goed afloopt,' zuchtte Creytens. 'We zitten al tot onze nek in de schandalen.'

'A propos, nu ik je toch aan de lijn heb. Vorige week ben ik door de rijkswacht geflitst op de E40. Mijn chauffeur was gehaast. Ik geloof dat hij honderdnegentig reed.'

Creytens pakte een kurkdroog sigaartje uit het kistje op zijn bureau.

'Ik zal zien wat ik kan doen, Georges.'

'Dat apprecieer ik ten zeerste, Joris. Tot volgende week in de club.'

14

Versavel schrok zich een ongeluk toen hij om halfnegen kamer 204 binnenkwam.

'Is Carton dood?' vroeg hij onnozel.

Van In zat achter de tekstverwerker. Hij bespeelde het klavier als een geamputeerde concertpianist.

'Integendeel, Guido. Het leven is mooi en ik heb er zin in.'

Versavel hing zijn jas netjes aan de kapstok en bekeek de commissaris met een argwanende blik.

'Heeft Vandekerckhove je een baan aangeboden?'

'Je raadt het nooit,' lachte Van In.

Versavel streek over zijn snor. Straks werd de commissaris depressief en mocht hij de scherven bijeenvegen.

'Goed nieuws?'

'Uitstekend nieuws, Guido. Ik heb een bezoekje aan de dokter gebracht.'

'Ach zo. Toen je gisteren niet kwam opdagen, dacht ik dat je met Vandekerckhove de hort op was.'

Van In grijnsde als een voldane baby. Hij bewaarde het bestand met de functietoets F7 en kruiste de armen.

'Ik mankeer niets, Guido. Mijn hart is oké en mijn longen hebben een inhoud van zes liter.'

'Rook of lucht?' vroeg Versavel cynisch.

Van In stond op en liep naar zijn bureau. Hij was netjes geschoren en had eindelijk een schoon overhemd aangetrokken.

'Ik moet je natuurlijk geen drankje aanbieden om dit heuglijke moment te vieren,' zei hij luchtig.

Versavel trok een vies gezicht toen de commissaris een fles bacardi uit de geheime lade van zijn bureau haalde.

'Je mankeert dus niets,' zei hij ongelovig.

Van In ontkurkte een flesje cola en mixte een lauwe cocktail.

'Ik heb een maagzweer, Guido. Stel je voor, een maagzweer. De dokter heeft mij pillen voorgeschreven.'

Hij wees naar het doosje Logastric op zijn bureau.

'Als ik die inneem, hoef ik me bijna niets te ontzeggen.'

Van In stak een sigaret op en nam een slok van zijn glas.

'Alle dronkaards hebben een speciale beschermengel,' mompelde Versavel.

'Wat zeg je?'

'Dat je een verrekt competente dokter hebt. Iemand die een maagzweer kan diagnosticeren zonder röntgenfoto's te maken komt in aanmerking voor de Nobelprijs,' zei Versavel ironisch.

'Gelijk heb je,' reageerde Van In euforisch. 'En als ik morgen de lotto win, zijn al mijn problemen van de baan.'

'Het geeft dus niet als ik een kan koffie zet?'

'Volgens de dokter moet ik me alleen hoeden voor koffie en thee,' zei Van In opgewekt. 'Maar het stoort me absoluut niet dat jij je gezondheid in de waagschaal stelt.'

Versavel rolde de mouwen van zijn overhemd op en zette de tekstverwerker af. Het was onwaarschijnlijk dat de commissaris vandaag nog een letter zou intikken.

'Ik heb nog altijd geen antwoord van het Bundeskriminalamt,' zei hij terloops. 'Ik verwed er mijn linkerpink om dat Croos daar voor iets tussenzit.'

Van In gebruikte het restant van de cola om een halve deciliter bacardi wat kleur te geven.

'Plus het feit dat moffen per definitie onbetrouwbaar

zijn,' voegde hij er smalend aan toe. De dubbele tong verraadde dat dit niet zijn tweede drankje was.

'Nieuws van Die Scone?'

Versavel had gisteren de handelsrechtbank gebeld.

'Niets opwindends. Volgens de griffier geniet de firma een uitstekende reputatie, maar hij kon wel bevestigen dat ze tuk zijn op historische panden.'

'Wie niet?'

Van In gooide zijn voeten op het bureau en geeuwde. Hij had de ordinaire maagzweer uitbundig gevierd en was om halfacht rechtstreeks naar het commissariaat getrokken.

'En die Frenkel?'

'Verdomme,' vloekte Versavel. 'Dat ben ik compleet vergeten. Je was gisteren net een kwartier de deur uit toen we een fax uit Groningen kregen. Commissaris Jasper Tjepkema onderzoekt de zaak en hij beloofde je vandaag te contacteren. De marechaussee heeft opdracht gekregen Frenkel op te sporen.'

'Dat is fijn,' murmelde Van In.

Naast hem stond de man met de hamer. De haastig geconsumeerde bacardi's en de behaaglijke warmte eisten hun tol. Hij voelde zijn kin op zijn borst stuiteren.

'Zou je niet beter naar huis gaan, commissaris?'

'In geen geval, Guido,' reageerde hij in vertraagde lettergrepen.

'Ik bedenk wel een smoes,' zei Versavel streng. 'Ik breng je naar huis. Slaap uit en morgen zien we wel verder.'

'Op een voorwaarde, Guido,' protesteerde Van In mak. 'Bel Hannelore. Vertel haar het goede nieuws en zeg dat ik haar vanavond in mijn bed wil.'

'Tot uw orders, commissaris.'

Sic transit gloria mundi, dacht hij.

Commissaris Croos van de gerechtelijke politie snoot zijn

neus in een doordrenkte kleenex. Zijn hoofd zat vol watten en hij niesde als een hond die een gezwaveld plekje had besnoven. De splinternieuwe airco spoot meer stof dan hij wegzoog en de stapel beschimmelde dossiers produceerde evenveel pollen als een doorsnee wilgenbos.

Croos verfrommelde het lekkende zakdoekje en legde het naast zich. Hij vertikte het om, zoals de andere collega's, toiletpapier te gebruiken.

De snotterige commissaris nam een slok van de lauwe koffie en stak een pepermuntje in zijn mond om de fletse smaak van gebrande gerst te neutraliseren.

Vanmorgen had hij een tweede uitvoerig rapport van het Bundeskriminalamt ontvangen. Was het omdat Kohl en Dehaene zulke beste maatjes waren, of werkten die kerels altijd zo snel?

Duitsers verhouden zich immers tot creativiteit als een bloeiende ananas tot de noordpool, maar van onzorgvuldigheid kan je hen niet beschuldigen, dacht hij wrang.

In minder dan een week hadden ze het leven van Dietrich Fiedle gereconstrueerd, op papier gezet en door een vet betaalde tolk in het Nederlands laten vertalen. Zelfs van zijn briefwisseling hadden ze een resumé gemaakt.

Croos zuchtte voor hij een nieuwe niesaanval kreeg. De brieven en de persoonlijke notities van Fiedle bevatten explosieve gegevens en, hoewel hij geen kunstgeschiedenis had gestudeerd, was het bewijsmateriaal zeer overtuigend. Tegen die achtergrond leek het oplossen van de moord op de Duitser totaal onbelangrijk. Indien dit de pers haalde, zou Brugge op zijn grondvesten beven.

Croos veegde zijn neus droog met de rug van zijn hand, schoof het telefoontoestel dichterbij en toetste het nummer van Creytens in.

'Hallo mijnheer de onderzoeksrechter. U spreekt met Croos.'

'Goedemorgen, commissaris.'

De stem van Creytens klonk kil en schraal zoals gewoonlijk.

'Ik bel u in verband met de moord op Dietrich Fiedle.'

'Ja!'

Creytens deed zijn best om een zekere belangstelling aan de dag te leggen. Hij had gisteren een memo van commissaris Van In ontvangen. Daarin liet dat stuk onbenul, dat nota bene met een van de jongere substituten scharrelde, hem weten dat hij een eventuele getuige had opgespoord.

'Er zijn nieuwe gegevens uit Duitsland binnengelopen. Ik vrees dat we met een ernstig probleem zitten.'

'Is dat zo, commissaris?'

Creytens bekeek de foto's die voor hem op zijn bureau lagen. Die verrekte, efficiënte Duitsers, vloekte hij binnensmonds. De foto's kon hij verdonkeremanen, maar een lijvig dossier en een memo van een kwast als Van In vormden een probleem.

Croos voelde de afkeer van de onderzoeksrechter haast fysiek aan. Creytens was een gevaarlijk man. Hij moest op zijn hoede blijven.

'Dietrich Fiedle schrijft dat zijn vader de madonna van Michelangelo vlak voor de bevrijding naar Duitsland heeft laten transporteren.'

De onderzoeksrechter zweeg bewust en Croos haatte de opgelegde stilte.

Creytens nam een slokje en smakte. Hij vond de koffie voortreffelijk.

'Dat kunt u toch moeilijk relevant noemen, commissaris,' zei hij plotseling neerbuigend. 'Ik begrijp niet waarom u daar zo dramatisch over doet. Iedereen weet toch dat de Duitsers het beeld op bevel van Himmler naar Alt Aussee hebben geëvacueerd.'

Hij gebruikte het woord 'geëvacueerd' alsof het een humanitaire actie betrof.

'Natuurlijk, mijnheer de onderzoeksrechter, maar...'
'Maar wat, commissaris?'
Creytens beet op zijn bloedeloze onderlip. Er lag een grimmige trek om zijn benige mond. Hij zocht koortsachtig naar een argument om Croos de mond te snoeren.
'Volgens Fiedle heeft zijn vader het beeld laten kopiëren door joodse dwangarbeiders,' zei Croos terwijl hij zijn halfvolle beker wegschoof en naar de druipnatte kleenex greep.
'In de notities van Fiedle staat dat de Amerikanen een KOPIE van het beeld hebben teruggevonden, daar in die zoutmijn in...'
'Alt Aussee,' vervolledigde Creytens geprikkeld.
Hij was tegelijk geschokt en opgelucht. Gedurende de vijftig jaar dat de madonna weer in de O.L.V.-kerk prijkte had niemand het verschil gemerkt. En als hij zijn mond hield, zou dat zo blijven. Het origineel kon hem geen barst schelen.
'Een kopie, mijn beste commissaris. Dat gelooft u toch zelf niet? Het beeld werd bij zijn terugkeer door vooraanstaande experts onderzocht. Michelangelo heeft maar een paar beelden geproduceerd. Zelfs een leek zou zich daar niet in vergissen.'
Terwijl hij Croos probeerde te overdonderen, pakte hij een van de foto's. Het was het kiekje met de karmozijnbes op de achtergrond.
'Luister eens, commissaris. Ieder jaar beweren een handvol zonderlingen dat ze het monster van Loch Ness hebben gezien. Er lopen nog minstens vijf erfgenamen van de Romanovs rond en volgende week kunt u in Brussel kaartjes kopen voor het afscheidsconcert van Frank Sinatra. Geef me een reden waarom de bespiegelingen van een oude Duitser authentiek zouden zijn?'
Het dagboek van Anne Frank is ook zo'n voorbeeld, wou Creytens eraan toevoegen, maar hij beheerste zich. Croos was rechts, maar beslist geen revisionist.

'De notities van Fiedle zien er anders bijzonder accuraat uit. Hij vermeldt zelfs de namen van de joodse gevangenen die de kopie van de madonna hebben gemaakt. Dat zijn feiten en die kunnen we makkelijk verifiëren.'

'Maakt u zich toch geen zorgen, commissaris,' zei Creytens plotseling poeslief. 'U hebt voortreffelijk werk geleverd. Ik beloof dat ik de zaak persoonlijk tot op de bodem zal uitspitten.'

'De beeldhouwer heette Frenkel.'

'Dat zal ik natrekken, commissaris.'

'Volgens een politierapport is Adriaan Frenkel een van de laatste personen die Fiedle nog in levenden lijve heeft gezien,' drong Croos moedig aan.

'Dat is dan een merkwaardig toeval,' lachte Creytens zenuwachtig.

Die vervloekte Van In had Croos een kopie van de memo laten bezorgen. Daar zou hij voor boeten.

'Frenkel is een courante naam,' zei hij nonchalant. 'Maar u heeft gelijk. We zijn verplicht ieder spoor na te trekken.'

'Geen probleem, mijnheer de onderzoeksrechter. Ik doe onmiddellijk het nodige.'

'Croos,' zei Creytens scherp. Hij hanteerde met opzet de toon die hij tegen kleine criminelen gebruikte. 'Ik zal me verder bezighouden met deze zaak. Is dat duidelijk?'

'Vanzelfsprekend, mijnheer de onderzoeksrechter.'

Croos was lang genoeg in dienst om te weten dat je beter nooit rechtstreeks met een magistraat in de clinch gaat. Door hun 'onaantastbare' functie trekken ze toch altijd aan het langste eind.

'Zal ik het dossier bevriezen of wenst u dat we de zaak zonder gevolg klasseren?'

Croos deed zijn uiterste best om die vraag onderdanig te laten klinken. Het was een vermetele zet en hij wachtte gelaten de uitbarsting van de magistraat af.

Creytens voelde het bloed door zijn dichtgeslibde aders kolken. Het liefst had hij de commissaris eens goed op zijn nummer gezet, maar hij doorzag de valstrik precies op tijd. Croos was geen uil. Hij had zijn vraag heel listig verwoord.

'Geen sprake van, commissaris. Ik zal het dagboek persoonlijk bestuderen.'

'Tot uw dienst, mijnheer de onderzoeksrechter.'

'En ik wil kennis nemen van alle stukken, ook van eventuele kopieën.'

'Kopieën, mijnheer de onderzoeksrechter?'

Creytens fleurde op. De schelle consternatie in de stem van de commissaris leek echt.

'Uitstekend,' kirde hij bijna.

Creytens overwoog om de commissaris op een compliment te trakteren. Daar hield het voetvolk van.

'Ik zie dat u de zaak onder controle heeft, commissaris. Het zou me veel tijd besparen indien u... Ik bedoel... Vertel me liever wat er in dat "explosieve" dagboek staat,' polste hij vriendelijk.

Croos nam een slok van de lauwe kostschoolkoffie. Plotseling werd er geklopt. Inspecteur Vermeire stak zijn hoofd naar binnen.

'Commissaris, mevrouw...'

Croos deed nijdig teken dat hij moest opkrassen, een bevel dat Vermeire met tegenzin opvolgde.

'Dietrich Fiedle is geboren op 20 april 1935 in Hallstatt.'

'Ligt Hallstatt niet in Oostenrijk?' interrumpeerde Creytens hem.

Croos had een synopsis van het dagboek gemaakt en prees zich gelukkig dat hij een paar dingen had gecontroleerd.

'Fiedle heeft zich na de oorlog tot Duitser laten naturaliseren,' antwoordde hij trots.

Creytens leunde achterover in zijn stoel en stak bij hoge uitzondering een sigaar op.

'Hij was de zoon van Franz Fiedle en Ilse Weiss. Franz Fiedle was beroepsmilitair en heeft op negentienjarige leeftijd de hel van Poperinge meegemaakt. Hij was drager van het ijzeren kruis met eikenloof en maakte in het begin van de jaren dertig carrière bij de SA. Fiedle ontsnapte als bij wonder aan de Nacht van de Lange Messen en kwam in 1937 bij de SS terecht. Twee jaar later promoveerde hij tot majoor. Als hoofd van een speciale eenheid stroopte hij tijdens de Tweede Wereldoorlog Europa af. Zijn opdracht bestond erin waardevolle kunstwerken op te sporen. Op bevel van Himmler roofde hij musea en privé-verzamelingen leeg en liet volle treinladingen kunst naar Duitsland overbrengen. Franz Fiedle kweet zich met veel ijver van zijn taak. Hij was een gecultiveerd man met de allure van een rasechte aristocraat. Fiedle was bovendien uitermate ambitieus. Als hij zijn zin kreeg, gedroeg hij zich als een beschaafd mens. Tegen hen die hem dwarsboomden trad hij bijzonder brutaal op. In Rusland liet hij meer dan honderd mensen afmaken omdat een Fabergé-ei hem op het nippertje was ontglipt.'

'Staat dat allemaal in het dagboek?' vroeg Creytens argwanend.

'Ja en neen,' zei Croos. 'Ik baseer me eveneens op het rapport van het Bundeskriminalamt.'

'Uiteraard, commissaris. Ga door.'

'In Hallstatt deed het gerucht de ronde dat Fiedle een tijdje met de schilderende korporaal optrok. Ze hadden elkaar tijdens de Grote Oorlog aan het front leren kennen. Toen de toekomstige Führer gewond raakte en in de omgeving van Brugge werd verzorgd, bezocht Fiedle zijn strijdmakker verscheidene keren in het lazaret. Van die gelegenheid maakte hij gebruik om Brugge te verkennen en werd meteen verliefd op de stad. Na de oorlog verloren beide mannen elkaar uit het oog, maar in 1938 viste Hitler zijn oude kameraad op en voegde hem aan zijn persoonlijke staf toe.

Zijn zoon Dietrich groeide op in een beschermde omgeving en bleef in het idyllische Hallstatt gespaard van de oorlogsgruwelen. Franz Fiedle vluchtte naar Zuid-Amerika. Hij liet zijn vrouw in de steek, maar stuurde haar regelmatig geld voor de opvoeding van zijn zoon. Dietrich studeerde Klassieke Letteren aan de universiteit van München en ontpopte zich tot een typisch voorbeeld van het Duitse Wirtschaftswunder.

Toen de toeristische industrie in de jaren zestig een pijlsnelle groei kende, sleepte Dietrich een comfortabele directeursstoel in de wacht bij Kindermann en zag het bedrijf uitgroeien tot de grootste touroperator van Europa.

Dietrich is vrijgezel gebleven. Hij was getrouwd met de firma. Met het royale loon dat ze hem uitbetaalden, kon hij zich elke week een dure callgirl permitteren.'

'We mogen blij zijn dat we niet in Duitsland wonen,' zei Creytens luchtig. 'Als ik u mag geloven, houden ze daar iedereen in het oog.'

'Voor de rest leidde Dietrich Fiedle een onopvallend bestaan,' zei Croos bijna verontschuldigend.

Creytens dacht aan zijn jeugdjaren en aan de rijzige SS-officier. Het leek hem ondenkbaar dat de vriendelijke Fiedle, die hem zo vaak op kersenbonbons had getrakteerd, onschuldige mensen had laten neerschieten voor een ei.

'Bijzonder indrukwekkend, commissaris.'

'Dank u, mijnheer de onderzoeksrechter, maar volgens mij heeft de moord op Fiedle wel degelijk iets te maken met het beeld van Michelangelo.'

Creytens liet de foto's door zijn vingers glijden. Het verhaal had hem in de war gebracht. Franz had de gruweldaden steeds ontkend. De mens Creytens begon te twijfelen. Snoep en moordenaars gaan vaak samen, dacht hij angstig. Zijn vader had hem verzekerd dat der Franz alleen maar kunstwerken had geroofd.

'Ik ben onder de indruk, commissaris. Daarom stel ik voor dat we u met een rogatoire commissie naar Hallstatt sturen.'

Een snoepreisje op kosten van de Belgische staat sust menig geweten, dacht hij.

'Geef me een paar dagen voor de praktische schikkingen.'

Creytens viel terug op een zalvende toon. Croos luisterde met open mond. Oostenrijk is een mooi land. Zijn vrouw zou niet opgetogen zijn dat hij alleen ging, maar dat regelde hij wel.

'We moeten ook rekening houden met de economische implicaties, commissaris. Daarom wil ik u met klem verzoeken de zaak "intra muros" te houden.'

Croos grijnsde. Nu begreep hij waarom Creytens het dossier in de doofpot wou stoppen. De onderzoeksrechter alludeerde op het 'opportuniteitsbeginsel'.

Brugge overleeft immers bij de gratie van het massatoerisme en de madonna van Michelangelo is een van de topstukken van het patrimonium. Wie naar Parijs gaat, wil de Mona Lisa zien en de mensen die Amsterdam bezoeken, willen een glimp van de Nachtwacht opvangen. Als de inhoud van het dagboek uitlekte, kon dat onnoemelijke schade toebrengen aan de toeristische industrie. Tegen die achtergrond kon een magistraat beslissen een zwaar misdrijf te seponeren als de vervolging en de eventuele veroordeling van de daders het publiek welzijn in gevaar brachten. Croos zette zijn wrevel aan de kant omdat hij aannam dat Creytens vanuit dat beginsel handelde.

'U kan op mij rekenen, mijnheer de onderzoeksrechter. Dit blijft strikt onder ons,' beaamde hij samenzweerderig. 'Het is beter dat we eerst alle gegevens zorgvuldig toetsen.'

'Heel verstandig, commissaris. Waarschijnlijk gaat het hier om een banale doodslag en waarom zouden we het publiek verontrusten met de inhoud van een schimmig dagboek?'

'De massa leest alleen de krantenkoppen, mijnheer de onderzoeksrechter, en wie weet welke sensationele titels de persjongens verzinnen als dit aan het licht komt.'

'Heel juist, commissaris. Ik ben blij dat wij op dezelfde golflengte zitten. Bezorg me de stukken en ik houd u verder op de hoogte. Afgesproken?'

'Tot uw dienst, mijnheer de onderzoeksrechter.'

Croos legde de hoorn in slowmotion op de haak. Inspecteur Vermeire begreep niets van de zalige uitdrukking op het gezicht van de commissaris. Een paar minuten geleden leek hij nog behoorlijk opgewonden.

De kalende inspecteur klopte drie keer kort na elkaar, opende de deur op een kier en stak zijn getaande kop naar binnen.

'Mevrouw Martens wenst de commissaris te spreken,' teemde hij. 'Ze staat hier al een kwartier met haar kont te wiebelen.'

Vermeire, bijgenaamd de rat, was zesenvijftig en stond bekend om zijn seksistische uitlatingen. Thuis beschikte hij over een uitgebreide collectie pornoblaadjes. Die had hij in de jaren zestig verzameld, toen de gerechtelijke politie er een sport van maakte dergelijke publicaties in beslag te nemen.

'Laat haar binnen, verdomme,' snauwde Croos.

Vermeire trok zijn hoofd weg als een opgeschrikte murene en wenkte naar Hannelore Martens. Ze negeerde de geile blik van de inspecteur en stapte resoluut naar binnen.

'Goedemorgen, mevrouw de substituut.'

Croos veerde recht en liep energiek naar haar toe. Vermeire volgde het begroetingsritueel door het raam. Dit vrouwtje had een blinde eunuch in verwarring gebracht, dacht hij likkebaardend.

'Ik hoorde van je assistent dat je het zeer druk hebt, commissaris. Ik zal je dus niet langer dan nodig ophouden.'

De ironie ontging hem. Ze droeg een zwarte jurk van jerseystof, een soort kous zonder voet die automatisch de vorm van haar lichaam aannam.

Croos wees haar met een galant gebaar een stoel aan en ging achter zijn bureau zitten. Hij pakte onopvallend de natte kleenex en dropte het besnoten propje in de prullenmand. Hannelore keek opzettelijk de andere kant uit en streek vluchtig door haar pony. Het korte kapsel veerde weer soepel in vorm.

'Ik kwam informeren of er al nieuwe gegevens beschikbaar zijn in verband met de moord op Dietrich Fiedle.'

Ze sloeg haar benen niet over elkaar. Croos dimde zijn blik en nam verstrooid een teug koude koffie. Het goedje brandde als citroenzuur in een open wonde.

'Ik heb u het autopsierapport opgestuurd, mevrouw, plus het PV van de vaststelling en een lijst van de persoonlijke bezittingen van het slachtoffer.'

Dat had hij voor Creytens verzwegen. Als de onderzoeksrechter daar lucht van kreeg, zat hij lelijk in de knoei.

'Ik heb die stukken ontvangen, commissaris, maar ik veronderstel dat je het Bundeskriminalamt hebt gecontacteerd,' zei ze met een zweem van spot. 'En ik neem aan dat het lab de foto's heeft geanalyseerd.'

'De foto's!'

Croos bracht zijn hand naar zijn voorhoofd en bedekte zijn ogen.

'Die ben ik compleet vergeten. Wat dom van mij. Een ogenblik, ik neem onmiddellijk contact op met Leo Vanmaele.'

Hij greep naar de telefoon. Dit vormde de aanzet tot het beroemde 'système paraplui', een vinding waar Belgen het exclusieve patent op bezitten. De filosofie is heel eenvoudig: als je in moeilijkheden raakt, zoek dan een ondergeschikte en geef hem de schuld.

'Nee, laat maar commissaris. Ik weet zeker dat mijnheer Vanmaele zelf wel belt als er iets te melden valt.'

Croos beet op zijn onderlip. Teef, dacht hij.

'Misschien wordt er iemand met een rogatoire commissie naar Duitsland gestuurd,' zei hij langs zijn neus weg.

Creytens kon hem die indiscretie niet kwalijk nemen. Een rogatoire commissie is een officieel document. Vroeg of laat kwam ze er toch achter.

'Heeft de onderzoeksrechter daarover met jou van gedachten gewisseld?' zei ze vorsend.

De rimpeltjes rond zijn ogen verstrakten.

'Officieel weet ik van niets.'

Hannelore keek hem ongelovig aan. Politiemensen vergeten vaak dat ze zelf heel onhandige leugenaars zijn.

'Waarom breng je dan het onderwerp ter sprake?' vroeg Hannelore scherp.

Croos probeerde haar strak aan te kijken en perste een ontspannen glimlach tussen zijn mondhoeken.

'Een rogatoire commissie lijkt me logisch, mevrouw. Voor ons is Fiedle een onbekende Duitse zakenman die om de een of andere duistere reden in Brugge is vermoord. Een onderzoek ter plaatse kan wellicht klaarheid scheppen.'

Croos vond zijn argumentatie overtuigend. Hij was er in ieder geval in geslaagd haar aandacht af te leiden, maar aan de manier waarop ze haar voorhoofd fronste, kon hij afleiden dat ze er geen bal van geloofde.

'En de getuige?'

'Welke getuige, mevrouw?'

Hannelore boog voorover en Croos deed zijn best om niet in haar decolleté te gluren.

'Adriaan Frenkel. Volgens de politie heeft die het slachtoffer voor het laatst gezien.'

Croos onderdrukte een zucht. Het was genoegzaam bekend dat Van In en Martens het met elkaar deden. Hij hoefde haar bijgevolg niet te vragen waar ze die informatie vandaan had.

Terwijl hij de substituut een paar tellen hulpeloos aanstaarde, probeerde hij te vatten waarom dit verrukkelijke schepsel met een verzopen vat als Van In aanpapte.

'Hebben jullie het politierapport niet ontvangen?' vroeg ze bars. 'Iemand moet toch contact opnemen met Frenkel.'

Natuurlijk moesten ze die Hollander ondervragen, maar Creytens had hem uitgelegd waarom dat niet kon. Croos wist drommels goed dat jonge magistraten zich niet veel van het opportuniteitsbeginsel aantrokken.

'Mag ik mevrouw de substituut erop wijzen dat onderzoeksrechter Creytens de zaak in handen heeft,' antwoordde hij ontwijkend. 'Ik ben er echter van overtuigd dat hij bereid is het dossier persoonlijk met u te bespreken.'

Hannelore sloeg haar benen over elkaar. In de jurk zat een split tot ver boven de knie. Ze wist nu precies hoe de vork in de steel zat.

Tacent, satis laudant, hoorde ze professor Daems nog declameren. Daems was net als Timperman een monument. Hij doceerde criminologie en de aula zat altijd vol als hij college gaf.

Wie zwijgt, geeft op die manier een duidelijk antwoord. De professor debiteerde de oude wijsheid van Terentius om de haverklap. Het verhaal deed de ronde dat hij een angstige eerstejaars op het tentamen met een twaalf beloonde toen die een moeilijke vraag met 'Tacent, satis laudant' beantwoordde.

'Is er verder nog iets tot uw dienst, mevrouw?'

'Nee, commissaris,' monkelde ze.

De anekdote van de zwijgende student liet haar niet los. Croos dacht dat ze hem uitlachte. Hij wendde zijn blik van haar benen af. Toen ze opstond, bleef hij zitten als een vleugellamme gier.

'Nog een prettige dag, commissaris.'

'Dat hoop ik van harte,' reageerde hij onverschillig.

Het kreng liet hem koud. Toen ze weg was, riep hij Vermeire en liet hem een fles wodka halen in het winkeltje om de hoek.

15

'Hoi.'

Hannelore flitste naar binnen en gaf hem een rillende zoen. Van In had zijn roes uitgeslapen en verkeerde in een opperbeste stemming. Hij was blij dat ze er was.

'Ik maak warme chocolade voor je. Trek je jas uit en ga maar vlug bij het haardvuur zitten. Ik breng de koppen wel.'

Onder de beige gabardine droeg ze een royaal uitgesneden jurk van glanzende zijde. Zijn T-shirts waren een stuk langer.

'Niet te verwonderen dat je blauw van de kou ziet.'

Het klonk niet erg meelevend. Als ze niet veel om het lijf had, kon hij zijn ogen niet van haar afhouden.

'Toen Versavel belde, stond ik op het punt naar de Korre te vertrekken en daar is het altijd bloedheet,' zei ze verontschuldigend. 'Bovendien moest ik mijn wagen in de Biekorf parkeren.'

'Wat is nu driehonderd meter lopen voor een afspraak met Romeo?' meesmuilde Van In.

'Romeo woonde in Verona en daar is het meestal een stuk warmer.'

Ze vlijde zich elegant in de bank en masseerde haar schouders met gekruiste armen. Van In trok zich terug in de keuken en goot een liter melk in een steelpan.

'Versavel klonk bezorgd over de telefoon,' riep ze vanuit de salon. 'Daarom ben ik als een sneeuwhaas hierheen gesneld. Wat scheelt er eigenlijk?'

Door het gekletter van de koppen en schoteltjes verstond hij haar amper.

'Wanneer heeft Guido gebeld?'

'Twintig minuten geleden. Hij heeft zich duizendmaal verontschuldigd.'

Van In voegde de zwarte chocolade al roerend aan de melk toe. Het roeren was absoluut noodzakelijk, anders brandde het brouwsel aan.

De krachtige geur van de chocolade deed haar watertanden. Met een scheut cognac kon het mengsel wedijveren met het ambrozijn van de Griekse goden.

'Cognac?' anticipeerde hij.

Van In wist wat ze lekker vond en had de fles al ontkurkt.

'Een scheutje,' riep ze.

Hij was niet bepaald zuinig met de cognac. Op een gasfornuis was de boel zeker in de fik gevlogen.

'Wat spelen ze vanavond in de Korre?' vroeg Van In terwijl hij de gloeiendhete koppen op de salontafel plaatste.

'*De Rafaëls*, een absurd stuk over geschifte aartsengelen.' Hij interesseerde zich amper voor toneel. Ze hoefde hem niet lastig te vallen met details.

'Nooit van gehoord. Een modern stuk zeker?'

'Postmodern,' gniffelde ze. 'Daarom heb ik je ook niet gevraagd om mee te komen.'

'Prima, dan hoef ik geen schuldgevoelens te koesteren omdat je het stuk hebt gemist,' zei hij vrolijk.

Van In ging naast haar zitten en sloeg zijn arm om haar schouder. Hij staarde in de vlammen, maar zei verder geen woord. Versavel had haar verwittigd. De voorbije dagen ging het humeur van de commissaris op en neer als een benji-elastiek.

'Zeg me wat er scheelt,' zei Hannelore na een poos. 'Toe,' fleemde ze toen hij amper reageerde. 'Je dienares luistert.'

Van In pakte zijn kop beet, maar moest die onmiddellijk loslaten.

'Veel te heet,' sakkerde hij.

'Nog niet,' lachte ze, 'maar dat komt nog.'

Van In liet zijn arm van haar schouder glijden en fixeerde de dampende koppen chocolade.

'Komaan, voor de dag ermee, Pieter Van In,' zei ze kordaat. 'Ik weet zeker dat er iets op je lever ligt.'

Langer mokken had geen zin. Van In schraapte zijn keel. Hij verkeerde in een benarde positie. Zij hield van hem en hij had haar bedrogen.

'Je hoeft je vooral niet te schamen.'

Ze pakte zijn arm en legde die op haar schouder.

'Je loopt nu al twee maanden rond als een verongelijkte schoolmeester. En tracht me niet te paaien met het smoesje dat je met een midlifecrisis sukkelt.'

Het woord midlifecrisis deed zijn schroom afsmelten. Hij werd opstandig. Vrouwen hadden last van de menopauze, dat stond vast. De midlifecrisis daarentegen was een verzinsel van een handvol feministische manwijven.

'Ik wacht, Pieter Van In.'

Haar strenge kordaatheid drukte de prille revolte de kop in. Nu begreep hij waarom succesvolle zakenlui fortuinen betalen om zich te onderwerpen aan in leer gehulde domina's.

'Ik zit financieel aan de grond,' gaf hij schoorvoetend toe.

Hannelore luisterde aandachtig naar het relaas. Toen hij uitgepraat was, peilde ze de warmte van de chocolademelk door haar kop met de volle hand beet te pakken. Ze dronk gulziger dan hij van haar gewoon was.

'Met alle respect voor je huis, Pieter. Maar volgens mij is geen enkele makelaar gek genoeg om met vijf miljoen over de brug te komen als hij het pand op een openbare verkoop voor heel wat minder kan verwerven.'

'In eerste instantie dacht ik dat ook,' zei Van In. 'Maar een telefoontje naar de handelsrechtbank maakte een einde aan dat mysterie. Immo Die Scone is allesbehalve een derderangsfirma. Het maakt deel uit van een groot concern en raad eens wie er een meerderheidsparticipatie bezit?'

'Maakt dat een verschil?' vroeg ze nieuwsgierig.

'Wat dacht je van Travel?'

Hannelore ging rechtop zitten en plaatste haar kop behoedzaam op de salontafel.

'Dat meen je niet.'

De warme blos op haar wangen en de verbazing in haar grote ogen deden hem huiveren.

'Travel is een megabedrijf, liefje. Als die een exorbitant hoog bod uitbrengen, weten ze heus wel dat er winst valt te rapen.'

'Maar de vastgoedmarkt verkeert in een crisis.'

'Twee jaar geleden zaten de varkenskwekers in het slop,' zei Van In.

Hannelore fronste haar voorhoofd. Ze kon zich niet voorstellen dat hij nu al dronken was.

'Momentje, Hanne. Laat me uitspreken.'

'Heb ik je onderbroken?'

Ze haalde hem aan voor een knuffel.

'Vertel maar, ik luister.'

'Wel, twee jaar geleden interviewde een televisieploeg een varkenskweker. De reporter vroeg het boertje nogal neerbuigend waarom hij, uitgerekend nu de prijzen van het varkensvlees aan het instorten waren, massaal biggen opkocht.'

'Het lijkt wel een modern sprookje,' fluisterde Hannelore. Ze wreef met haar hoofd over zijn schouder.

'Dat is het ook. Weet je wat het domme boertje antwoordde?'

'Nee,' zei ze speels.

'Nu dat 't zwienevlees niks mer upbringt, wilt er vorlopig niemand kweken. Mor ols t'er over een poor moonden ginne genoeg zien, zien MIEN biggen riepe vo de slacht.'

'Bedoel je daarmee dat Travel verwacht dat er straks een massale vraag naar huizen in Brugge is?'

'Geen idee, maar Travel is de grootste touroperator van het land en Fiedle werkte voor Kindermann en die controleren 45% van de Europese reismarkt.'

Hannelore pakte haar kopje op en nam hoofdschuddend een slok van de voortreffelijke chocolademelk.

'Je wilt me toch niet wijsmaken dat er een verband bestaat tussen de moord op Fiedle en de gedwongen verkoop van dit huis?'

Het klonk achteloos, maar haar woorden striemden als een venijnige kaakslag. Onder zijn slokdarm borrelde woede als kokende lava. Hij had sympathie verwacht en stootte op onbegrip. Een ontembare moedeloosheid overviel hem. Hij zweeg koppig. Zijn hand woog als een dood gewicht op haar schouder.

In tegenstelling tot Van Ins ex-vrouw bleef Hannelore niet bij de pakken neerzitten. Straks werd hij depressief en dan was de avond om zeep.

'De hele kwestie is trouwens louter hypothetisch. Dit huis wordt helemaal niet verkocht. Morgen schrijf ik geld van mijn spaarrekening af. Betaal de achterstallige termijnen en schenk me alsjeblieft nog een kop chocolade in.'

De luchtige manier waarop ze het voorstel formuleerde, wierp een dam op tegen de opwellende golven van neerslachtigheid. Zij begreep hem tenminste. Het werd tijd dat hij zich leerde beheersen.

Hij stond op en liep naar de keuken.

'Het gaat om meer dan honderdduizend frank, Hanne,' riep hij vanuit de keuken. 'En ik heb er geen idee van wanneer ik je de eerste cent kan terugbetalen.'

'Voor iedere kop chocolade die je voor me klaarmaakt, trek ik vijftig frank af.'

Hannelore trok haar benen op en nestelde zich op de bank. De warmte van het haardvuur maakte haar loom. Straks zou ze hem extra verwennen.

'Toch kan ik je voorstel niet accepteren.'

Het klonk niet erg gemeend, maar Van In vond dat hij een beetje moest tegenpruttelen.

'Is je trots geknakt?'

'Welke trots?' steigerde hij voorspelbaar.

'Ik ken je, Pieter Van In. Ik weet dat dit je moeite heeft gekost,' plaagde ze. 'Maar je hoefde er heus geen ingewikkelde intrige bij te verzinnen.'

Waarom zei ze zoiets? Opnieuw overviel hem een redeloze beklemming. Hij perste zijn lippen opeen. Zijn ademhaling versnelde en hij stond op het punt te hyperventileren.

'Je laat me godverdomme ook nooit uitspreken,' schreeuwde hij.

Hannelore schrok van zijn reactie. Ze dacht dat het tij gekeerd was.

'Sorry, schat. Ik wilde je niet op stang jagen. Ik maakte een grapje, meer moet je daar niet achter zoeken.'

Ze veerde recht en haastte zich naar de keuken. Van In stond nijdig in de chocolade te roeren. Het fornuis zat onder de spatten. Hij reageerde nauwelijks toen ze haar lichaam tegen zijn rug drukte. Maar hij voelde haar helemaal en de testosteron won het nipt van de adrenaline. De druk in zijn borstkas nam af en zijn dreigende kaakspieren verslapten.

'Zorg dat de chocolade niet aanbrandt, lief, en vertel me straks de rest maar.'

Haar lichaam registreerde ontspanning. De boze trek om zijn mond krulde tot een prille, scheve glimlach. Terwijl hij in de pan bleef roeren, schoof de zorgenlast van zijn schouders als een pak sneeuw van een opgewarmd dak.

'Je bent onbetaalbaar,' zei hij monter.

'Jij ook,' schaterde ze. 'Letterlijk dan.'

Van In kon niet anders dan de pan op het aanrecht zetten en haar in zijn armen nemen. Ze geurde naar verhitte winterkou en verkoolde berkenblokken.

'Volgens insiders gaat Travel binnenkort fuseren met Kindermann,' zei Hannelore toen ze voelde dat de spanning van daarstraks zich op een andere plaats concentreerde.

'Dat heb ik ook gelezen,' zei hij met ijle stem. 'Maar...'

'Vergeet de chocolade niet.'

Hannelore hield van een langzaam minnespel. Een haastig nummer in de keuken was goed voor opgepepte tieners.

'Prima, maar laat me dan gerust,' zei hij een beetje ontgoocheld.

Ze drukte een vluchtige zoen op zijn voorhoofd en liep als een preutse Vestaalse naar de salon.

Bij de tweede kop chocolade vertelde Van In haar over zijn onderhoud met Vandekerckhove. Toen hij noodgedwongen zijn bron vermeldde, verschoof ze met een routineus gebaar het schouderbandje van haar kraakheldere bh.

'Is ze mooi, die Véronique?'

'Nogal,' zei Van In neutraal. 'Ik heb haar ooit een dienst bewezen en...'

'Je hoeft je niet te verontschuldigen, Pieter. Ik geloof je heus wel.'

Hij slikte, maar daar lette ze gelukkig niet op.

'Je blijft er dus bij dat er een connectie bestaat tussen de Duitser en Vandekerckhove.'

'Dat denk ik, ja.'

Hannelore wreef nadenkend met haar wijsvinger onder haar neus. Het was in die houding dat mensen haar in de rechtszaal zagen zitten als ze naar het pleidooi van de verdediging luisterde.

'Volgens mij is Vandekerckhove niet zuiver op de graat.'

'Haha, ze weten toch iets op het justitiepaleis,' zei Van In triomfantelijk.

'In de wandelgangen wordt hij de Vlaamse peetvader genoemd,' gaf Hannelore grootmoedig toe.

'Net als zijn kompaan Viaene, de blitse oliebaron die met loodvrije benzine knoeide,' reageerde hij smalend. 'Mijnheer heeft de staat voor drie miljard opgelicht en hoeveel heeft hij gekregen?'

'Drie maanden voorwaardelijk,' zei ze een beetje beschaamd.

'Dat heeft me nooit verwonderd. Het is immers een publiek geheim dat iedere magistraat die bij hem tankte vijf frank korting kreeg.'

'Dat klopt,' zei ze resoluut. 'Ik tankte ook bij Viaene. Ben ik daarom corrupt?'

'Niet corrupt, maar wel verdorven en een tikkeltje wulps.'

'Hela, ventje.'

Ze boog zich voorover en Van In knipperde met de ogen.

'Excuseer, een tikkeltje verdorven en heel wulps.'

'Als je zo doorgaat, slaap ik straks op de bank,' dreigde ze. 'Denk maar niet dat de cognac me gewillig maakt.'

'Het is de chocolade die het hem doet,' zei hij lijzig. 'Daar kan geen oester tegenop.'

'Bluffer. Zo denderend was het de laatste keer nu ook weer niet.'

De herinnering aan de wilde vereniging met Véronique zorgde ervoor dat zijn ego de schok doorstond. Van In grijnsde als een kater die wist dat de dierenarts die hem straks zou castreren een hartaanval had gekregen.

'Dat lieg je,' teemde hij.
Ze trok zich verontwaardigd in de hoek van de bank terug.
'Een halve kilo chocolade zou misschien, ik zeg wel misschien, iets kunnen uithalen,' gniffelde ze.
Van In sprong fluks recht en ijlde naar de keuken.
'Dat kan geregeld worden, mevrouw,' riep hij hitsig.
Hannelore fatsoeneerde haar jurk en liep hem na.
'Is het je opgevallen dat er nog een gemeenschappelijke factor is?'
Van In vulde de melk aan, brokkelde een royale portie chocolade in de pan en hanteerde de houten lepel als een dodelijk wapen. Druppels hete chocolade vlogen in het rond. Hannelore incasseerde twee spatten, een op haar wang en een net onder haar linkersleutelbeen. Van In likkebaardde als een op secreet gestelde bonobo. Zij liet hem begaan.
'Smaakt het?'
Van In knorde een bevestiging maar gedroeg zich verder als een gentleman. Hij wist dat ze niet van snel hield.
'Je zei dat er nog een punt van overeenkomst is,' zei hij beheerst en pakte de lepel weer op.
'De beelden,' zei ze zo koel mogelijk. 'Die staan haast recht tegenover elkaar.'
'Lieve Hanne, je weet toch dat ik van beeldspraak houd.'
Die uitspraak maakte haar week. Ze had het niet erg gevonden als hij haar nu had bestormd.
Van In schonk onverstoorbaar de koppen vol. Zijn zelfbeheersing deed haar van top tot teen tintelen.
'Travel, Creytens en de beelden. Daarstraks lachte je er nog mee.'
'Nu niet meer, lieverd.'
Van In pakte de Otard, taxeerde de inhoud van de fles en plensde de resterende vijftien centiliter in de hete massa.

'Daar gaat mijn nachtrust,' pruilde ze.

Toen ze dat op die manier zei, overwoog hij om eens flink de beest uit te hangen. Nu, onmiddellijk, zonder voorspel en zonder liefde. Twintig jaar geleden had hij zich ongetwijfeld laten gaan, maar vanavond leek het baltsen op een sacrale inwijding, een juweel dat na het kloven moest worden gepolijst.

'Hier steekt macht achter, Hanne. Ik vrees dat we met mensen te maken hebben die niet met zich laten sollen.'

Hannelore plaatste de koppen op een dienblad. Buiten raasde de wind en ze snakte naar de hitte van het haardvuur.

'Ik begrijp evenmin waarom het Bundeskriminalamt mijn faxen niet beantwoordt.'

Hannelore liet zich op haar zij op de bank glijden en hij ging naast haar liggen.

'Creytens?'

'Wie anders?'

'Volgens mij staat onze vriend Croos eveneens onder zware druk. Vanmiddag gaf hij geen kik meer. Ik veronderstel dat Creytens niet weet dat jij met de zaak-Fiedle bezig bent.'

'Ik heb hem gisteren een memo gestuurd,' grinnikte Van In.

'Wat heb je?'

'In verband met Frenkel. Ik vraag me af hoelang hij die informatie kan achterhouden.'

'Maar je had toch zelf de Nederlandse recherche kunnen contacteren,' zei ze verbaasd.

'Dat heb ik ook gedaan, liefje, maar daar weet Creytens niets van af.'

Ze nestelde zich tegen zijn schouder. De chocolade stond hopeloos af te koelen.

'Hoed je voor Creytens,' waarschuwde ze.

'Creytens kan de pot op. Ik maak me meer zorgen om onze burgemeester.'

Hij vertelde haar over de brief en zijn merkwaardige aanstelling tot geheim agent.

'Terroristen schrijven niet anoniem. Ze eisen een aanslag op of laten niets van zich horen.'

'Don Quijote is al een eeuwigheid dood,' zei ze zacht.

Van In gleed onder de luchtige stof van haar jurk en ze genoot van zijn koele hand.

'Waarom houd je dan van een stomme idealist?' vroeg hij ernstig.

'Soms vraag ik me dat af, Pieter Van In. Misschien val ik voor dolende ridders.'

Zijn hand kroop hoger en bleef halverwege haar rug klem zitten.

'Ik kan het niet laten, Hanne. De wereld is om zeep. Het recht wordt met voeten getreden en iedereen wentelt zich in zijn eigen zeepbel vol luxe. Ik heb geprobeerd me aan deze klotemaatschappij aan te passen.'

'Verontschuldig je niet. Het is allemaal mijn schuld. Ik had je goede bedoelingen niet in twijfel mogen trekken.'

De wind en het spokkende haardvuur fungeerden als voorboden van de komende gelukzaligheid.

'Dank je, Hanne.'

Ze hoorde hem snikken en aaide over zijn hoofd. De tranen doordrenkten haar jurk en pas nu besefte ze hoeveel hij van haar hield.

'Ik moet je iets bekennen, lief.'

'Zwijg maar,' suste ze. 'Ik hoef niets te weten.'

Ze drukte zich tegen hem aan, waardoor de geblokkeerde hand vrij spel kreeg.

'Wil je dan met me trouwen?'

Hannelore begon haast zelf te janken.

'Ik meen het,' zei hij met een krop in zijn keel.

'Omdat je aandringt,' snotterde ze.

Van In richtte zijn hoofd op en keek haar met grote ogen aan. Ze zag zijn mondhoeken trillen.

‘Welk antwoord had je verwacht?’ vroeg ze verbaasd.
Van In kon zich niet meer houden.
‘Omdat je aandringt, Benson im Himmel.’
Hij schoot eerst in de lach en een ogenblik later rolden ze gierend van de bank.

16

Voor het station van Brugge nam Robert Nicolaï bus 4 in de richting van het centrum. Volgens de euforische statistieken die de Lijn om de haverklap publiceerde, was het aantal passagiers sinds het nieuwe verkeerscirculatieplan met veertig percent toegenomen. Waarschijnlijk had de busmaatschappij zich daarvoor op een enkele steekproef gebaseerd, want Nicolaï zat moederziel alleen in de bus.

Het sombere ruiterstandbeeld van koning Albert I leek even tot leven te komen in het licht van een felle zonneharp, die listig door het wolkendek priemde. De bus ploegde knarsend door de zoute sneeuwblubber. Gelukkig was het sneeuwdeken op de plantsoenen en de daken nog intact. De witte tooi maakte Brugge nog romantischer dan het al was. Dit was een weertje voor poëten en schilders, niet voor een bommenlegger op verkenning.

Nicolaï hoefde niet aan te schuiven voor het loket op de eerste verdieping van het belfort. Van de schaarse toeristen had slechts een handvol zin om honderd frank neer te tellen voor het bestijgen van de toren. Hij stond achter een hoogbejaarde heer die enthousiast een kaartje kocht. Een klas Franse scholieren gaf joelend commentaar. Het leek wel alsof ze een weddenschap afsloten of de oude man de top zou halen of halverwege aan een hartinfarct zou bezwijken.

Nicolaï liep door de tourniquet en werd op die manier automatisch geteld. Om veiligheidsredenen liet men niet meer dan vijfenzeventig mensen naar boven klimmen. Vandaag bestond er geen gevaar dat dit maximum werd overschreden.

'Excuseer,' zei hij tegen de oude man en passeerde hem.

Nicolaï wilde de toren in zijn eigen ritme bestijgen. Tijdens de klim registreerde hij de videocamera's die op diverse strategische plaatsen stonden opgesteld. Het aantal camera's klopte en op iedere deur waren contactmagneten gemonteerd. Het Brugse belfort was inderdaad uitstekend beveiligd.

Toen Nicolaï de bovenste verdieping bereikte, verifieerde hij het gebinte en de vensternissen op zoek naar infrarooddetectoren. Hij vond er geen. Boven de toegangsdeur hing een camera die ongeveer de helft van de ruimte bestreek. Terwijl hij voorlopig nog alleen was, onderwierp hij de westelijke zijde aan een haastig onderzoek. Die kant van de toren lag buiten het bereik van de camera.

Hij hees zich op het brede kozijn, ging op zijn buik liggen en stak zijn hoofd zo ver mogelijk naar buiten. De loodrechte wand maakte geen enkele indruk op hem. Voor de klimmer kwam tachtig meter overeen met de eerste trede van een trapladder.

Nicolaï had geen oog voor het prachtige panorama en concentreerde zich op de muur. Met zijn rechterhand betastte hij de stenen op zoek naar spleten en uitgesleten voegen. Toen zijn vinger in een groef bleef vasthaken, spande hij zijn spieren. De stenen bleken minder broos dan hij had verwacht. Er brokkelde geen kruimel af.

Gestommel op de trap waarschuwde hem dat er meer volk op komst was. Hij herkende de schelle stemmen van de Franse schoolkinderen.

Nicolaï liet zich naar beneden glijden en nam de positie van een doorsneetoerist in. Met zijn ellebogen op het kille vensterkozijn tuurde hij over de stille, besneeuwde stad.

De pezige Waal hoopte op een spoedige dooi. Zijn opdrachtgever was formeel. Hij mocht geen enkel spoor achterlaten.

Terwijl het Franse onderwijzeresje rillend de lof van Brugge zong en de schoolkinderen de les luidruchtig overstemden, richtte Nicolaï zijn aandacht op de binnenkant.

De toren van het belfort is een achthoekige constructie. In iedere hoek ondersteunt een massieve, verticale balk het eigenlijke gebinte dat de toren als het ware samenhoudt.

Dat gebinte, acht balken die straalsgewijs naar het middelpunt lopen, wordt nog eens geschoord door schuine dwarsbalken, zodat het stuttende gedeelte op een buitenmaatse galg lijkt. Het middelpunt bestaat uit een vierkant raam en daar hangt de grote bourdon in.

Om het dak van de toren op te blazen moest hij in de oksel van iedere galg twee kilo springstof plaatsen. Na de detonatie van de bom zou de betonnen vloer iets langer standhouden dan het metselwerk, waardoor de geconcentreerde kracht van de explosie de zijmuren zou doen openklappen als de wanden van een goochelaarsdoos. Dat had een expert tenminste berekend. Volgens zijn opdrachtgever was het de bedoeling alleen het bovenste deel van de toren, de zogenaamde lantaarn, uiteen te laten spatten. De rest moest intact blijven.

Twee Nederlandse meisjes namen uitgebreid foto's van mekaar. Ze droegen niet meer dan een minirok en een dunne sweater. Nicolaï begreep niet hoe ze het in de striemende wind uithielden. De Franse schoolklas bleef tot de beiaard het halfuurwijsje ratelde. De kinderen snoepten van de decibels en toen het mechanisme stilviel, riepen ze om meer, maar daar had de verkleumde juf geen oren naar.

Om kwart voor vijf sukkelde Jan Brouwers de trap op. Hij droeg een vettige kepie en een glimmend, marineblauw pak. Een slordig geknoopte das piepte reglementair boven de boord van zijn trui.

'Dames en heren,' zei hij met een stentorstem. 'De toren gaat dicht, on ferme, we are closing, cerrado.'

Er bleef nog een tiental kijklustigen over, onder wie de oude man – hij had een halfuur over de klim gedaan –, de twee Nederlandse meisjes en een Engels paar.

De torenwachter herhaalde zijn mededeling nog een keer en gebaarde dat iedereen hem moest voorgaan. Het Engels echtpaar dat pas tien minuten geleden de top had bereikt, reageerde spontaan en vatte gehoorzaam de afdaling aan. De rest deed alsof ze de torenwachter niet hadden verstaan, maar de verkleumde ambtenaar kende zijn pappenheimers. Hij dreef de hardhorige kudde met zachte dwang voor zich uit en bekommerde zich amper om hun protest. Nicolaï zorgde ervoor dat hij de rij klagende toeristen afsloot.

'Je krijgt hier zeker veel volk over de vloer,' zei hij half achteromkijkend.

Jan Brouwers was blij dat hij Vlaams hoorde. Het accent van Nicolaï stoorde hem niet. Hij krabde onder de rand van zijn kepie en de strenge blik van zo-even maakte plaats voor een ontspannen glimlach.

'Meer dan honderdduizend man per jaar,' zuchtte hij met een ondertoon van ingehouden trots. 'En we beperken bewust het aantal bezoekers. Anders zoedt d'Olletore goow lik de torre van Pisa zien.'

Brouwers schakelde instinctief over op het Brugs. Dat zou die halve Gentenaar ook wel verstaan, dacht hij.

'Je wit wal, die scheve torre in Italië,' verduidelijkte hij met een vriendelijk air van alwetendheid.

‘En jij moet dat allemaal in de gaten houden.’

‘Vroeger wal. Mo nu got olles elektronisch. Zie je die camera dô?’

Hij wees naar boven. Nicolaï wist dat er een camera hing en deed zijn best om verwonderd te kijken.

‘En d’er zien nog een helenoop intrarooddetectors,’ voegde hij er glunderend aan toe.

Nicolaï knikte vol belangstelling.

‘Z’en ze drie weken geleên in de camera’s ingebowd.’

Nu begreep Nicolaï waarom hij geen infrarooddetectoren had opgemerkt; wat eens te meer bewees dat een mens nooit blindelings op zogezegd waterdichte informatie kan rekenen.

‘Als ter ’s nachts een veugeltjie zoe deurevliegen, stoan de flikken ier binnen de vuuf menuten. Vroeger moesten me zelve den toer doen, mô nu zien me an ons gemak. Van ’t moment da ’t sisteem aanligt, zien me der van of.’

De torenwachter genoot zichtbaar van zijn exposé.

‘Woont u hier misschien?’ vroeg Nicolaï langs zijn neus weg.

‘Mô God bè neen. Ik zorgen juste vô de torre. De conciërge zit beneên. Mô den dienen trekt em toch van nieten an. Je moet ie ier juste zien, da’s ol. En die mannen worden flienk betold, wè menére. We goan miender ’t werk wel doen.’

Brouwers mocht dan maar torenwachter zijn, toch voelde hij zich mijlen boven de conciërge verheven, want dat soort van mensen stond echt op de laagste trap van de beschaving.

‘En hebt u nog nooit iemand per ongeluk opgesloten?’

‘Ikke, nog nooit menére,’ zei Brouwers verontwaardigd.

‘Hebben toeristen al eens geprobeerd om zich te laten insluiten?’

‘Wien zoedt d’er dat doen? ’s Nachts ist dô boven verre van aangenaam, wee. Surtout nu in de wientere.’

'Ja, dat kan ik me voorstellen,' lachte Nicolaï.

Tegen vijf uur stonden ze allen netjes op het binnenplein van het belfort. De oude man was buiten adem en klampte zich vast aan de trapleuning.

'A propos, is hier soms een speciaalzaak voor voedingswaren in de buurt?' vroeg Nicolaï toen de torenwachter aanstalten maakte om naar binnen te gaan.

'Wa zeg je menére?'

'Een delicatessenwinkel,' probeerde Nicolaï.

Het duurde even. Brouwers staarde naar de dreigende hemel alsof hij daar een antwoord zou vinden.

'Een winkel waar men kaviaar verkoopt,' verduidelijkte Nicolaï.

'Kaviaar,' herhaalde Brouwers. 'Zien da die zwarte bolletjes dan ze oltied op de toostjes smèren?'

'Inderdaad.'

'In de Nopri misschien. D'as nie zô verre.'

Brouwers maakte er een erezaak van en gaf een omstandige uitleg over de te volgen weg.

''k Pezen zelfs dan ze dat in de Profi verkopen en dat is ier just achter den oek,' zei hij enthousiast.

Nicolaï drong niet verder aan. Hij bedankte de man en stak het binnenplein over in de richting van de Oude Burg. Brouwers stak zijn hand omhoog en Nicolaï beantwoordde de groet met een brede zwaai.

In feite had hij beter zijn mond gehouden over de kaviaar. Het was niet denkbeeldig dat de torenwachter zich later precies dit detail zou herinneren en dat kon vervelend zijn. Zijn opdrachtgever had hem op het hart gedrukt dat hij zich zo onopvallend mogelijk diende te gedragen.

So what? Welke nuttige aanwijzingen mocht men verwachten van een man die over 'intrarooddetectoren' lulde? Hij kon zich evenmin voorstellen dat een simpele ziel het verband zou leggen tussen een toerist die naar een delicatessenwinkel vroeg en een bomaanslag. Zijn opdrachtgever kon de pot op.

Was het zijn zesde zintuig dat hem aan de Oude Burg links in de plaats van rechts deed afslaan of had hij de uitleg van de torenwachter maar half begrepen? Het misverstand kwam in ieder geval goed uit. Recht voor hem hing een gevelbreed opschrift: Delicatessen Deldycke.

'Tot mijn spijt hebben we geen Beluga in voorraad, mijnheer,' zei de slanke verkoopster met een achterdochtige glimlach.

Nicolaï droeg een gemolesteerde jeans en een slonzig, wollen jack. Hij zag er niet bepaald uit als het type dat de duurste kaviaar bestelt.

'Royal Black dan?' vroeg Nicolaï een tikkeltje hautain. Hij haalde een bankje van tienduizend uit zijn broekzak en streek het glad op de toonbank.

Ze glimlachte opnieuw, maar dit keer verontschuldigend.

Nicolaï keek de verkoopster vrank aan. Het was een bijzonder aantrekkelijk meisje. Zelfs het metalen brilletje en het strak achterover gekamde haar konden die indruk niet bederven. Toen ze zich vooroverboog en de deur van een compacte koelkast openmaakte, onthulde ze een gespierd bovenlijf en een hoekig kontje.

'Dertig of vijftig gram?' vroeg ze terwijl ze twee platte blikken doosjes uit de koelkast haalde.

'Geeft u maar honderdvijfentwintig gram. 't Is om onmiddellijk op te eten.'

Ze keerde zich om en haar donkerbruine ogen fonkelden als lovertjes op een dure cocktailjurk. Haar glimlach hield het midden tussen ongeloof en ontzag.

'U hoeft het niet in te pakken, juffrouw,' zei Nicolaï toen ze het blikje in een piepschuimen doos wou stoppen.

'Als u een plastic lepeltje kunt versieren, ben ik al dik tevreden.'

De pronte verkoopster was zo onder de indruk dat ze de andere doosjes op de toonbank liet staan en heel bevallig naar de keuken rende. Nicolaï lette scherp op haar benen. Het stel paste perfect bij de rest en gelukkig had ze geen ballonkuiten zoals zoveel vrouwen die op hoge hakken lopen.

Toen ze terug was met het lepeltje schoof hij haar het biljet van tienduizend toe.

'Geef maar terug van vijfduizend,' zei hij welgezind.

Er bleef honderdtachtig frank liggen.

'Voor het lepeltje,' drong hij aan toen ze de fooi niet wou aannemen.

Nicolaï stak de vijf briefjes van duizend nonchalant in zijn broekzak en huppelde naar de deur. Hij voelde haar blik op zijn rug branden.

Veel volk liep er niet rond in de Wollestraat. Zodra de musea dicht waren, veranderde Brugge immers in een spookstad. De schaarse auto's suisden met schimmige koplampen voorbij. Nicolaï slenterde naar de Markt en zocht beschutting in de Vier Winden, een café met een verwarmd terras. De ober noteerde met tegenzin de bestelling. Nicolaï bleef er zitten tot de duisternis volledig was ingevallen en het belfort in de zichtbare bundels van de avondverlichting baadde.

De ober glimlachte verlegen toen Nicolaï het wisselgeld liet liggen en hield beleefd de deur voor hem open.

'Goedenavond, mijnheer,' zei hij bijna onderdanig.

Nicolaï flaneerde als een verwaaide toerist door de Hallestraat en sloeg aan het eind van de straat links af. Hij passeerde de Profi. Dit bleek een goedkope discount te zijn, zoals de naam deed vermoeden. In het beste geval kon je hier lompviseieren kopen. Nicolaï kon het de torenwachter niet kwalijk nemen dat hij die gekleurde rommel met kaviaar verwarde. Hij doorkruiste een paar straten op zoek naar het beste uitzicht op de westkant van het belfort. In de Steenstraat haalde hij een uitschuifbare telescoop uit zijn binnenzak en bestudeerde geruime tijd de gladde buitenmuren van de toren. De eerste etappe, dat had hij in de Hallestraat geverifieerd, was een fluitje van een cent. Via de regenpijp zat hij binnen een halve minuut op het dak van de hallen. Voor de resterende zestig meter zou hij al zijn klimtalent moeten gebruiken, tenzij hij de oostelijke route nam. Het laatste stuk, van de hoektoren naar de galmgaten, vormde het grootste probleem. Daar zou hij opvallen als een vlieg tegen een witte muur. Een maanloze nacht zou ideaal zijn.

Nicolaï liet de kijker zakken. Indien alles meeviel, stond hij in twintig minuten boven. Het zat er dik in dat hij de klus in anderhalf uur kon klaren. Met dit werkschema voor ogen leek drie uur in de morgen het meest geschikte tijdstip om de klim aan te vatten. Volgens de statistieken was zelfs de meest geharde politieman op dat moment aan een tukje toe.

Inspecteur Vollekindt van de BOB hield de toerist met de telescoop scherp in de gaten. In normale omstandigheden had hij aan Nicolaï geen aandacht besteed. Jaarlijks turen duizenden mensen door een kijker naar het belfort, maar Vollekindt had opdracht gekregen iedere verdachte persoon te signaleren.

Hij haalde een compacte Nikon onder zijn trenchcoat vandaan en maakte een paar opnamen van de verdachte toerist. De camera was geladen met een hooggevoelige film van 2000 ASA en daarmee kon hij desnoods bij het licht van een aansteker fotograferen.

Vollekindt volgde hem onopvallend en bleef staan voor het uitstalraam van boekhandel De Reyghere. Vanuit die positie kon hij de 'verdachte' perfect in het oog houden.

Nicolaï zocht beschutting in een van de vensternissen van het belfort en installeerde zich als een zwerver op een van de brede vensterbanken. Hij keek vluchtig om zich heen en lette nauwelijks op de man voor het uitstalraam van de boekhandel.

Hij nestelde zich in een hoekje en wrikte met de steel van het lepeltje het blik kaviaar open. Nicolaï vond dit het summum van decadentie. Hij schepte een flinke hap uit het propvolle doosje en proefde met zijn ogen dicht. De grijze, knapperige bolletjes spatten open tussen zijn tong en verhemelte. De zilte notensmaak van de Royal Black vormde pas het voorspel van een geraffineerd mondorgasme.

17

Commissaris Jasper Tjepkema van de Groningse recherche belde Van In persoonlijk. Hij wist dat het zaterdag was, maar de zaak leek hem te belangrijk om ze tot maandag uit te stellen.

'Spreek ik met adjunct-commissaris Van In?'

De Nederlander had een heldere stem en klonk vreselijk opgewonden.

'Het gaat over Adriaan Frenkel.'

'Ja, zeg,' mompelde Van In tussen zijn tanden.

Carton had hem net duchtig de les gespeld. De escapade van gisteren was de oude duidelijk in het verkeerde keelgat geschoten.

'Kunt u dat nog even herhalen?' vroeg de Nederlander beleefd.

Van In tikte kwansuis met zijn vinger tegen het mondstuk.

'Een ogenblik, ik neem even een ander toestel.'

Hij wachtte tien seconden en schraapte zijn keel.

'Goedemorgen, commissaris Tjepkema. Pieter Van In hier.'

'Dat klinkt stukken beter,' zei Tjepkema opgetogen. 'Ik bel u in verband met Adriaan Frenkel.'

'Hebben jullie hem opgespoord?'

'Dat kunt u zeggen,' zei Tjepkema. 'Sorry dat het zo lang heeft geduurd, maar we hielden zijn flat in Groningen in de gaten en daar is hij de voorbije dagen niet gesignaleerd. Pas vanmorgen kwam een rechercheur erachter dat Frenkel naar zijn vakantiewoning op Schiermonnikoog was getrokken.'

'Prima,' zei Van In. 'Hebben jullie hem kunnen ondervragen?'

'Dat is nou net het probleem. Frenkel is dood. Zijn vakantiewoning is vannacht totaal uitgebrand.'

'Benson im Himmel.'

'Wat zegt u?'

'Jezus,' vertaalde Van In spontaan.

Tjepkema trok zijn wenkbrauwen op maar ging verder niet in op de indianenkreet van de Belg.

'De brandweer heeft het verkoolde lichaam in de woonkamer aangetroffen. Over de doodsoorzaak is nog niets bekend. Dat zal het autopsierapport moeten uitwijzen.'

'Dat is jammer,' zuchtte Van In. 'Hebben jullie zijn flat in Groningen doorzocht?'

'Daar is momenteel een rechercheteam mee bezig. Ik laat u in ieder geval weten of er nieuwe gegevens opduiken.'

'Dat is bijzonder attent, commissaris Tjepkema. Ik vrees dat Frenkel in een wespennest verstrikt is geraakt. De brand lijkt me iets te toevallig.'

'Volgens u heeft Frenkel dus iets gezien dat het daglicht niet kan verdragen,' concludeerde Tjepkema gevat.

'Dat kunt u gerust zo stellen,' zei Van In. 'Ik probeer het onderzoek zo snel mogelijk af te ronden. Zodra ik meer weet, hoort u van me.'

'Dat is dan afgesproken, commissaris Van In.'

'Zeg maar gerust Pieter.'

'Oké, Pieter. Noem mij dan maar Jasper. Ik fax je het autopsierapport zo vlug mogelijk door.'

'En ik houd je op de hoogte van het onderzoek in Brugge.'

'Dat is fijn,' zei Jasper Tjepkema.

Versavel had het gesprek min of meer gevolgd. De brigadier was echter allerminst in zijn nopjes. Hij was net als Van In bij Carton op het matje geroepen en de oude was niet mals geweest. Hij had met sancties gedreigd als er zich nog zulke excessen voordeden.

'Frenkel is dood,' zei Van In haast enthousiast.

Versavel reageerde niet. Hij zette de tekstverwerker aan en begon koppig een PV in te tikken.

'Scheelt er iets?' vroeg Van In verbaasd.

Versavel staakte zijn werk en keek Van In ernstig aan.

'Ik denk dat we ons beter met de bomaanslag bezighouden,' zei hij stug. 'Na vijf dagen zijn we nog geen stap dichter en als je zo doorgaat, krijgen we straks het parket op onze nek.'

'Kom op, Versavel. We hebben acht jaar De Kee getrotseerd. Je laat je toch niet op stang jagen door Carton?'

Versavel hervatte zwijgend zijn werk.

'Guido! Na alles wat we samen hebben meegemaakt, ga je me dat toch niet aandoen?'

'Er is een fundamenteel verschil tussen Carton en De Kee,' repliceerde Versavel droog. 'De Kee dacht dat hij de wijsheid in pacht had, maar Carton heeft gelijk, Pieter. Het gaat van kwaad naar erger.'

'Wat bedoel je daar nu mee?' lachte Van In schaapachtig.

'Je weet heel goed wat ik bedoel, Pieter. Je drinkt te veel. Vroeger respecteerde je bepaalde grenzen, maar sedert een paar maanden...'

'Mag een mens niet meer vieren dat hij gezond is verklaard?' brieste Van In.

'Een maagzweer kan je bezwaarlijk een teken van blakende gezondheid noemen,' reageerde Versavel.

'Goed dan,' snoof Van In. 'Volgens jou verwaarloos ik mijn werk. De oude Van In boekt geen resultaat meer en omdat hij af en toe een glas drinkt, wordt hij door de moraalridders bij de voortijdig dementen ingedeeld. En dat moet ik uitgerekend van een...'

'Vuile homo horen,' vulde Versavel hoofdschuddend aan. 'Ik heb met je te doen, Pieter.'

'Dat zal wel. En begin alsjeblieft niet over Hannelore.'

Versavel zweeg en ging verder met zijn werk. Hij had eindelijk zijn gal uitgespuwd. Langer discussiëren zou de zaak alleen maar erger maken.

'Als mijnheer het goedvindt, concentreer ik me vanaf heden op de nog altijd onopgeloste bomaanslag. En omdat het onderzoek niet veel zal opschieten als we hier met zijn beiden het achterstallige papierwerk te lijf gaan, ga ik de straat op. Of denk je dat we de misdaad vanachter een tekstverwerker kunnen oplossen?'

De hele verdieping daverde toen Van In de deur dichtkwakte. Hij was razend en liep haast een jonge agente overhoop.

In de veel te heet gestookte leeszaal zat een heterogeen gezelschap over dikke naslagwerken gebogen. Ze vormden een fraaie afspiegeling van intellectueel Vlaanderen: twee onwennige studenten, een zwaar kalende auteur gespecialiseerd in volkskunde en folklore, een paar encyclopedieverslinders en een dame op leeftijd die zich voor een cursus ikebana had ingeschreven en eerst alles over het onderwerp wilde lezen.

Achter de balie stond een beschaafd uitziende jongeman compleet met keurig getrimde stoppelbaard en een bril met hoornen bovenmontuur.

'Kan ik het Brugsch Handelsblad van 1967 raadplegen?' vroeg hij nog voor de jonge bediende goedendag kon knikken.

Van In vergiste zich zelden in het taxeren van ambtenaren, maar dit keer sloeg hij de bal mis. De jongeman reageerde alert en bijzonder vriendelijk.

'Natuurlijk, mijnheer. Zal ik het formulier voor u invullen?'

'Prima,' antwoordde Van In overdonderd.

Hij hield niet van dit soort verrassingen. Bureaucraten dienden grof en onbeschoft te zijn.

'Neemt u gerust plaats aan een van de tafels. Ik breng u de kranten zodra ze beschikbaar zijn.'

De jonge bediende meende wat hij zei, want hij voegde er een vriendelijke glimlach aan toe.

Nog geen vijf minuten later kreeg Van In een stoffige en gerafelde bundel op zijn tafel. Het gemarmerde omslag stonk naar muf papier en was op diverse plaatsen zwaar gehavend.

'Wenst u de volledige jaargang?' vroeg de bediende.

Van In keek hem niet-begrijpend aan.

'Dit is het eerste semester,' verduidelijkte de jongeman.

'Dank u, maar dat volstaat voor het ogenblik.'

Hij moest zich wel tevreden stellen met de krantenartikelen uit die tijd. Bij het parket was het dossier over de bomaanslag immers toevallig zoek geraakt. Dat had Croos hem tenminste wijsgemaakt. Van In sloeg tien pagina's tegelijk om tot hij op de editie van zeventien februari stuitte. De kop sprak boekdelen: Brugge wakker geschrikt door hevige explosie.

Hij las het artikel, dat een volle pagina besloeg, en ergerde zich aan het ouderwetse taalgebruik.

'In de vroege morgen van maandag 13 februari omstreeks 3 uur ontplofte op de Burg een krachtige bom. Het tuig was voorzien van een tijdmechanisme en bevond zich voor de toegangspoort van het Justitiepaleis. De verontruste bewoners snelden toe in hun nachtgewaad en namen met ontsteltenis kennis van de enorme ravage.'

De journalist beschreef de kracht van de explosie en de reactie van de uit hun slaap gerukte Bruggelingen in pathetische volzinnen.

'Onvoorstelbare schade werd aangericht aan de eeuwenoude glasramen van de Heilig-Bloedkapel... Een groot verlies voor de Breydelstad... Kosten noch moeite mogen gespaard worden om de luister van... Bevolking reageert geschokt op deze barbaarse terreurdaad... Gouverneur neemt persoonlijk poolshoogte van het drama...'

Van In las het artikel regel voor regel. Veel wijzer werd hij er niet van. In de twee volgende edities van het weekblad deinde de berichtgeving uit. Het gerechtelijk onderzoek raakte nauwelijks uit de startblokken. Het parket verhoorde een aantal willekeurige verdachten en de hele zaak werd beangstigend vlug geklasseerd. De daders werden nooit opgespoord. Het parket van Brugge draaide toen al als een afgekeurde Trabant. Het produceerde veel rook en maakte een hels lawaai. In minder dan een halfuur had hij alle artikelen over de bomaanslag doorgenomen.

Omdat Van In geen zin had om met hangende pootjes naar de Hauwerstraat af te druipen, bladerde hij terug. Het gaf hem een nostalgisch gevoel. Helemaal voorin viel zijn oog op een merkwaardig artikel.

Na een vechtpartij in een nachtclub aan de kust had de politie een vijftal herrieschoppers gearresteerd. Het kopstuk van de bende, Luigi Scaglione, wachtte nu samen met zijn kompanen zijn proces af in de gevangenis van Brugge. De journalist had zich in de zaak vastgebeten, want hij had de hele affaire over zes weken uitgesmeerd. Van In las het feuilleton met stijgende verbazing.

'Pardon, mijnheer. De leeszaal gaat om halfeen dicht.'

Van In wierp een ongelovige blik op de grote klok recht voor hem. Die wees tien over halfeen aan. Hij keek om zich heen. De zaal was leeg.

'Om twee uur zijn we weer open,' zei de jonge bediende. Hij had zijn jas en handschoenen al aan.

Van In had zijn politiekaart kunnen bovenhalen en de

ambtenaar bot kunnen verzoeken even geduld te oefenen. In Amerikaanse series doen rechercheurs dat om de haverklap.

'Excuseer, ik was even de tijd vergeten,' lachte hij. 'Ik kom vanmiddag wel terug.'

Hij klapte de muffe bundel dicht en volgde de bediende naar de deur.

'Zal ik die jaargang voor u reserveren?' vroeg hij als ging het om een bestseller.

'Ja, doe dat maar, en vriendelijk bedankt.'

Buiten moest Van In opnieuw wennen aan de snerpende koude. Hij overwoog om op de Markt een paar Duvels te nuttigen, maar bedacht zich. Tijdens het lezen was de preek van Versavel door zijn hoofd blijven spoken. Ze werkten al meer dan acht jaar samen en nog nooit had de bedaarde brigadier zich zo opgewonden. Het was misschien beter dat hij nu naar huis ging en om halftwee zijn excuses ging aanbieden.

Plotseling brak de zon door de wolken. Tussen het eentonige grijs lonkte een lap helderblauwe lucht. Volgens het KMI was er nog absoluut geen sprake van een weersverbetering. Ze voorspelden nog minstens drie dagen sneeuw.

Van In liep in het stralende licht naar de Vette-Vispoort. De zon volgde hem tot aan de voordeur van zijn huis.

In de koelkast vond hij een blikje makreel in tomatensaus en een banaan. Hij schikte de makreel op een bord, sneed de banaan in schijfjes en zette een verse kan koffie. Terwijl het koffiezetapparaat pruttelde, ruimde hij de salon op. Onder de salontafel vond hij een boek. Hij pakte het op en wou het in de kast plaatsen.

'Tiens,' mompelde hij. 'Chaos.'

Van In herinnerde zich vaag dat Versavel in het boek

had zitten grasduinen, toen hij hem woensdag had ondergestopt.

Hij sloeg het open en begon te lezen. Met het boek in een hand schonk hij koffie in en ging aan tafel zitten. Compleet in de ban van de intrigerende lectuur, plette hij de stukjes banaan in de tomatensaus en schrokte die samen met de makreel naar binnen. De ongewone combinatie smaakte verrukkelijk.

Het was al donker toen Versavel aanbelde. Toen hij geen gehoor kreeg, vreesde hij het ergste. In een depressieve bui was de commissaris tot alles in staat. Voor een keer hoopte hij vurig dat de commissaris in de kroeg zat.

'Hei, Guido,' hoorde hij Van In roepen.

Hij draaide zich om en zag hem in de deuropening staan zwaaien.

'Gelukkig,' zuchtte Versavel en keerde op zijn stappen terug. 'Ik dacht dat je niet thuis was. Ik sta hier al vijf minuten te bellen.'

'Kom binnen, Guido.'

Van In hield het boek stevig onder zijn oksel geklemd.

'Sorry dat ik je zo lang in de kou heb laten staan. En dat bedoel ik zowel letterlijk als figuurlijk.'

Versavel trok zijn overjas uit en Van In hing die netjes aan de kapstok.

'Aanvaard je mijn excuses voor vanmorgen?'

De brigadier wreef over zijn snor en grijnsde zoals Van In dat van hem gewoon was.

'Natuurlijk, commissaris. Ik ben zelf nogal hard van stapel gelopen en toen je niet kwam opdagen...'

'Je had gelijk, Guido. Het werd tijd dat iemand mij de waarheid vertelde. Maar vanaf nu moet jij me een ding beloven.'

'Geen probleem, commissaris.'

Van In leidde hem naar de salon en stak het licht aan.

'Beloof me dat je me vanaf nu steeds Pieter zult noemen. Dat commissaris-gelul hangt me al jaren de keel uit.'

'Tot je orders, Pieter,' lachte Versavel.

Van In smeet twee aanmaakblokjes in de haard, stak ze in brand en schikte vier berkenblokken op de rooster.

'Sorry dat ik je vanmiddag in de steek heb gelaten, maar onrechtstreeks is dat jouw schuld.'

Hij toonde hem het boek.

'Ik heb het in een ruk uitgelezen en ik voel dat we het mysterie dit keer met behulp van de chaotica moeten oplossen.'

Versavel ging zitten en bekeek het boek met argusogen. Hij was er zeker van dat Van In niet had gedronken en toch...

'Maar dat leg ik je later wel uit. Laat me eerst verslag uitbrengen van mijn bezoek aan de stadsbibliotheek.'

Versavel knikte gedwee. Hij was van plan de commissaris alle krediet te gunnen.

'Herinner jij je de bende van Scaglione nog?'

Versavel legde het boek naast zich en fronste de wenkbrauwen.

'1967, een vechtpartij in Knokke. Vijf mensen worden opgepakt, onder wie Luigi Scaglione, een notoir gangster met standplaats Marseille,' ratelde Van In energiek.

'Ging dat niet om een afrekening?' vroeg Versavel na een poos.

Het hout begon te knetteren en verspreidde een aangename rookgeur.

'Precies. Scaglione beweerde dat de nachtclubeigenaar hem nog een miljoen schuldig was en toen de man weigerde te betalen hebben zijn trawanten hem nogal hardhandig aangepakt.'

'Nu je het zegt,' mijmerde Versavel. 'Die Scaglione was een zeer mooie jongen.'

'Had ik het niet gedacht,' zuchtte Van In. 'En maak me nu niet wijs dat je niets meer weet over die zaak.'

Hij pookte in het vuur en manoeuvreerde de blokken in een goede positie.

'Er waren moeilijkheden rond het proces. Scaglione eiste dat hij voor een Franstalige rechtbank kon verschijnen en ik geloof dat hij uiteindelijk zijn zin heeft gekregen. De zaak werd een paar maanden later doorverwezen naar de correctionele rechtbank van Doornik. Ik geloof dat hij daar zes maanden voorwaardelijk heeft gekregen.'

'Je geheugen werkt prima, Guido. Volgens de krant besliste de rechter op 7 februari dat Scaglione niet in Brugge moest terechtstaan en op 13 februari ontplofte er een bom voor het gerechtsgebouw.'

'Daar kan hij toch niets mee te maken hebben gehad. Waarom zou Scaglione een bom gebruiken om zijn eisen kracht bij te zetten als die een week daarvoor werden ingewilligd?'

'Tja,' mompelde Van In. 'Daar zit ik ook mee.'

'Je redenering is niet mis, maar zelfs als je theorie klopt, zie ik niet in wat de bomaanslag van 1967 te maken heeft met de aanslag op Guido Gezelle.'

Van In leek helemaal niet ontmoedigd.

'Weet je wie in 1967 procureur-generaal was?'

Versavel streek zenuwachtig over zijn snor. Van In bewandelde gevaarlijke paden.

'Edgar Creytens, de beroemde vader van de beruchte onderzoeksrechter.'

'Ik hoop dat je geen spoken begint te zien, commi... Pieter, bedoel ik.'

'En er is nog veel meer,' ging Van In enthousiast door. 'Volgens de krant was Scaglione een geroutineerd diepzeeduiker en een loslippig bendelid verklaarde aan een journalist dat ze net van het Tiplitzmeer terugkwamen.'

'Met alle respect, Pieter, maar ik volg je niet.'

'Geduld, Guido, geduld. Ooit heb ik een documentaire over het Tiplitzmeer gezien. Insiders beweren dat daar de Nibelungenschat ligt verzonken.'

'De wat?'

'Het goud van de SS, Guido.'

'Dat meen je niet.'

Van In liet zich niet uit het lood slaan.

'De Duitse pers heeft er in de jaren vijftig heel wat aandacht aan besteed. Het weekblad Stern heeft zelfs een heuse zoektocht naar het goud georganiseerd.'

'En hebben ze iets gevonden?' vroeg Versavel laconiek.

'Kisten vol met valse ponden en dollars,' gaf Van In schoorvoetend toe. 'Maar geef toe, waar rook is, is vuur.'

Op dat moment liet een nijdige windvlaag de open haard ploffen.

Versavel moest hoesten van de bijtende rook.

'Dat zal je leren,' zei Van In strijdlustig. 'En indien je vroeger betere cijfers voor aardrijkskunde had gekregen, dan zou je nu weten dat het Tiplitzmeer op een boogscheut van Alt Aussee ligt.'

'En wat zou ik dan meer weten?'

Versavel had zich voorgenomen Van In niet op stang te jagen.

'Dat de geallieerden in 1945 een groot deel van de door de nazi's geroofde kunstschatten in de zoutmijnen van Alt Aussee hebben teruggevonden.'

'De madonna van Michelangelo,' zei Versavel gemaakt verrast.

'Eindelijk,' snoof Van In.

Versavel beperkte zich tot een zuinig knikje. Het verhaal klonk compleet ongeloofwaardig en het verband tussen de moord op Fiedle en de bomaanslag van 1967 leek even onwaarschijnlijk als het bestaan van een verhouding tussen de Engelse kroonprinses en de clochard die iedere nacht op de bank voor het provinciaal hof sliep.

'Ligt Hallstatt daar ook niet in buurt?' vroeg Versavel langs zijn neus weg.

'Benson im Himmel. En daar kom je nu mee voor de dag!'

'Je had me maar niet moeten beschuldigen van onoplettendheid tijdens de les aardrijkskunde,' meesmuilde Versavel.

'Heb je nog van die verrassingen in petto?'

Versavel pakte het boek en bekeek het omslag aandachtig.

'Als ik je vertel dat Bostoen in '67 het onderzoek leidde, ga je waarschijnlijk helemaal uit je dak,' zei hij droog.

'Bostoen van de Staatsveiligheid?' schreeuwde Van In.

'Ik moet toegeven dat hij daarna pijlsnel carrière heeft gemaakt,' gaf Versavel ootmoedig toe.

18

Op zondagmorgen werd Van In gewekt door een kletterende regenbui. De weerman trok weer eens aan het kortste eind. Hij had sneeuw voorspeld. In de slaapkamer daarentegen was het tropisch heet. De thermostaat stond op 22 graden. Hannelore lag op het dekbed en sliep als een pasgeboren Venus.

Van In knipte het nachtlampje aan en stapte voorzichtig uit het bed. Zij draaide zich op haar zij, pakte zijn kussen en droomde verder.

Hij ging voor het raam staan en keek over het donkere water van de Reie. Er dropen dikke druppels van het venster en het geluid van de neerplenzende regen begeleidde tientallen gorgelende afvoerpijpen. Het water spoelde het dikke sneeuwdeken van de daken. Het fluorescerend wit kromp als smeltend frituurvet en de duisternis nam opnieuw bezit van de huizenrij aan de overkant van de gracht. Van In keek op zijn polshorloge. Het was vijf over zes. Hij had amper vier uur geslapen. Voor hij het licht uitdeed, wierp hij nog een blik op het blanke lichaam dat geluidloos ademde en nog geurde naar het liefdesspel.

Beneden zette Van In koffie en stak een sigaret op. Hij koesterde het moment van ongrijpbare rust. Met halfgesloten ogen luisterde hij naar de regen.

Toen de koffie klaar was, ging hij in de salon zitten en onstak het haardvuur, zette de koptelefoon op zijn hoofd en schoof een plaatje van de monniken van Chevetogne in de lade van zijn cd-speler. Hij zoette de koffie met twee klontjes en deed er een scheut room bij.

Met zijn benen op de salontafel liet hij zich door de melodieuze, Slavische muziek overweldigen en probeerde zijn geest te laten leeglopen. De rust en de muziek hadden hetzelfde effect op zijn gemoed als de pure lucht die hij tien jaar geleden aan de Noordkaap had opgesnoven. Zijn oogleden werden zwaar en het geflakker van de brandende houtblokken werkte als de slinger van een hypnotiseur. Net voor hij indutte voelde hij zich een met de kosmos, met een alles doordringende aanwezigheid. Voor de eerste keer in zijn leven besefte Van In hoe nietig hij was.

'Hallo.'

Hij voelde vaag dat iemand de koptelefoon wegschoof. Hannelore zat naast hem en drukte zich tegen hem aan.

'Wakker worden.'

Ze geurde naar douchegel. Een natte haarlok bleef aan zijn wang kleven toen ze hem op de lippen zoende.

'Benson im Himmel. Heb ik me verslapen?'

'Het is kwart over acht,' plaagde ze. 'Straks kom je te laat op je werk.'

Van In sprong op en keek haar verdwaasd aan. Ze had een van zijn pyjama's zonder knopen aangetrokken.

'Ik heb voor het ontbijt gezorgd,' lachte ze.

'Dat is vriendelijk van je, maar ik heb geen tijd voor een ontbijt. Sluit jij de boel maar af. Ik zie je vanavond wel.'

Hannelore kon zich niet meer bedwingen en proestte het uit.

'Het is zondag vandaag, commissaris,' giechelde ze.

Ze sprong van de bank en kneep in zijn wang.

'Zondag, niet werken, lekker luieren en koken voor het vrouwtje. Dat heb je gisteren beloofd.'

'Zondag,' schreeuwde Van In.

Hij pakte Hannelore vast en trok haar op de bank.

'Benson im Himmel, je hebt me bijna een hartinfarct bezorgd.'

'Jij, een hartpatiënt,' smaalde ze. 'Daar heb ik vannacht niets van gemerkt.'

'Pas maar op,' dreigde Van In.

Het jasje van de pyjama hing over haar schouders.

'Je vraagt erom.'

'Eerst ontbijten.'

Ze fatsoeneerde de pyjama en nam hem bij de hand.

Wanneer Van In alleen was, ontbeet hij nooit, maar toen hij haar zag smikkelen, tastte hij gretig toe.

'Benson im Himmel, dat smaakt,' zei hij tussen twee happen door.

Hannelore boterde een sneetje toast en sopte het in de koffie.

'Hoelang kennen we elkaar nu al?'

Van In zette zijn kopje neer en likte de jam van zijn bovenlip.

'Zeven maanden en tien dagen,' zei hij resoluut.

'Je lijkt net een ex-roker die zijn rookvrije dagen bijhoudt.'

'Was dat maar waar,' zuchtte hij. 'Sigaretje?'

'Straks.'

Ze nam een stuk toast en besmeerde het torenhoog met honing.

'Een ding heb ik je altijd willen vragen.'

'Zie ik eruit als iemand die zijn geheimen niet prijsgeeft?'

'Wel,' zei ze aarzelend. 'Het is misschien een stomme vraag, maar wat betekent in 's hemelsnaam Benson im Himmel?'

Van In leunde verrast achterover. Hij had een totaal andere vraag verwacht.

'Wil je dat echt weten?' zei hij opgelucht.

'Mmm,' knikte ze.

Van In schonk zich een kop koffie in en bood haar een sigaret aan.

'Ik geef het niet graag toe, maar mijn grootmoeder heeft net voor de Eerste Wereldoorlog een verhouding gehad met een Duitser. Karl Schumacher heette de man.'

'Wat is de wereld toch klein,' zuchtte Hannelore.

'Lach niet,' dreigde Van In. 'Het is niet omdat mijn grootmoeder met een Duitser optrok dat ik...'

'Ga door,' onderbrak ze hem ongeduldig.

Van In pakte een lepeltje en roerde bedachtzaam in de koffie.

'Die verhouding is natuurlijk afgesprongen, maar na de oorlog dook Karl Schumacher opnieuw op. Mijn grootmoeder was toen al getrouwd, maar hij bleef een vriend van de familie.'

'Pieter,' smeekte ze. 'Wil je alsjeblieft ter zake komen?'

'Mijn grootvader was een heel tolerant man,' ging hij onverstoorbaar verder.

'Pieter Van In, ik bezweer je.'

'Schumacher kwam altijd met Kerst en toen de feestmaaltijd was afgelopen en mijn grootmoeder hem vroeg hoe het had gesmaakt, zei hij altijd: ich bin schon im Himmel.'

'Is dat alles?' vroeg Hannelore ontgoocheld.

'Als ik mijn moeder mag geloven, zei hij dat bij iedere heuglijke gebeurtenis. Als kind aapte ik dat na en vandaar Benson im Himmel. Maar wees gerust. Vanaf nu hou ik ermee op.'

'Waarom?'

Van In inhaleerde diep en blies de rook door zijn neus.

'Heel eenvoudig,' zei hij met pretlichtjes in zijn ogen. 'Ich war schon im Himmel.'

Robert Nicolaï begon de dag met de gewone routine. Hij slaafde bijna een halfuur aan een ingewikkeld fitnessapparaat en ging toen kletsnat van het zweet onder een koude douche staan. Ervaren masochisten weten dat ijskoud water het lichaam naar ongekende toppen van genot kan voeren. Nicolaï hield van de pijn die de extase voorafging. Als hij een onmogelijke bergwand beklom, hunkerde hij naar het moment waarop de pijn in zijn vingers ondraaglijk werd.

Onder de douche schrobde hij zijn gespierde lichaam met een ruwe borstel. Zijn bloed begon te koken en hij draaide de kraan pas dicht toen het water warm aanvoelde. Daarna droogde hij zich zorgvuldig af en trok een schone onderbroek aan en sloot zijn oefeningen af met een honderdtal kniebuigingen voor de spiegel.

Nicolaï ontbeet met fruitsap, hardgekookte eieren, muesli en vissenlever. Buiten spoorde de eerste tram door de grijze sneeuwbrij. Hij hoefde de gordijnen niet open te trekken om te weten dat de dooi was ingetreden.

Nicolaï at met smaak en dacht aan overmorgen. Hij had de operatie tot in de puntjes voorbereid en als hij de weervoorspellers van vanmorgen mocht geloven, zou Noord-Europa de volgende dagen profiteren van een gunstige anticycloon. Om dat te vieren stak Nicolaï een sigaret op. Dat deed hij altijd voor een belangrijk karwei.

De rest van de voormiddag bracht hij zijn klimuitrusting in orde. Een echte klimmer besteedt immers veel aandacht aan het verifiëren van zijn materiaal.

Nicolaï stond bekend als een perfectionist. Eerst stalde hij alles voor zich uit. Hij rolde de nylonkabel af en testte de draagkracht van het touw aan een balk op de zolder. Zonder zich te haasten onderwierp hij het aan een minutieus onderzoek. Daarna kwam de zitgordel aan de beurt. Hij inspecteerde de afdaalacht, de musketons en de friends.

Nicolaï overwoog of hij een pofzakje zou meenemen. Het magnesiumpoeder kon getraceerd worden, maar dat risico zou hij moeten nemen. Toen de uitrusting uitvoerig was getest, kleedde hij zich aan. Vanavond zou hij zijn opdrachtgever bellen. De nacht van woensdag op donderdag leek een ideaal tijdstip om de beklimming te wagen.

Herr Leitner bestudeerde de gezichten van de mannen die om de tafel zaten. Ernst Vögel, een gezette vijftiger met dooraderde appelwangen, knabbelde op een croissant en veegde na iedere hap de kruimels van de tafel. Vögel volgde Fiedle op als verantwoordelijke voor de Benelux.

Klagersfeld, de algemeen secretaris van het genootschap, roerde in een kop koffie met de gratie van een pas tot leven gewekte mummie. Heinz Witze zat recht tegenover Leitner. Hij beheerde de financiën. De dood van Fiedle paste bijzonder goed in zijn strategie. De duffe boekhouder had het nooit onder stoelen of banken gestoken dat het Brugse avontuur op middellange termijn een slechte investering was. Scaglione had het karwei voortreffelijk geklaard en de ambitieuze Vandekerckhove was ervan overtuigd dat hij in opdracht van Leitner had gehandeld.

Bij het raam zat een oude man in een rolstoel.

'Operatie Canal Grande verkeert momenteel in een beslissende fase.'

Otto Leitner plaatste zijn handen plat op de tafel, alsof hij van plan was op te staan. Vögel keek Leitner meewarig aan. Aan de manier waarop de imperator voorover-boog, was duidelijk te zien dat hij weer eens last had van aambeien.

'Over twee weken buigt het Brugse schepencollege zich over het Polderproject, en het ziet er niet naar uit dat de huidige coalitie akkoord gaat met onze plannen.'

Witze schudde het hoofd en maakte een paar aantekeningen. Manfred Klagersfeld probeerde die te ontcijferen, maar vertikte het om zijn bril op te zetten.

'De volgende fase zal ons minstens vijf miljoen kosten,' zei Witze toonloos. In tegenstelling tot de andere aanwezigen zag hij er, na veertien dagen Franse Antillen, bijzonder florissant uit.

'Ach, Heinz. Dat zeg je telkens opnieuw,' reageerde Vögel verveeld. 'Wat betekent vijf miljoen? De Brugse regio is honderd keer meer waard. Bovendien krijgen we de haven als toemaatje en je weet toch hoe belangrijk Zeebrugge is.'

'En vergeet de meerwaarde van de opgekochte panden niet, Heinz,' zei Leitner met een pijnlijke glimlach.

Hij bleef met zijn handen op het tafelblad steunen en zocht tevergeefs naar een comfortabele positie.

'Tweehonderd gerestaureerde huizen, Heinz, met een meerwaarde van minstens vijfentwintigduizend per stuk. Alleen daarmee verdienen we de extra kosten terug,' zei Klagersfeld. 'Vind je dat niet voldoende voor het reconstrueren van een stukje toren?'

Witze kamde met een handgebaar zijn dunne haar achterover.

'Niemand kan ons garanderen dat de aanslag op het belfort de Bruggelingen op de knieën dwingt,' protesteerde hij. 'We kunnen toch moeilijk alle monumenten opblazen.'

'Waarom niet?' opperde Klagersfeld.

Hij stak zijn benige vinger omhoog.

'Ik begrijp niet waarom je nog altijd problemen zoekt, Heinz. Vergeet de drieduizend nieuwe wooneenheden niet. Met de winst daarvan kunnen we desnoods de helft van Brugge reconstrueren. Kijk maar naar Warschau. Geen enkele toerist merkt het verschil.'

'Heren, heren. Laat ons eensgezind blijven.'

Konrad von Metternich hoefde zijn stem niet te verheffen. Het gezelschap zweeg abrupt. De oude man keerde de rolstoel en bolde zachtjes naar de conferentietafel.

'Wij zijn een expansief bedrijf,' zei hij vermanend. 'Winst komt op de eerste plaats. We hebben de Lage Landen nodig en Vlaanderen is de prooi bij uitstek.'

Ze knikten allemaal instemmend. Von Metternich was een levende legende. Zijn grootoom was een van de oprichters van het genootschap en hoewel hij geen officiële functie bekleedde, durfde niemand hem tegen te spreken.

'Trouwens, als ik het goed begrijp, zal Travel voor de restauratie van de toren opdraaien.'

'Met ons geld,' zei Witze bitter.

'Ik vind dat onze achtbare confrater Von Metternich gelijk heeft. Vijf miljoen mag ons er niet van weerhouden onze plannen door te zetten.'

'En als de hele toren het begeeft?' vroeg Witze sceptisch.

'Dan draaien de Vlamingen daar zelf voor op,' zei Klagersfeld. 'Fiedle heeft die mogelijkheid voorzien. De man die de bom plaatst, is een Waal. Een uur na de ontploffing krijgt de politie een tip en wordt de arme man opgepakt. Volgens het scenario van Fiedle zal het Belgische gerecht de dader in verband brengen met het MWR, een Waalse extremistische beweging.'

'En jij gelooft dat je de Vlamingen tegen de Walen in het harnas kan jagen?' zei Witze ongelovig.

'Een burgeroorlog hoeft niet, maar het proces zal wel voor de nodige beroering zorgen,' glimlachte Leitner. 'Fiedle was een genie. Zelfs als zijn eerste plan mislukt, trekken we profijt uit het tweede.'

'Maar zover zal het nooit komen,' suste Klagersfeld. 'Het Polderproject kan niet mislukken. De analyses van de voorbije jaren zijn heel duidelijk. Door een slecht toeristisch beleid zal Brugge de komende jaren heel wat belastinggeld moeten derven. De stad kampt nu al met een schuld van vierhonderd miljoen D-mark en privatiseren is in de mode.'

'Ik vrees dat jullie de Bruggelingen onderschatten. Ik kan me niet voorstellen dat ze massaal hun stad gaan verlaten om zich ergens in de polders te vestigen,' wierp Witze koppig op.

'Dat doen ze zeer zeker als we de huurprijzen van de nieuwe woningen in den beginne laag houden,' zei Leitner. 'Voor de meesten is de stad nu al onleefbaar.'

Konrad von Metternich roerde in zijn glas en nipte van het vers geperste ananassap. De oude man was de discussie beu. Hij pakte het zilveren lepeltje en tikte tegen het glas.

'Dietrich Fiedle heeft deze operatie nauwgezet voorbereid,' zei hij vastberaden. 'Het vorige stadsbestuur had zijn medewerking toegezegd, maar niemand kon voorzien dat verkiezingen roet in het eten zouden gooien. De nieuwe burgemeester wijst onze plannen af, maar ook hij kan een aantal zaken niet meer terugschroeven. Het verkeerscirculatieplan dat Herr De Kee en Herr Decorte de stad hebben opgedrongen, werpt vruchten af. Door een systeem van verkeerslussen worden de traditionele handelaars de stad uitgejaagd. De huurprijzen zullen dalen en stellen ons in staat onroerend goed te verwerven. Dat is het eerste gegeven. Onderzoek heeft uitgewezen dat de meeste autochtone Bruggelingen de stroom toeristen stilletjes beu geraken. De stad gaat gebukt onder die overlast en niemand voelt er zich nog thuis. Dat is het tweede gegeven.

Het creëren van een slaapstad met moderne woningen ligt voor de hand. In Venetië werd dat procédé met succes toegepast. De stad werd een openluchtmuseum zonder bewoners en dat is precies wat we nodig hebben. Het verschil met Venetië is dat we daar niets in de pap te brokken hebben. In Brugge liggen de zaken anders. De stad is failliet en de vraag naar historische openluchtmusea is vandaag groter dan ooit. Een paar bomaanslagen kunnen de balans naar onze kant doen overhellen. Niemand zal een kunstmatige leegstand tolereren en als de stad leegloopt, mijne heren, wordt ons patrimonium goud waard. Ik ken een boel Europeanen die een fortuin willen neertellen voor een huis in Brugge en dat is het derde gegeven.'

'Herr von Metternich heeft volkomen gelijk,' zei Leitner. 'Ik had de situatie zelf niet beter kunnen schetsen.'

Klagersfeld en Vögel knikten instemmend.

'Met alle respect, Herr von Metternich, maar ik denk dat we een belangrijk element vergeten.'

Witze zette zijn bril af en keek het gezelschap met een wazige blik aan.

'Het welslagen van de operatie hangt hoofdzakelijk van Vandekerckhove af. Fiedle heeft alles met hem geregeld en niemand weet precies hoe zij de laatste fase hebben gepland.'

'Bombardeer hem tot commandeur,' zei Klagersfeld, 'en hij eet uit onze hand.'

'Prima idee, Manfred.'

Leitner maakte een aantekening.

'Zullen we dan zo afspreken?'

Zelfs Witze protesteerde niet meer. Hij had het pleit verloren. De moord op Fiedle had niets opgelost. Von Metternich had zijn zinnen gezet op Brugge en het zou dwaas zijn de plannen van de oude openlijk te dwarsbomen.

19

'Goedemorgen, commissaris Van In.'

Burgemeester Moens plaatste vluchtig zijn handtekening onder een banale brief.

Van In formuleerde een beleefde groet en ging zitten op de hem aangewezen stoel.

'Goed nieuws?' vroeg de burgemeester hoopvol. Hij rolde zijn stoel achteruit en kruiste ontspannen de benen.

'Laten we het gewoon "nieuws" noemen, mijnheer de burgemeester.'

Moens peuterde aan de onderkant van zijn neus en knikte bemoedigend.

'We hebben vrijdag een dossier van de Staatsveiligheid ontvangen, maar ik vrees dat we ook daar niet veel aan hebben.'

Moens liet zijn neus los, alsof hij zich plotseling realiseerde dat hij niet alleen in de kamer was.

'Van alle staatsgevaarlijke groepen beantwoordt er een aan het door ons opgestelde profiel. Het gaat om het Mouvement Wallon Révolutionnaire, kortweg MWR. In het najaar van 1976 ving een "stille" van de Staatsveiligheid toevallig een gesprek op in een achterzaaltje van een Luiks café. Vier studenten bekloegen zich over het rijke Vlaanderen dat het verpauperde Wallonië economisch dreigde plat te walsen. De aanleiding voor de discussie was de verkoop van een luxehotel in Spa aan een Oostendenaar. De nieuwe eigenaar had stante pede Vlaams personeel geïmporteerd met het argument dat de Walen onvoldoende Nederlands spraken en bovendien te lui waren om te werken.'

'Je kan die man geen ongelijk geven,' grijnsde Moens.

Hij had zelf een optrekje in de Ardennen en als overtuigd flamingant vond hij dat de Walen best een koekje van eigen deeg verdienden. Ze hadden de Vlaamse arbeider meer dan een eeuw geterroriseerd.

'Zij vonden de situatie in ieder geval beangstigend,' ging Van In rustig door. 'Ze vreesden de nakende federalisering en waren er rotsvast van overtuigd dat een autonoom Vlaanderen de geldstroom naar Wallonië zou indijken. Na een paar Westmalles, ironisch genoeg een Vlaams streekbier, besloten ze ten strijde te trekken tegen het Vlaamse kolonialisme. In navolging van de CCC zouden ze terreuracties opzetten om de publieke opinie wakker te schudden. De informant van de Staatsveiligheid noteerde het gesprek en gaf het door aan zijn case-officier.'

'En dat noemt u geen goed nieuws?' zei Moens met gefronste wenkbrauwen.'

'Het probleem is dat het MWR nooit meer heeft gepresteerd dan het uitdelen van pamfletten en het organiseren van een paar meetings, waar trouwens geen kat op afkwam. Tussen 1976 en 1979 werden ze verdacht van een aantal brandstichtingen tegen Vlaamse bezittingen in de streek van Luik, maar de gerechtelijke politie heeft die insinuaties nooit hard kunnen maken.'

'Natuurlijk niet,' snoof Moens. 'Daar zorgen ze er wel voor dat het deksel op de ketel blijft.'

Van In had geen zin om in te gaan op de opmerking van de burgemeester.

'Voor alle zekerheid hebben we de alibi's van de stichtende leden van het MWR nagetrokken,' zei hij vermoeid.

'Claude Dufour is ingenieur en werkt voor een grote Brusselse bouwfirma. Hij is momenteel actief in Koeweit. Jacques Hendrix doceert communicatiewetenschappen aan de universiteit van Louvain-la-Neuve. De man is aidspatiënt en wordt aldaar verpleegd.'

'Typisch voor iemand die lesgeeft in communicatiewetenschappen,' merkte Moens sarcastisch op.

Van In reageerde ook nu niet. Hij wist al lang dat politici niet de mensen waren voor wie ze zich uitgaven.

'Grégoire Bilay bekleedt een topfunctie op het ministerie van Volksgezondheid en Alain Parmentier is vorig jaar bij de dominicanen ingetreden.'

'En de anderen?'

'Die zijn er niet, mijnheer de burgemeester. Na 1979 heeft niemand nog iets van het MWR gehoord. Hoewel ik volledigheidshalve moet vermelden dat Bostoen van de Staatsveiligheid vermoedt dat iemand de beweging nieuw leven heeft ingeblazen. Volgens hem zou het 11-juli-incident daar iets mee te maken hebben. De voorbije maanden zijn er op diverse plaatsen in Wallonië opruiende pamfletten gesignaleerd.'

Moens straalde als een sollicitant die na de zesendertigste psychologische test eindelijk in dienst werd genomen. Die 11-juli-viering stond als een hiëroglief in zijn geheugen gebrand. Toen had de koning in Brugge voor de camera's van de nationale televisiezenders de Vlaamse Leeuw meegezongen.

'Wat bent u toch bescheiden, commissaris Van In,' zei hij hoofdschuddend. 'Dit is een doorbraak in het onderzoek.'

'Dat geloof ik niet, mijnheer de burgemeester,' zei Van In koppig. 'Terroristen eisen hun aanslagen altijd op.'

'Onzin. Kijk wat er in Amerika en Japan gebeurt, commissaris.'

'Daar gaat het om godsdienstfanaten of fundamentalisten.' Hij vergat met opzet 'mijnheer de burgemeester' te zeggen. 'Volgens mij spelen hier andere motieven.'

Moens plantte zijn ellebogen op het bureau en keek Van In ijskoud aan.

'Het is mijn taak de burgers een subjectief gevoel van veiligheid te geven,' zei hij dwingend. 'Vanmiddag krijg ik de nationale televisie op mijn dak, commissaris. Ik ben verplicht de geboekte vooruitgang te melden. Weet jij hoeveel mensen hun reservaties voor de paasvakantie al hebben geannuleerd?'

'Geen idee,' antwoordde Van In lusteloos.

'Dertig percent. Als we er niet in slagen het publiek gerust te stellen, vrees ik het ergste.'

'Daar zal het eventueel bestaan van het MWR niets aan veranderen,' zei Van In nogal bars. 'Vergeet niet dat ook de Walen potentiële bezoekers zijn.'

Het was alsof iemand alle ramen openzette. De temperatuur in het knusse kabinet daalde op slag met tien graden. Eigenlijk kon hij de burgemeester geen ongelijk geven. De man snakte naar een doorbraak en probeerde wanhopig de stad te behoeden voor een nog groter onheil.

Net toen Moens diep inademde om de rebelse commissaris de levieten te lezen, biepte Van Ins semafoon.

Gered door de bel, dacht Van In en hij nam alles terug wat hij over het irritante apparaat had gezegd.

'Excuseer, mijnheer de burgemeester. Kan ik hier ergens telefoneren?'

Moens wees naar het toestel op zijn bureau, ging staan en maakte plaats voor zijn ondergeschikte. In de tuin vocht een zwerm meeuwen voor een uitgedroogde plak ham.

Van In juichte toen hij de stem van Versavel herkende.

'Ik kom zo vlug mogelijk, Guido. Nee, je hoeft geen wagen te sturen. Ik loop wel.'

Moens registreerde de klik en draaide zich om.

'Nieuwe ontwikkelingen,' zei Van In met een uitgestreken gezicht. 'De Nederlandse recherche meent over waardevolle informatie te beschikken.'

'Waar wacht je dan nog op, commissaris?' zei Moens wrevelig.

Ze drukten elkaar formeel de hand en Van In maakte zich haastig uit de voeten. In de gang kruiste hij Decorte. De schepen van Toerisme keurde hem geen blik waardig.

'Je timing was perfect, Guido,' zei Van In toen hij puffend binnenkwam. Hij had de afstand tussen het stadhuis en het politiecommissariaat in minder dan tien minuten overbrugd.

'Tjepkema zei dat het persoonlijk was,' reageerde Versavel onbegrijpend. 'Hij faxt je over vijf minuten.'

Van In snakte naar een borrel maar liet de fles in de geheime lade ongemoeid. Om zich te troosten stak hij een sigaret op. Na drie trekken begon de fax te zoemen. Tjepkema was bijzonder stipt.

Toen Van In de eerste regels las, begreep hij waarom zijn Nederlandse collega hem eerst had gebeld en pas daarna het bericht had verstuurd. Dit was explosief materiaal.

Het handschrift was beverig, maar verraadde onmiskenbaar het niveau van de auteur. De kleine letters waren regelmatig en de regels stonden bijna waterpas.

Steiner stond grijnzend in de deuropening terwijl vijftien Häftlinge het enorme blok over berkenstammen naar binnen trokken. Ik stond in bewondering voor de steen. Als beeldhouwer had ik altijd gedroomd van Carrarisch marmer. Maar de SS had nooit om beelden gevraagd. Ze wilden steevast schilderijen en die had ik samen met Zalman Rosenthal en Oler, een Franse jood, in serie voor hen geproduceerd. We stonden met zijn drieën gebiologeerd toe te kijken hoe vijftien uitgemergelde lijven de bijna hopeloze strijd met de stugge kalksteen centimeter voor centimeter aan het winnen waren. Toen ze het blok marmer op de aangeduide plek hadden gesjouwd, schreeuwde Steiner zoals gewoonlijk: raus, Dreckjuden.

De schimmen verdwenen als mist in een lauwe zomerbries.

Toen kwam de Unterscharführer naar me toe. Ik sloeg mijn ogen neer en wachtte angstig op wat komen zou. Ik voelde zijn adem in mijn neus. De Duitser stonk naar verrotte etensresten en goedkope tabak.

'Ik heb een karwei voor jullie, drekjoden,' krijste hij. 'De commandant wil dat jullie lapzwanzen een beeld voor hem kappen.'

Ik bleef onbeweeglijk in de houding staan. Oler en Zalman stonden achter mij en voelden zich wellicht een stuk veiliger.

'Dit beeld moet je namaken, Schwein,' tierde hij.

Pas toen Steiner me met zijn bullepees trof, begreep ik dat hij wou dat ik keek. Er stroomde bloed uit mijn kapotte wenkbrauw in mijn rechteroog. Steiner hield een ansichtkaart vast en ik herkende het beeld meteen. Ik realiseerde me in een flits dat deze opdracht ons doodvonnis betekende. Niemand kon een Michelangelo kopiëren aan de hand van een foto.

'Heb je dat begrepen, vuile jood?' tierde Steiner.

'Ja, Herr Unterscharführer,' fluisterde ik.

De SS'er duwde de bullepees onder mijn kin en drukte mijn hoofd achterover. Hij keek me recht in de ogen en ik kon niet anders dan zijn wilde blik trotseren.

'De commandant wil het beeld binnen de drie maanden,' zei hij met een sardonisch genoegen. Daarna barstte hij in een bulderende lach uit en kletste zich op de dijen als een klein kind.

We bleven wachten tot het gedreun van de stampende laarzen was weggeëbd. Oler was de eerste die bewoog. Hij liep eerbiedig naar het blok marmer en liet zijn benige hand over het ruwe oppervlak glijden.

'Als ze niet over het origineel beschikken, kunnen we hen misschien om de tuin leiden,' zei hij optimistisch.

Tweeëntwintig maanden van nazi-terreur hadden zijn geest-

kracht niet gebroken. De kleine kunstschilder keek me aan alsof hij wist dat de opdracht me intrigeerde.

'Dit is de kans van je leven, Meir. Besef je hoeveel zo'n blok carrara kost? Voor de oorlog was je wild geworden,' zei hij haast spottend.

Zalman die anders nooit veel zei, knikte enthousiast.

'Er doen geruchten de ronde dat de geallieerden voor Brussel staan. Drie maanden is behoorlijk lang. We zien wel wat we ervan terechtbrengen.'

Drie dagen later brachten ze het echte beeld. Ik kon mijn ogen niet geloven. De aanwezigheid van Michelangelo werkte ontmoedigend. Gelukkig beurden Zalman en Oler me op. Nooit lieten ze merken dat we met een onmogelijke opdracht bezig waren. Oler hielp me met het kappen en Oler polijste het marmer als ik een stuk had afgewerkt. Steiner kwam ons iedere dag uitkafferen en we waren blij dat het titanenwerk vorderde.

'Schneller, schneller,' tierde de SS'er maar daar bleef het voorlopig bij.

Na zeven weken, we werkten achttien uur per dag, begon de kopie steeds beter op de madonna te lijken. Dat vonden Zalman en Oler tenminste. We werkten gedreven en ik kon niet ontkennen dat het beeld een trieste schoonheid uitstraalde. Het nieuws dat de Amerikanen de Rijn naderden, gaf ons moed.

Net toen we het wat rustiger wilden doen, brak de hel los.

Steiner kwam op een morgen binnengestoven en ging als een wildeman tekeer. Vooral Oler moest het ontgelden. Het was een wonder dat hij de afranseling overleefde.

'Verrekte joden. Het beeld moet over twee weken klaar zijn. En wat hebben jullie gebaard? Een misgeboorte. Houden jullie misschien niet van de heilige maagd?'

Steiner schuimbekte. Hij had ons drie maanden gegeven. Misschien waren de geallieerden doorgestoten tot aan de Rijn.

'Dit is de moeder van Christus, de God die jullie haakneuzen aan het kruis hebben gespijkerd.'

Nu moest Zalman Rosenthal het ontgelden. Steiner bleef op hem inslaan tot de tengere schilder bloedend neerzeeg.

Toen de SS'er uitgeraasd was, kwam hij briesend op me af. Zijn blik was wild en er blonk radeloze angst in zijn ogen. Ik bad tot Jahweh. Een echte God bemoeit zich niet met aardse pietluttigheden, dacht ik. Maar dat zou de Duitser nooit begrijpen. God is geen tovenaar die in een handomdraai triviale problemen oplost. Hij is liefde en toont ons de weg. Ik voelde geen bitterheid toen de bullepees van een Ariër me genadeloos kastijdde.

'Vanaf morgen schiet ik iedere dag vijf rotjoden dood,' brieste Steiner. 'En dat tot het beeld af is.'

Oler deed wat hij kon, maar moest noodgedwongen afhaken. Hij urineerde bloed en stierf net voor we op transport naar Auschwitz werden gezet. Zalman en ik werkten nu twintig uur per dag. De executies gingen onverminderd door. In de nacht van 24 op 25 december was de kopie klaar. We hadden ons gehaast om het beeld voor zonsopgang af te werken en op die manier vijf levens te sparen.

Toen Steiner 's morgens binnenkwam, sprongen wij trots in de houding.

'Vuile Schmouzen,' lalde hij. 'Dat hebben jullie met opzet gedaan. Omdat het vandaag Kerstmis is, laat ik er twintig door de schouw vliegen.'

'Moffen,' zei Van In hoofdschuddend. 'Als je dit leest, zou je nooit meer in een Golf rijden.'

'Het verklaart in ieder geval de karmozijnbes,' zei Versavel. 'Fiedle liet het beeld kopiëren en naar Zuid-Amerika verschepen.'

Van In schoof de fax terzijde.

'Meir Frenkel,' zei hij halfluid. 'Meir Frenkel. MF. Mia Fiorentina of Meir Frenkel.'

'Wat zeg je, commissaris?'

'Chaos, Guido, chaos.'

'Dat wou je me gisteren al uitleggen.'

'Je hebt het boek toch ook gelezen.'

'Indien je me niet voortdurend had gestoord, was ik daar wellicht in geslaagd,' merkte de brigadier korzelig op.

Van In stak een nieuwe sigaret op en legde zijn handen in zijn nek.

'Wil je deskundige uitleg of zal ik wachten tot je het boek helemaal hebt gelezen?'

'Ik heb er wel een en ander van opgestoken,' reageerde Versavel opstandig.

'Zoals?'

De brigadier wreef zenuwachtig over zijn snor. Hij hield niet van dit soort intellectuele woordenkramerij.

'Volgens mij kun je de chaostheorie in een oude volkswijsheid vatten,' zei hij zelfbewust. 'Kleine oorzaken, grote gevolgen. Het gaat over toestanden die vanuit een eenvoudige beginsituatie zo verschrikkelijk ingewikkeld evolueren dat de uitkomst onvoorspelbaar wordt.'

'Bravo, Guido. Hoeveel bladzijden heb je gelezen?'

'Dertig,' zei Versavel.

'Dan zal ik de overige 250 pagina's zo bondig mogelijk samenvatten. Chaos werkt met fractalen, waarmee je op een relatief eenvoudige manier gecompliceerde vormen kunt berekenen, zoals het volume van een wolk of de oppervlakte van een grillig Noors fjord. Het weer is ook zo'n typisch voorbeeld. Volgens de klassieke wiskunde probeert men aan de hand van ontelbare metingen en met behulp van duizenden parameters het systeem van cyclonen en depressies in kaart te brengen. Het resultaat is verre van bevredigend. Het weer laat zich niet bedwingen door een handvol klassieke formules. De chaotica biedt een alternatief. Volgens de auteur kan een scheet van een Peruaan in de Andes het weersysteem dusdanig ontregelen dat er in weerwil van alle klassieke berekeningen voor de kust van Bangladesh een tropische storm ontstaat.'

'Amai,' lachte Versavel. 'Die scheet zou ik wel eens willen horen.'

'Geen enkel systeem is stabiel,' ging Van In onverstoorbaar door. 'In ieder proces treden minuscule discrepanties op die met de klassieke wiskunde niet te berekenen zijn. Die anomalieën kunnen alleen via de chaotica worden aangepakt. Bovendien manifesteren die minuscule defecten zich op verschillende gebieden. Ik geef je een voorbeeld.'

'Eindelijk,' zuchtte Versavel, 'want ik begrijp er geen bal van.'

'Ik ook niet, maar ik doe tenminste een poging.'

Versavel grinnikte. Het was al jaren geleden dat de commissaris pseudo-intellectuele prietpraat had verkondigd.

'Toevallig zijn wetenschappers erachter gekomen dat een lopende waterkraan gaat fluiten als er turbulenties in de waterleiding zitten. Die toon stijgt met een octaaf als je de watertoevoer met 21,7 percent verhoogt. Op zichzelf is dat een banaal verschijnsel. Het wordt pas interessant als andere geleerden tot de conclusie komen dat je oscillaties in een elektronisch circuit met 21,7 percent moet opdrijven om de frequentie van de oscillatie te verdubbelen.'

Versavel gaapte Van In verbaasd aan. Dit leek verdacht veel op een delirium.

'Wat bewijst dat de chaotica verschillende gebieden bestrijkt,' zei Van In zo fier als een pauw. 'Waarom zouden we die techniek niet gebruiken om er een misdaad mee op te lossen?'

'Zal ik een kop koffie zetten?' vroeg Versavel bezorgd.

'Geen bezwaar, Guido. Je zegt het maar als ik je verveel.'

'In geen geval, Pieter. Ik vind je modus operandi fascinerend.'

'Modus operandi hoort bij fantasieloze criminelen, Guido. Dit is wat de Amerikanen brainstormen noemen.'

'En een storm bezweer je alleen met chaotica,' plaagde Versavel.

'Die Nederlander zit me dwars,' zei Van In terwijl de brigadier de koffie in de filter schepte.

'De scheet van de Peruaan.'

'Je hebt het dus toch begrepen,' zei Van In met een zekere bewondering.

'Kleine oorzaken, grote gevolgen. De chaotica is zo oud als de straat,' herhaalde Versavel.

Van In strekte zijn benen. Buiten scheen de zon en de schuin invallende stralen accentueerden het stof op de archiefkasten.

'Als de Nederlander een toevallige factor is, moeten we uiterst behoedzaam te werk gaan. Zonder stevig bewijsmateriaal maakt Vandekerckhove gehakt van je.'

Versavel startte het koffiezetapparaat en ging achter zijn bureau zitten.

'Alsof ik dat niet weet,' zuchtte Van In. 'Maar zonder Frenkel waren we er nooit achter gekomen dat Vandekerckhove iets met de moord te maken heeft.'

20

Jasper Tjepkema had de oproep uit België verwacht. Het relaas van Meir, de onlangs overleden oom van Adriaan Frenkel had ook hem bijzonder sterk aangegrepen.

'Hallo Jasper. Je spreekt met Pieter Van In van de Brugse politie.'

'Dag Pieter. Ik neem aan dat je de fax hebt gelezen.'

Tjepkema ging over zes maanden met pensioen. Hij had de oorlog meegemaakt en de excessen van de nazi's bezorgden hem nog altijd kippenvel.

'Ongelooflijk, vind je niet?'

Van In gebaarde Versavel dat hij moest meeluisteren.

'Het serpent heeft de cirkel gesloten,' zei hij cryptisch.

Tjepkema reageerde niet. Belgen gebruikten vaker vreemde uitdrukkingen en het zou stom klinken als hij om een verklaring vroeg.

'Volgens mij is Frenkel vermoord, Jasper. De dader heeft het huis in brand gestoken om alle sporen uit te wissen.'

'Daar is hij dus niet in geslaagd,' zei Tjepkema. 'De notities van Meir lagen in Frenkels flat in Groningen. Hij is vanuit Brugge via Groningen naar zijn vakantiewoning gereden. Zijn buurman op Schiermonnikoog heeft bevestigd dat hij daar op maandagavond is gearriveerd.'

'Dat kon de moordenaar onmogelijk weten,' zei Van In nadenkend.

'Tenzij hij navraag deed,' opperde Tjepkema. 'Ik stuur

onmiddellijk een rechercheteam om de buren in Groningen te ondervragen.

'Dat is fijn, Jasper.'

'Is er al nieuws van de autopsie?'

'Ik verwacht het rapport maandag, Pieter. Denk je dat hij Fiedle heeft vermoord?'

'Dat zal een DNA-test moeten uitwijzen. Onder de nagel van Fiedle zat een stukje weefsel. Als de bloedgroep overeenkomt, zitten we in de goede richting.'

'Je moet wel erg in tijdnood zitten,' zei Tjepkema met enig medelijden.

Een DNA-test nam twee weken in beslag en bood bijna honderd percent zekerheid. Het bepalen van de bloedgroep was een kwestie van minuten, maar stelde als bewijsmateriaal nauwelijks iets voor.

Van In was niet van plan zijn collega in vertrouwen te nemen. Het verband tussen de bomaanslag en de moord op Fiedle was trouwens louter hypothetisch. Hij begon er zelf sterk aan te twijfelen.

'Fiedle was een hoge ome,' antwoordde hij ontwijkend. 'Hoe vlugger de zaak achter de rug is hoe beter.'

'Hoed je voor politieke druk, Pieter,' lachte Tjepkema. 'Die lui begrijpen geen snars van politiewerk.'

'Een prettige gedachte, Jasper. Ik ben blij dat jullie daar ook last van hebben.'

''t Is overal eender, collega. Wij Nederlanders gaan daar anders mee om, maar uiteindelijk zijn we allemaal dezelfde mensen.'

'Dat noem ik iemand een hart onder de riem steken,' zei Van In monter. 'Als deze zaak achter de rug is, nodig ik je samen met je vrouw uit voor een dagje Brugge. Ik ben razend benieuwd om met jullie kennis te maken.'

'Beloofd,' zei Tjepkema. 'Janet zal in de wolken zijn.'

Van In gaf hem zijn telefoonnummer en ze spraken af elkaar regelmatig te bellen.

'Wat denk je, Guido?'

Versavel legde de oortelefoon op de haak en woelde door zijn snor.

'Als Frenkel de scheet is die het systeem in de war stuurde, waarom werd hij dan vermoord? Om wat hij hoorde of om wat hij zag?'

Het duurde een paar seconden voor de betekenis van die woorden tot Van In doordrong.

'De madonna of Vandekerckhove.'

'Weet jij iets beters?'

'Je begint me dus eindelijk te geloven,' knikte Van In goedkeurend.

'Ik heb nooit beweerd dat je chaostheorie waardeloos was,' verdedigde Versavel zich. 'Maar het maakt de zaak er in ieder geval niet eenvoudiger op.'

Versavel ging achter zijn tekstverwerker zitten en laadde het bestand Fiedle op.

'Eens kijken wat we tot dusver hebben.'

Van In kwam over Guido's schouder meekijken.

'Fiedle wordt gesignaleerd in de Villa Italiana in het gezelschap van Vandekerckhove, gedelegeerd bestuurder van Travel. Adriaan Frenkel zit in de buurt en luistert waarschijnlijk hun gesprek af. In de loop van de nacht wordt Fiedle neergeslagen en Frenkel verlaat vierklauwens de stad. Vandekerckhove ontkent dat hij die avond in Brugge was en een paar dagen later vindt de Nederlandse recherche het verkoolde lijk van Frenkel. De gerechtelijke politie probeert de zaak op aandringen van onderzoeksrechter Creytens in de doofpot te stoppen.'

'Ik sta versteld,' zei Van In bewonderend. 'Ik dacht dat je gewoon de gegevens intikte, maar dit is een bijzonder heldere analyse.'

Versavel bloosde. Een compliment van de commissaris deed hem altijd deugd.

'Er is meer,' glunderde hij. 'In de portefeuille van Fiedle treft men een foto van de madonna van Michelangelo aan. Leo Vanmaele identificeert de vegetatie op de achtergrond als karmozijnbes, een plant die op het noordelijk halfrond niet voorkomt. Het beeld werd op het einde van de Tweede Wereldoorlog door een zekere Meir Frenkel gekopieerd. Het origineel bevindt zich hoogstwaarschijnlijk in Zuid-Amerika. Meir Frenkel overlijdt op 8 februari van dit jaar. Het dagboek van de oude kunstenaar is voor zijn neef de aanleiding voor een overhaaste trip naar Brugge. Twee dagen later blazen terroristen het beeld van Guido Gezelle op. Volgens de Staatsveiligheid zou die aanslag het werk kunnen zijn van een opgedoekte Waalse splintergroep.'

'Ga door, Guido,' zei Van In enthousiast. 'Ik begrijp niet waarom ze je verhalen niet publiceren. Je hebt talent, man.'

Versavel geraakte nu pas echt op dreef.

'Er blijkt een verband te bestaan tussen Fiedle, de madonna en de bomaanslag van 1967. De madonna werd na de oorlog teruggevonden in Alt Aussee. Dietrich Fiedle resideert in Hallstatt. Een gangsterbende onder leiding van ene Scaglione ontsnapt aan een proces in Brugge en wordt in Doornik tot een symbolische gevangenisstraf veroordeeld. Zes dagen na de beslissing van de raadkamer ontploft een krachtige bom op de Burg. De daders worden nooit gevat. Pikant detail: de bende van Scaglione was net terug van een duikexpeditie in Oostenrijk. Een loslippig bendelid verklaarde aan een plaatselijke journalist dat ze de schat van de SS hadden gevonden, een fortuin aan goud dat de nazi's in het Tiplitzmeer hadden verborgen. Alt Aussee, het Tiplitzmeer en Hallstatt liggen op een paar kilometer van elkaar. Bezwarende omstandigheden. Ten tijde van het proces van de bende van Scaglione was de vader van onderzoeksrechter Creytens procureur-generaal. Hij gaf vermoedelijk het bevel de zaak in Doornik te laten behandelen. Inspecteur Bostoen was belast met het onderzoek en bekleedt nu een hoge functie bij de Staatsveiligheid. Bostoen opperde eveneens de mogelijkheid dat het MWR als een feniks uit zijn as was verrezen en na het 11-juli-incident Brugge als doelwit voor haar terroristische activiteiten had gekozen.'

Versavel voelde zich de koning te rijk.

'Als we nu de correcte vragen stellen, ligt de oplossing in het verschiet,' zei hij niet zonder trots.

Van In was onder de indruk. Versavel mocht zich meten met Herakles. Hij had net de Augiasstal schoongemaakt.

'Ik stel voor dat we uitzoeken welke advocaat Scaglione toen verdedigde.'

Versavel keek verrast. De commissaris had meestal een verrassing in petto, maar hij moest eerlijk toegeven dat hij de redenering niet meer volgde.

'Als Scaglione verantwoordelijk is voor de bomaanslag in '67, moet er iets misgelopen zijn tussen het moment dat Edgar Creytens het proces naar Doornik overhevelde en die maandag waarop de bom ontplofte. De advocaat van Scaglione moet die vraag kunnen beantwoorden.'

Van In zat met gefronst voorhoofd na te denken.

'En waarom probeert Vandekerckhove halsstarrig te bewijzen dat hij de avond van de moord in Nice was?'

Versavel noteerde de vraag.

'Het volgende punt is het meest delicate,' zei Van In sloom. 'Volgens mij is de dreiging om nog meer bomaanslagen te plegen bedoeld om Moens onder druk te zetten. De vraag is...'

Van In aarzelde. Hij begaf zich op bijzonder glad ijs.

'Moet het stadsbestuur binnenkort een beslissing treffen, waarbij de stem van de burgemeester doorslaggevend is?'

'Ik doe mijn best, Pieter,' zei Versavel. 'Ik begin met de advocaat.'

'Prima,' zei Van In.

Vroeger kon je met een simpel telefoontje naar de Burgerlijke Stand een oude bekende opsporen. Sinds de wet op de privacy is dat onmogelijk. Het Rijksregister houdt nu alle bestanden bij en is alleen toegankelijk voor politie en rijkswacht. Dat zegt men toch.

Van In identificeerde zich via de telefoon als politiecommissaris en binnen de vijf minuten kreeg hij een lijst doorgefaxt van alle Scagliones die in België waren ingeschreven. Daarna belde hij het CBO en vroeg het dossier van Enzo Scaglione op. Een bereidwillige inspecteur verwees hem naar het parket van Neufchâteau.

'Ik heb de advocaat van Scaglione aan de lijn.'

Versavel wenkte hem met de hoorn in zijn hand.

'Hij heet Dewulf en ik vrees dat hij potdoof is.'

Van In nam over en probeerde zo luid mogelijk te spreken. Dewulf was hardhorig maar met zijn geheugen was er niets aan de hand. Hij herinnerde zich de zaak-Scaglione als de dag van gisteren.

'De raadkamer nam de beslissing om het proces naar Doornik te verwijzen op 6 februari,' zei de oude advocaat zonder aarzelen. 'Ik vernam het nieuws pas acht dagen later. Je moet weten dat ik toen een operatie had ondergaan en dat mijn vrouw niet wilde dat mijn vervanger me in de kliniek kwam opzoeken.'

'Scaglione werd dus pas op 14 februari op de hoogte gebracht.'

Van In kon haast juichen.

'De 15de,' corrigeerde Dewulf hem als een betweterige schoolmeester. 'Ik herinner me nog dat hij zich verschrikkelijk heeft opgewonden. Ik heb trouwens nog altijd geld van hem te goed.'

Van In bedankte de oude advocaat uitvoerig en stak een sigaret op. Het was zijn derde vandaag en daar was hij fier op.

Scaglione beschikte destijds wel degelijk over een motief om een aanslag tegen het gerechtsgebouw te laten plegen. Maar zoals een bergbeklimmer na iedere bedwongen top een andere uitdaging ontdekt, zo rezen ook steeds weer andere vragen. Hoe had een gangster uit Marseille het klaargespeeld Edgar Creytens onder druk te zetten en waarom had de moordenaar Fiedle niet afgemaakt? Hadden ze met een amateur te maken of was Frenkel toch toevallig getuige geweest van de doodslag?

Hij liet de chaotica voor wat ze was en probeerde een eenvoudig antwoord te verzinnen. Wat Creytens betrof, weerhield hij twee mogelijkheden. Het was geld of chantage.

Goud leek hem het meest aannemelijke motief. De schat van de SS werd op ettelijke miljarden geschat. Van In pakte een pen en begon verwoed notities te maken.

Hannelore belde precies om kwart voor negen aan. Van In zette de pan zuurkool van het fornuis en snelde naar de voordeur.

'Ik heb je lievelingskost klaargemaakt,' zei hij welgezind.

'Dat is fijn,' zei ze lusteloos.

'Scheelt er iets?'

Ze trok haar jas uit en gooide die met een achteloos gebaar op een stoel. Ze droeg een jeans en een dikke trui met rolkraag.

'Malle jongen, natuurlijk niet. Ik ben doodop. Mag dat misschien niet?' vroeg ze kribbig.

Van In woelde door haar natte haar.

'Heeft de procureur je op het matje geroepen?'

Hij voelde dat er iets mis was. Ze schudde van neen en liep naar de keuken alsof ze hem wou ontwijken.

'Zuurkool,' bromde ze. 'Straks mag je honderd blikken in huis halen.'

Van In verstijfde. Sommige associaties zijn voor iedereen duidelijk.

'Geen probleem,' zei hij. 'Morgen doe ik toch inkopen.'

Ze nam een houten lepel, zette de pan op de kookplaat en begon mechanisch in de brij te roeren.

'Ik heb dinsdag verzuimd de pil te slikken,' zei ze na een poos. 'Compleet vergeten.'

'So what,' lachte Van In. 'Een keer zonder zal wel geen kwaad kunnen. Ik ben drieënveertig, Hanne. Ik zuip als een tempelier en ik rook me te pletter. Volgens de statistieken is mijn zaad zo vruchtbaar als een sinaasappelpit in de permafrost van Siberië.'

'Je onderschat moeder natuur, Pieter Van In. Dinsdag was ik het slachtoffer van een eisprong.'

Alleen een parketmagistraat kon een ovulatie omschrijven alsof het een misdaad gold. Van In wist niet of hij moest lachen of bezorgd zijn arm om haar schouder moest slaan.

'De zuurkool ruikt lekker,' zei hij.

Ze draaide zich om en overlaadde hem met kussen.

'Het kwijl loopt me uit de mond,' snoof ze.

Van In nam de lepel van haar over.

'Denk je dat je nog in staat bent om de tafel te dekken?'

'Zou je het erg vinden als ik zwanger was?'

Hij staakte het roeren en nam haar stevig beet.

'Ik zou het heerlijk vinden, Hanne.'

Het kissen van de zuurkool maakte een einde aan de omhelzing.

'Dit zijn de laatste twee blikken,' zei hij verontschuldigend.

Hannelore pakte twee borden en danste naar de keukentafel.

'Er staat nog een fles witte wijn in de kelder.'

Van In stond al achtenveertig uur droog, maar na dit nieuws kon hij niet anders dan zondigen.

'Het produceren van een vliegtuigticket bewijst niet noodzakelijk dat Vandekerckhove vier dagen in Nice verbleef,' zei ze tussen twee happen door.

Van In bood haar het overschot van de zuurkool aan en dat schepte zij gretig op haar bord.

'Zuid-Frankrijk ligt amper op een uur vliegen van Brussel. Er zijn stinkend rijke mensen die in een halve dag een retourtje maken en nog tijd overhouden om Brugge en Gent per limousine te bezoeken.'

'Versavel heeft alle vluchten geverifieerd.'

Hij bediende zich ongemerkt van een tweede glas wijn.

'Ook die van de privé-jets?'

Hannelore at als een uitgehongerde bouwvakker.

'Nee dus,' grijnsde ze toen Van In niet reageerde.

Om vijf voor tien zaten ze gezellig in de salon. Nog nooit hadden twee glazen wijn zo goed gesmaakt als die avond.

Van In liet haar tegen zijn schouder leunen en zette de televisie aan.

Moens kwam op het scherm na het verslag over de oorlog in Bosnië.

'Volgens een recent politierapport zou de bomaanslag het werk zijn van een Waalse extremistische groepering...'

'Jezus,' sakkerde Van In.

Hannelore schoot wakker toen hij het volume vier stipjes luider toetste.

'Volgens de Staatsveiligheid is het Mouvement Wallon Révolutionnaire al bijna twintig jaar actief,' stelde de journalist die het interview met de Brugse burgemeester afnam.

'Inderdaad.'

Moens had zijn beste pak aangetrokken maar kon onmogelijk zijn zwaar West-Vlaams accent verhullen.

'In de jaren zeventig en tachtig was het MWR verantwoordelijk voor een golf van brandstichtingen in Wallonië, waarbij Vlaamse eigendommen het moesten ontgelden en net als vandaag eisten ze die terreurdaden niet op.'

Moens hanteerde ingewikkelde volzinnen die als bij wonder op hun pootjes terechtkwamen.

'Vreest u voor nieuwe aanslagen, mijnheer de burgemeester?'

Moens keek als een getormenteerde Churchill in de camera.

'De ordediensten zijn in staat van opperste paraatheid en ik ontving net de toezegging van de minister van Binnenlandse Zaken dat twee pelotons van de speciale interventiemacht van de rijkswacht vanavond een aantal strategische posities zullen innemen.'

'De burger kan dus op zijn twee oren slapen?'

Moens produceerde een glimlach waar menig Amerikaans presidentskandidaat jaloers op zou zijn geweest.

'Brugge is voor het ogenblik een oninneembare vesting,' verklaarde hij trots. 'We zijn vast besloten iedere aanval van de terroristen in de kiem te smoren.'

Van In zapte woedend naar een commerciële zender. Alles was beter dan dit gelul.

'Over honderd jaar kunnen ze deze verklaring voor een programma op de schooltelevisie gebruiken,' zei hij woest. 'De teloorgang van de westerse democratie in tien lessen.'

Hannelore liet hem uitrazen.

'Heb je nog iets eetbaars in huis, Pieterman?'

Van In keek haar doordringend aan.

'Er ligt nog rolmops in de koelkast,' zei hij argwanend. 'Ik kan me niet voorstellen...'

'Halen die rotzooi. Ik sterf van de honger.'

'Meen je dat echt? Ik dacht dat je een grapje maakte. Hoe kun je daar in 's hemelsnaam zo zeker van zijn?'

'We zullen zien wie er over negen maanden nog lacht,' zei ze speels.

Van In had geen zin in een discussie over vrouwelijke intuïtie. Hij stond op en liep naar de keuken.

'Er zwemmen er nog drie in de bokaal, vrouwtje.'

'Ik wil ze allemaal en giet het sap maar in een glas.'

Van In protesteerde niet. Als toekomstige vader deed hij gewoon wat van hem werd gevraagd.

21

Vandaag was het precies een week geleden dat onbekenden het beeld van Guido Gezelle hadden opgeblazen. Na de pathetische televisie-uitzending van gisteren stond rechts Vlaanderen op zijn kop. De krantenkoppen logen er niet om. De miljardentransfers naar Wallonië moesten zonder uitstel worden opgeschort. De Vlaamse regering kwam in spoedberaad bijeen en diverse organisaties dreigden met harde acties. De lont zat in het kruitvat. Een dom woord had Vlaanderen wakkergeschud.

'Moens heeft een wind gelaten,' merkte Versavel sarcastisch op. 'Het systeem is op hol geslagen.'

Van In sloeg de krant dicht en stak een sigaret op.

'Je kan Vlamingen alles laten slikken,' zei hij gelaten. 'Maar als je aan hun patrimonium raakt, worden ze razend.'

'En waarom precies nu?' opperde Versavel. 'Vorige week heeft de aanslag amper het nieuws gehaald en nu halen ze hun grof geschut boven.'

'Wedden dat de eindredacteur een Bruggeling is?'

'Wat bedoel je daar nu mee?'

Van In scheurde een vel van een blocnote en schreef in hoekige letters: 'Vandekerckhove-Zeebrugge-miljardair, Bostoen-Brugge-Staatsveiligheid, Creytens-Brugge-onderzoeksrechter, X-Brugge?-pers.'

Versavel bestudeerde de namen.

'Wat verbindt hen?'

Hij liep naar zijn bureau, pakte de telefoongids van Brussel en zocht het nummer van de omroep op.

Van In duwde zijn halfopgerookte sigaret uit en stak onmiddellijk een nieuwe op.

'Mijnheer Lanssens is nog niet op kantoor. Kan ik hem thuis bereiken?'

Versavel pulkte aan zijn snor en hield zijn pen in de aanslag.

'Het is heel dringend,' zei Versavel. 'Het gaat over de uitzending van gisteren. Het onderzoek heeft een nieuwe wending genomen en ik weet zeker dat mijnheer Lanssens...'

Versavel tokkelde zenuwachtig op de buitenkant van de hoorn.

'Nee, dat kan ik hem alleen persoonlijk meedelen.'

Het duurde een volle minuut maar toen stak Versavel zijn duim omhoog en krabbelde haastig de gegevens op de achterkant van een velletje kladpapier.

'Ik heb het nummer van zijn autotelefoon,' glunderde Versavel.

Binnen de vijf minuten beantwoordde de computer van het Rijksregister de vraag van de brigadier.

'Lanssens is een geboren Bruggeling. Hij is in 1968 naar Brussel uitgeweken. Daarvoor was hij journalist bij het Brugsch Handelsblad.'

'De man die de artikelen over Scaglione pleegde. Ik had het kunnen weten,' zei Van In enthousiast. 'Leve de chaotica.'

Versavel knikte nadenkend. De knotsgekke theorie van de commissaris begon steeds geloofwaardiger te klinken.

Het gerinkel van de telefoon onderbrak zijn overpeinzingen.

'Hallo, brigadier Versavel. Met wie spreek ik?'

Van In stak een sigaret op en glimlachte toen Guido

zich in zijn beste Frans uit de slag probeerde te trekken.

'C'est très gentil,' hoorde hij hem zeggen. 'Oui.'

Er volgde een pauze en Versavel plukte zenuwachtig aan zijn snor.

'Bien sûr. Je vous donne le commissaire Van In.'

Versavel reikte hem de hoorn met een sardonische glimlach aan.

'Ze hebben een dossier over Scaglione,' grinnikte hij.

Hannelore verscheen nooit op het politiebureau en toch hoefde ze zich niet te identificeren. Een jonge agent begeleidde haar naar kamer 204.

'Au revoir,' hoorde ze Van In nog net zeggen.

'Dat was Neufchâteau, liefje,' zei hij opgewekt. 'De Scagliones zijn daar geen onbekenden. De oude Luigi heeft zich in de jaren zeventig op Sicilië teruggetrokken en zijn zoon Enzo woont hier vlak in de buurt. Dit kan geen toeval meer zijn.'

'Ik heb ook nieuws,' zei ze. 'Op zaterdag 11 februari heeft Fiedle bij Abelag een Learjet gehuurd. Volgens het vluchtplan steeg het vliegtuig om halfvijf op met bestemming Nice.'

'De bouillabaisse,' schreeuwde Van In.

Zowel Hannelore als Versavel viel uit de lucht.

'Bouillabaisse,' echode ze.

Van In grijnsde als een overspelige echtgenote die haar man tot een fikse alimentatie zag veroordelen.

'Rode poon en pieterman, de typische ingrediënten voor een mediterrane vissoep. Fiedle had die avond bouillabaisse gegeten.'

'Die kan je overal in Europa degusteren,' merkte Versavel droog op.

'Natuurlijk,' haastte Van In zich. 'Maar zeg niet dat dit element niet in ons kraam past.'

Hannelore trok haar jas uit en ging bevallig op de rand van Pieters bureau zitten.

'De jet bleef tot halfvier 's morgens stand-by en is dan met een passagier naar Nice teruggevlogen.'

'Vandekerckhove?'

'De piloot beschreef hem als een oude, dikke man. Ik heb hem een foto van Vandekerckhove doorgefaxt.'

'En?'

'Nihil. De man had een sjaal voor zijn gezicht en heeft geen woord gewisseld met de bemanning.'

'Vandekerckhove heeft in ieder geval gelogen,' zei Versavel. 'De nachtelijke trip maakt hem bijzonder verdacht.'

'Ik veronderstel dat we hem daarvoor kunnen oppakken,' mijmerde Van In. 'Een genentest zou de zaak in ieder geval vereenvoudigen.'

Hannelore knikte. Als Creytens niet meewerkte, zou ze zich rechtstreeks tot de procureur wenden.

'Je denkt dus dat Vandekerckhove Fiedle heeft vermoord,' zei ze heel nadrukkelijk.

Van In besefte dat hij deze vraag niet lichtzinnig kon beantwoorden. Als de test negatief was, zette hij Hannelore voor schut en jonge parketmagistraten zijn heel kwetsbare wezens.

'Eigenlijk niet,' zei hij plotseling. 'Ik kan me niet voorstellen dat Vandekerckhove het vuile werk heeft opgeknapt en zeker niet in het centrum van Brugge.'

'Wat ga je dan doen?' vroeg ze wanhopig. 'Je denkt toch niet dat hij zich vrijwillig aan een genentest zal onderwerpen?'

Van In probeerde zijn gedachten te ordenen. Er waren zoveel elementen waar hij rekening mee moest houden.

'Een ogenblikje. Ik denk dat ik Tjepkema nog even pols.'

De Groningse commissaris stond net op het punt te bellen toen de telefoon overging.

'Hallo Jasper, Pieter hier.'

'Van telepathie gesproken,' grinnikte Tjepkema. 'Het protocol van de lijkschouwing is nog geen kwartier binnen.'

'En?'

'Frenkel werd eerst de schedel ingeslagen. De brand diende inderdaad om de sporen uit te wissen.'

'De bloedgroep,' drong Van In ongeduldig aan.

'A positief. Ben je daarmee geholpen?'

'Nee, Jasper. Het weefsel onder de nagel van Fiedle was O negatief.'

'Jammer, Pieter. Ik vrees dat je toch zal moeten wachten op de uitslag van de genentest.'

'In ieder geval bedankt, Jasper.'

'Maar misschien kan dit helpen,' zei Tjepkema troostend. 'Volgens twee buurtbewoners heeft donderdagavond iemand navraag gedaan. Een van hen heeft de man naar de vakantiewoning van Frenkel doorverwezen.'

'Heb je een beschrijving?'

'Zeer zeker,' glunderde Tjepkema. 'Het gaat om een slanke man, een meter tachtig, vermoedelijke leeftijd tussen dertig en vijfendertig jaar, sluik, zwart haar, heel modieus gekleed en met een zuiderse allure.'

'Scaglione,' fluisterde Van In.

'Wat zeg je, Pieter?'

'Je bent een kanjer, Jasper.'

'Graag gedaan, Pieter. Ik bel je zodra er nieuwe gegevens binnenlopen. Daag.'

Hannelore zat aan haar bloes te frunniken en Versavel keek Van In vol spanning aan.

'Vandekerckhove gaat vrijuit,' zei Van In, 'tenzij hij bloedgroep O negatief heeft.'

'Misschien hebben we met een huurdoder te maken,' reageerde Hannelore nuchter.

'In opdracht van wie?' merkte Versavel alert op.

'Geen idee,' zuchtte Van In. 'Ik denk dat ik me een paar uur terugtrek.'

'Dan ga ik mee,'zei Hannelore monter.
Toen ze binnenkwamen, smeulde de haard nog. Van In zette de thermostaat op tweeëntwintig graden en gooide symbolisch een houtblok in de haard.

'Straks gaat Carton je missen,' plaagde ze.

'Dan bof jij even,' riposteerde hij sarcastisch. 'Magistraten hoeven zich niet te verantwoorden als ze een paar uur afwezig zijn.'

'De justitie is niet mild voor mannen die hun zwangere vrouw molesteren,' bitste ze.

'Ik had je bijna geloofd, Hanne,' zei Van In vermoeid. 'Maar ik heb vanmorgen een paar boeken geraadpleegd. Geen enkele vrouw weet na een week of ze al dan niet zwanger is.'

Ze liep naar de koelkast.

'Heb je augurken in huis?'

'Nee, schat. Als je een zure bom nodig hebt, weet je die wel te vinden.'

'Wat moet het heerlijk zijn om met jou getrouwd te zijn,' mokte ze.

'Alsjeblieft, Hanne. Ik ben naar huis gekomen om na te denken.'

'Wenst Holmes een spuitje morfine of zal een kop koffie zijn grijze hersencellen ook stimuleren?'

'Er ligt nog wat cake in de kast,' zei hij gelaten.

Toen Van In om halfzeven met twee blikken zure augurken binnenstormde, zat Hannelore in de salon met een bleke jongeman.

'Mag ik je voorstellen aan Xavier Vandekerckhove?' zei ze met een weids gebaar.

Van In keek als een kind dat ET op bezoek heeft gekregen. Hij herkende de lichtkalende, frêle pakjesdrager van Véronique meteen. Dit was het Armageddon, dacht hij gelaten. Hannelore keek hem geamuseerd aan.

'Xavier zal je heel wat hersengymnastiek besparen, nietwaar Xavier?'

De schuchtere jongeman knikte. Van In plaatste de augurken in de koelkast en schonk zich een kop koffie in. Een Duvel had hem beter gesmaakt.

'Goedenavond, commissaris Van In. Ik denk dat ik de laatste persoon ben die u hier had verwacht.'

Van In kon niet anders dan dit axioma beamen. Het koude angstzweet brak hem uit.

'Ik heb lang geaarzeld om contact met u op te nemen, maar de omstandigheden dwingen me daartoe.'

Xavier sprak als iemand die pas van de logopedist komt. Hij articuleerde iedere lettergreep.

'Dat is heel moedig van je, Xavier.'

Van In wierp een wanhopige blik in de richting van Hannelore, maar zij gedroeg zich als de koningin van Sheba.

'Ik wilde je spreken over mijn vader en over Thule,' viel de bleke jongen met de deur in huis.

Van In ging zitten en nam een slokje van de lauwe koffie.

'Bijna niemand weet dat mijn vader twee zonen heeft. Ronald is altijd papa's lieveling geweest. Ik ben de lastpost en niemand kent me.'

Xavier kreeg het moeilijk. Zijn benige adamsappel ging spastisch op en neer.

'Vader denkt dat ik onevenwichtig ben en daarom kreeg ik geen toegang tot het bedrijf. Wat niet wil zeggen dat ik achterlijk ben.'

'Dat lijkt me nogal duidelijk,' zei Van In hoopvol.

'Daarom heb ik Véronique gevraagd u de identiteit van mijn vader te onthullen. Op 11 februari was hij wel degelijk in de Villa Italiana aanwezig.'

Van In verstijfde.

'Ja, dat heeft ze me inderdaad verteld,' zei hij achteloos.

Als Xavier nog meer details prijsgaf, telde Brugge binnenkort weer een ongehuwde moeder meer.

'Véronique is een lieve meid. Ze gaat met iedereen, maar dat stoort me niet. Niemand weet dat ik verliefd op haar ben.'

Xavier kon er de spanning in houden.

'Ik dacht dat u de zaak aan de hand van die hint zou oplossen, commissaris. Ik kon echter niet voorzien dat mijn vader voor een waterdicht alibi had gezorgd.'

'Niet meer,' zei Van In. 'Daar zijn we al achter gekomen.'

'Gelukkig,' zuchtte Xavier.

Er parelde zweet op zijn voorhoofd. De gloed van de dansende vlammen wierp een gelige schijn op zijn grauwe wangen.

'Vertel ons liever iets over die naam Thule waarover je het daarnet had,' zei Van In.

Hij hoopte dat Hannelore niet merkte dat hij vertwijfeld probeerde het gesprek in een andere richting te forceren.

Xavier knikte volgzaam.

'Mijn hobby is elektronica,' zei hij met een zekere fierheid.

Hannelore keek verbaasd naar Van In. Hij ontweek haar blik. Ze dachten beiden hetzelfde. Xavier leek allesbehalve evenwichtig.

'Een ogenblik geduld, commissaris. Ik kom onmiddellijk ter zake,' anticipeerde de tengere jongeman. 'Mijn vader liet me steeds begaan en geld vormde geen enkel probleem. Wat begon als een tijdverdrijf, mondde uit in een nachtmerrie.'

Van In stak een sigaret op. Hannelore nestelde zich met opgetrokken benen op de bank. Zij vond het verhaal van de jonge Vandekerckhove bijzonder intrigerend.

'In mijn vrije tijd heb ik thuis in iedere kamer afluisterapparatuur geïnstalleerd. U moet weten dat ik nooit ergens bij betrokken werd. Wanneer er bezoek was, vloog ik onverbiddelijk naar mijn kamer en op die manier voelde ik me toch een beetje aanwezig. Zo kwam ik achter het bestaan van Thule,' zei hij met een matte glimlach.

'Heeft die naam Thule iets met Fiedle te maken?' vroeg Hannelore.

'Zeer zeker, mevrouw. U moet weten dat het Thule-genootschap al bijna honderd jaar bestaat. Oorspronkelijk was het een pan-Germaanse ridderorde met vertakkingen in het bedrijfsleven en de politiek. Dietrich Eckhart, een van de stichters van de orde, zou in 1919 aan een van zijn vrienden hebben toevertrouwd: Wij hebben een man nodig die een mitrailleur kan aanhoren. Die smeerlappen, daar bedoelde hij de joden en de communisten mee, moeten de daver op het lijf krijgen. We hebben geen officier nodig maar een werkman met een grote smoel. Hij moet ijdel zijn en ongehuwd, dan krijgen we alle vrouwen achter ons.'

'Wel verdraaid,' sakkerde Van In. 'Het lijkt erop dat die Eckhart en zijn trawanten hun zin hebben gekregen.'

De zoon van Vandekerckhove beaamde die conclusie met een wakkere oogopslag.

'Naar verluidt is Eckhart een tijdje de adviseur van Hitler geweest. Hij inspireerde hem tot het schrijven van "Mein Kampf" en lag aan de basis van de Wanseeconferentie waar over de Endlösing werd beslist.'

'Een gezellig clubje,' snoof Van In.

Dit soort fascistische verhalen bezorgde hem kippenvel.

'Die informatie heb ik in een encyclopedie gevonden,' zei Xavier. 'Volgens die bron werd het Thule-genootschap in 1944 ontbonden.'

'Wat wellicht niet klopt,' zei Van In met een ondertoon van ongeloof.

'Inderdaad, commissaris. Thule is actiever dan ooit. In tegenstelling tot vroeger zoeken ze nu naar een economisch overwicht.

'Een fascinerende theorie, Xavier,' zei Hannelore. 'Maar wat heeft dat met Brugge te maken?'

'Een goede vraag, mevrouw.'

Van In stond op en slofte naar de keuken.

'Voor iedereen een pilsje?' vroeg hij.

'Een cola voor Xavier,' riep Hannelore hem na.

Buiten vervaagde het laatste strijklicht achter een goudomrande wolk.

'Thule is in de loop der jaren uitgegroeid tot een exclusieve club van zakenlieden. Hun enige doel is geld verdienen en daarvoor schuwen ze geen enkel middel. Ze hebben banden met de maffia en proberen voet aan de grond te krijgen in het Europees parlement.'

'Pff,' pufte Van In. 'En je vader noemt je achterlijk.'

Xavier nam voorzichtig een slok van zijn cola. Het compliment deed hem zichtbaar deugd.

'Ik zal het concreet stellen,' zei hij. 'Thule wil Brugge inpalmen en er een soort middeleeuws Disneyland van maken. Hun strategie is heel eenvoudig. Via de immobiliënfirma van mijn vader zijn ze al een tijd bezig onroerend goed op te kopen. Die huizen moeten later dienen om een paar bevoorrechten een exclusieve stek te bezorgen.'

'Jezus,' stoof Van In op. 'Daarom is de Investbank tuk op mijn huis.'

'Mijn vader zit in de raad van beheer van de Investbank,' bevestigde Xavier.

'De klootzak,' brieste Van In.

Hannelore glimlachte. Ze was blij dat ze dat probleem had kunnen oplossen.

'Maar dat is nog lang niet alles. Om hun doel te bereiken moesten ze de Brugse middenstand uitschakelen en de lastige bewoners evacueren. In een pretpark wonen immers geen mensen. Autochtonen lopen de toeristen alleen maar voor de voeten. Het verkeerscirculatieplan was een eerste stap om de middenstand te ontmoedigen. Door de stad ontoegankelijk te maken werd het verblijfstoerisme genekt en de mensen die de periferie van Brugge bewonen, doen hun inkopen nu in de randgemeenten. De sterke winkeliers verhuizen en de zwakke gaan stilletjes failliet. Hun plaats wordt ingenomen door loonslaven van de grote maatschappijen die zich met pralines, kant en broodjes specifiek richten op de eendagstoerist.

De tweede fase is het creëren van een slaapstad buiten Brugge. In Venetië is die idee al decennia ingeburgerd. De stad is een openluchtmuseum en de werknemers van het pretpark wonen in Mestre, een kunstmatig aanhangsel van de Dogenstad.'

'De polders. Herinner je je die foto's van Fiedle nog?' zei Van In en sloeg met zijn vlakke hand tegen zijn voorhoofd.

Xavier vond het best prettig dat hij de commissaris verraste.

'Mijn vader wil Brugge opnieuw laten aansluiten bij de zee. Het landbouwareaal wordt met de dag kleiner en steeds meer boeren houden ermee op. Een deel van de polders wordt natuurreservaat om de groenen tevreden te stellen. De rest gaan ze verkavelen. Een Europees consortium is van plan drieduizend nieuwe woningen te bouwen op de as Brugge-Zeebrugge.'

'Daarvoor hebben ze de steun van Moens nodig,' zei Van In.

'Volgens Fiedle vormde de burgemeester een niet te onderschatten obstakel,' beaamde Xavier. 'Met het vorige stadsbestuur was alles in kannen en kruiken. ''The pride of the polder'' was nu al een feit geweest, indien de verkiezingen geen roet in het eten hadden gegooid.'

'En die steun willen ze afdwingen door Moens met de dood te bedreigen en bommen te plaatsen,' zei Hannelore hoofdschuddend.

'Gedeeltelijk, mevrouw. De aanslagen moeten een angstpsychose creëren. De economische crisis en het verkeerscirculatieplan hebben al voor enorme verliezen gezorgd. Een tijdelijke crisis, veroorzaakt door een golf van terrorisme zou de middenstand definitief op de knieën dwingen. Niemand kan nog een slecht seizoen aan.'

'Ongelooflijk,' huiverde Hannelore.

Van In stak een nieuwe sigaret op. Te veel gegevens. Zijn hoofd tolde.

'Is Creytens lid van Thule?'

Xavier haalde een notitieboekje boven.

'Creytens, Lanssens, Bostoen, noem maar op. Ze maken allen deel uit van een monsterachtig complot.'

'En het MWR?'

'Nee, commissaris. De opstanding van het MWR is een hersenspinsel van Bostoen. Als straks bewezen wordt dat de Walen de aanslagen hebben gepleegd, onstaat er een heksenjacht en dat is precies wat Thule wil.'

'Bijzonder ingenieus.'

Van In pookte het vuur op en keek de bleke jongeman indringend aan. Xavier paste precies in zijn chaostheorie. Zijn getuigenis liet hem toe het grillige patroon te ordenen. Hij wist nu tenminste dat Creytens de informatie over Adriaan Frenkel via Thule aan de moordenaar had doorgespeeld.

22

Even voor de middag arriveerde Nicolaï in Brugge. De jonge Waal was onopvallend gekleed. Hij droeg een zwart trainingspak en een korte wollen jas. In de nylon rugzak stak een dun klimtouw van vijftig meter, een paar soepele schoenen, een gordel met afdaalacht, een tiental friends en een pofzakje met magnesiumpoeder. In zijn rechterhand droeg hij een sporttas zonder logo.

Gisteren had hij zijn opdrachtgever gebeld. De boodschap was kort: ik zal morgen klimmen.

'Oké,' klonk het aan de andere kant van de lijn.

In Brugge was het drie graden warmer dan in Gent. Volgens het KMI zou het vannacht niet kouder worden dan zes graden bij een matige zuidenwind en een licht bewolkte hemel. Dit was het ideale tijdstip waar hij op had gewacht.

Nicolaï nam de bus naar het centrum en voor de tweede keer reed hij langs het ruiterstandbeeld van koning Albert. Zijn spieren trilden en een opgezweepte polsslag joeg adrenalinerijk bloed door zijn lichaam. Nicolaï was altijd zenuwachtig voor een beklimming. Hij wist uit ervaring dat hij pas zou kalmeren als hij de vijand had weergezien.

Hij stapte af op de Markt, onder de onverschillige blik van Jan Breydel en Pieter Deconinck. De kleine Waal bekeek de Brugse vrijheidsstrijders met een zekere bewondering.

In 1302 hadden ze het kruim van de Franse ruiterij in het slijk van de Groeningekouter doen bijten. Ze hadden gevochten voor hun vrijheden en tegen de onderdrukking van een arrogante leenheer. Steden als Brugge, Gent en Ieper hadden het feodale juk moeizaam afgeschud. Via afgedwongen privileges streefden ze naar meer zelfstandigheid. De kostbare bewijsstukken hiervan werden in het belfort bewaard. De toren fungeerde als een schrijn voor de moeizaam verworven rechten van de 'poorters'. De hallen onder de toren symboliseerden de vrije handel.

Nicolaï had zijn opdracht minutieus voorbereid. Hij had de voorbije dagen alles over Brugge gelezen wat hij te pakken kreeg. De Waal vond het belangrijk zijn tegenstrever door en door te kennen.

Nicolaï had respect voor de dertiende-eeuwse toren en de brok geschiedenis die het trotse belfort binnen zijn muren koesterde. Toch was hij naar hier gekomen om dit palladium te verminken in ruil voor een handvol zilverlingen.

Van In had de hele nacht liggen woelen. Hannelore was naar beneden getrokken en had zich op de bank geïnstalleerd. In momenten van crisis liet ze hem liever alleen. Eerlijk gezegd, het verhaal van Xavier Vandekerckhove had ook haar even doen slikken.

In onze rationele maatschappij is geen plaats meer voor een deus ex machina, dacht ze.

Toen ze hem koffie op bed serveerde, lag hij luidruchtig te snurken. Toen een zoen niets uithaalde, schudde ze hem bij de schouder.

'Acht uur, schat, opstaan!'

Van In trok verdwaasd zijn ogen open, knipperde in het felle licht en trok nijdig de dekens over zijn hoofd.

'Het is zondag,' gromde hij.

Hannelore haalde de schouders op, zette het dienblad op de commode en trok haar kleren uit. Zij vlijde zich tegen zijn rug en binnen dertig seconden was hij klaarwakker.

'Het is woensdag vandaag,' zei ze resoluut.

Toen ze klaar waren, stak Van In een sigaret op en keek naar de wekker.

'Twintig over acht,' sakkerde hij.

'Ja, je bent geen twintig meer,' plaagde ze.

Van In drukte zijn sigaret uit en liep als een rijpe Apollo naar de badkamer.

'Ben je vanavond vrij?' riep hij net voor hij de kraan opendraaide.

Hannelore liep hem achterna, trok het douchegordijn open en ging bij hem staan.

'Ik versta je niet.'

Ze bleven tien minuten onder de hete waterstraal en tijdens het aankleden kon Hannelore het niet laten door zijn kletsnatte haar te woelen.

Van In wachtte haar om halfzeven op aan het gerechtsgebouw. Hij had zich gehaast. Hij en Versavel waren de hele dag druk in de weer geweest om de hele papierwinkel rond te krijgen. Nu bonsde zijn hart in zijn keel. Met een beetje geluk was deze onverkwikkelijke zaak morgen achter de rug.

Ze vonden de boerderij van Enzo Scaglione vrij gemakkelijk. De hoeve was duidelijk zichtbaar vanaf de oude heirbaan die Torhout met Diksmuide verbindt. Er liep een smalle, kronkelende grindweg naartoe.

Het erf was aan een kant verhard en bood voldoende plaats voor drie wagens. Het grootste stuk had Scaglione uitbesteed aan een tuinarchitect met een schrijnend gebrek aan inspiratie. Wat voor een tuin moest doorgaan, bestond uit een lap egaal afgemaaid gazon, compleet met een trio berkenbomen in het midden en een langgerekt rozenperk evenwijdig met de voorgevel.

Een obligate ligusterhaag beschutte de groene woestijn tegen ongewenste blikken.

Het woonhuis was grondig verbouwd. De kleine ramen van weleer waren vervangen door duur schrijnwerk en van de pittoreske staldeuren uit twee delen bleef er nog een wrakkig exemplaar over. De witte bepleistering van de muur met zwartgeteerde strook onderaan had hij ongemoeid gelaten, evenals de nis boven de voordeur met daarin een veelkleurig gipsen Mariabeeld.

Van In parkeerde de Golf op het verharde gedeelte voor een massieve schuurpoort.

'Zou hij thuis zijn?' vroeg Hannelore toen ze uitstapten.

Ze rilde toen een koude windvlaag door haar jas sneed.

'Daar komen we binnen de minuut achter,' zei Van In optimistisch.

Enzo Scaglione zag de politiewagen de grindweg opdraaien. Dit was een moment waar hij zich al ettelijke keren op had voorbereid. Toen hij slechts één wagen bespeurde, ging zijn hart rustiger kloppen. Als ze kwamen waarvoor hij dacht dat ze kwamen, zouden ze talrijker zijn. Terwijl de Golf tergend langzaam naderde, probeerde hij uit te vissen welke fout hij had gemaakt. Frenkel was dood en hij was de enige die roet in het eten had kunnen gooien. De Hollander was Fiedle om een of andere reden gevolgd en daardoor had hij de klus niet zelf kunnen afmaken. Gelukkig was de Duitser aan zijn verwondingen bezweken. Hij begreep niet hoe de flikken het verband hadden gelegd, want Herr Witze had hem verzekerd dat Frenkel geen aangifte had gedaan. De onderzoeksrechter die de zaak behandelde, was immers een vooraanstaand lid van Thule.

Enzo legde de Magnum behoedzaam in een speciaal daarvoor uitgespaarde holte in een van de balken die het plafond ondersteunden. Hij had de bergplaats destijds eigenhandig uitgehakt en voorzien van een deurtje dat hij in een beweging kon open- of dichtklappen.

'Er brandt in ieder geval licht,' zei Van In en hij wees naar een flauw lichtstraaltje dat tussen de dikke gordijnen spiedde.

'Voorzichtig, Pieter. Ben je gewapend?'

Hij schudde het hoofd.

Hannelore was bang, maar vertikte het om een stap achteruit te zetten.

Van In inspecteerde de voordeur, maar vond de bel niet. Hij balde de vuist en klopte aan.

Enzo haalde diep adem, streek door zijn haar en liep naar de voordeur. Daar wachtte hij tot de politieman nog eens klopte.

'Goedenavond,' zei hij afgemeten.

'Goedenavond, mijnheer Scaglione. Mijn naam is Van In van de Brugse politie.'

Hij stelde Hannelore met opzet niet voor.

'Mogen we even binnenkomen?'

Een gewone flik, dacht hij wantrouwig.

'Natuurlijk.'

Enzo liet hen door en wees naar een comfortabel bankstel.

'Waarmee kan ik u helpen, mijnheer Van In?'

Zelf pakte hij een stoel en ging onder de balk met de geheime bergplaats zitten.

'Eigenlijk zijn we hier min of meer informeel, mijnheer Scaglione,' glimlachte Van In minzaam. 'Stoort het dat ik rook?'

'Ga uw gang. Er staat een asbak op het bijzettafeltje.'

Terwijl Van In een sigaret opstak, schoot Scaglione plotseling iets bijzonder onaangenaams te binnen. Op Sicilië was het niet ongewoon dat een huurmoordernaar zich uitgaf voor een politieman. De vrouw diende alleen maar om hem om de tuin te leiden.

Scaglione ging staan en legde zijn hand tegen de zijkant van de balk.

'Ik ben geen politiebezoek gewoon,' zei hij verontschuldigend. 'Maar is het niet gebruikelijk dat u zich eerst identificeert?'

'Geen enkel probleem.'

Van In tastte in de binnenzak van zijn jas. Enzo stak zijn vingertoppen in de gleuf bovenaan het klapdeurtje.

Van In toonde hem zijn politiekaart en Enzo liet zijn hand zakken.

'Ik woon hier nogal afgelegen,' lachte hij zenuwachtig. 'Een mens kan niet voorzichtig genoeg zijn.'

Van In noch Hannelore reageerde op deze al te doorzichtige gemeenplaats.

'Mag ik u dan naar de reden van dit onverwachte bezoek vragen, mijnheer Van In?'

Enzo trok zijn das recht en ging weer op de stoel zitten.

'Ik dacht dat u die reden kende, mijnheer Scaglione. Of leest u geen kranten?'

Hannelore zette zich schrap. Ze had zich voorgenomen op de grond te duiken als Scaglione een verdachte beweging maakte.

Enzo haalde de schouders op.

'Hoe zou ik dat kunnen weten, mijnheer Van In?'

'Vorige week heeft iemand het beeld van Guido Gezelle in de lucht laten vliegen,' zei Van In koel.

De sfeer in de kleine woonkamer was uiterst gespannen. Hannelore observeerde Scaglione. De man veinsde dat hij zenuwachtig was en dat vond ze beangstigend.

'U denkt waarschijnlijk dat ik mijn vader ben opgevolgd,' zei Enzo lijzig.

Zijn ogen schitterden als gepoetst zilver. Van In zweeg en blies een ijle rookwolk naar de zoldering.

'Ik vrees dat ik u moet teleurstellen, mijnheer Van In. Mijn vader is dood. Hij heeft mijn moeder in de steek gelaten toen ik studeerde. Ik verdien eerlijk mijn brood. Kijk maar om u heen. De BMW in de garage is mijn kostbaarste bezit.'

Van In knikte vluchtig. De woonkamer was sober gemeubileerd, het televisietoestel oogde prehistorisch en de schilderijen tegen de muur kwamen rechtstreeks van de rommelmarkt.

'Indien ik u kwam oppakken, was ik niet alleen gekomen,' suste Van In. 'Het verleden interesseert me trouwens niet.'

Enzo maakte een vage beweging in de lucht.

'Ik weet ondertussen dat het Mouvement Wallon Révolutionnaire weinig voorstelt. Thule probeert ons een rad voor de ogen te draaien en daar was het genootschap bijna in geslaagd.'

Scaglione reageerde niet zichtbaar op de naam Thule.

'Wie heeft het plan bedacht? Fiedle? Vandekerckhove? Bostoen? Of u, mijnheer Scaglione? Ik wil weten wat er nog op het programma staat.'

'Mijnheer Van In,' protesteerde Scaglione. 'Neem me niet kwalijk, maar ik begrijp er geen snars van.'

De Siciliaan probeerde zich op te winden. Hannelore registreerde nauwgezet zijn reactie.

'Dan zal ik meteen ter zake komen, mijn beste Enzo.'

Van In had Scaglione in verwarring gebracht. Het plotseling overschakelen op zijn voornaam had hij heel bewust getimed.

'Als ik me niet vergis werd uw moeder acht jaar geleden door een dronken autobestuurder doodgereden.'

Scaglione sprong uit zijn stoel. Dit was een prima openingszet, dacht Van In triomfantelijk.

'Ga zitten, Enzo, en luister aandachtig.'

Scaglione liet zich als een meelzak neerploffen. Van In wist nu zeker dat hij het pleit had gewonnen. De emotionele reactie op de dood van zijn moeder was na al die jaren bijzonder heftig.

'De moordenaar,' hij gebruikte dat woord met opzet, 'pleegde vluchtmisdrijf en de zaak werd nooit opgelost. Maar wat jij niet weet, Enzo, is dat de politie zich heeft laten omkopen.'

Scaglione hief het hoofd op. Hij klemde zijn tanden op elkaar en zijn bovenlip trilde, een gewone reactie voor een zuiderling, voor wie de grens tussen tomeloos verdriet en wraakzuchtige woede vaak heel smal is.

'En jullie hebben dat verzwegen,' schreeuwde hij.

Hij veerde uit de stoel en ijsbeerde door de kamer.

'Ga toch zitten, Enzo. Ik heb de waarheid pas gisteren ontdekt.'

Van In was er nu in geslaagd Scaglione compleet te desoriënteren. Hij had Enzo geconfronteerd met een schuldgevoel dat hij al jaren meesleepte. Die bewuste avond was hij laat thuisgekomen. Hij had zijn moeder nochtans beloofd om samen inkopen te gaan doen in de supermarkt en toen haar zoon niet kwam opdagen, was ze alleen op stap gegaan. Tenminste, dat stond in het proces-verbaal dat het parket van Neufchâteau had doorgefaxt.

'U weet dus wie mijn moeder heeft vermoord, mijnheer Van In.'

'Dat kan ik je zwart op wit bewijzen, Enzo.'

Scaglione haalde diep adem en draaide zich om. Het verdriet was opgedroogd en zijn doordringende blik bezorgde Hannelore kippenvel.

'Ik neem aan dat u deze informatie niet gratis verstrekt,' zei hij kil.

'Dat probeerde ik je net uit te leggen, Enzo. Ik wil dat de bomaanslagen ophouden.'

Scaglione begon opnieuw te ijsberen. De zwijgplicht van een Siciliaan was een heilig goed, maar anderzijds was hij ook half Belgisch.

'Ik weet ondertussen dat de bomaanslag iets te maken heeft met "The Pride of the Polder".'

Scaglione keek schichtig in Van Ins richting. De flik wist meer dan goed voor hem was.

'De bom moest de burgemeester onder druk zetten om het project goed te keuren. Het opblazen van het beeld van Gezelle was een waarschuwing, nietwaar?'

Scaglione knikte. Hij zocht koortsachtig naar een oplossing voor het dilemma dat hem verscheurde.

'Oké, Enzo. Dit is alvast een begin. Ga zitten, dan kunnen we rustig overleggen.'

Scaglione gehoorzaamde als een opstandige bajesklant.

'Goed, maar ik wil eerst weten wie mijn moeder heeft doodgereden.'

Van In stak een nieuwe sigaret op en bood Hannelore en Scaglione ook een aan.

'Zie ik eruit als iemand die zijn woord niet houdt?' vroeg hij geprikkeld.

'Nee,' zei Scaglione.

Hij stond plotseling op en liep naar de ouderwetse buffetkast naast de oliekachel. Hannelore spande haar spieren en Van In voelde zich allesbehalve op zijn gemak. Misschien had hij zijn troeven overschat. Het gekletter van glazen brak de spanning. In de ene hand hield Enzo drie glaasjes en in de andere een fles Amaretto. Hij zette de goudomrande borrelglazen op de salontafel, schoof zijn stoel dichterbij en schonk ongevraagd in.

'Het belfort is het volgende doel,' zei hij alsof het de aankondiging van een kermiskoers gold.'

'Wanneer?' vroeg Van In schor.
'Volgende week.'
'Wanneer precies?'
'Woensdag,' antwoordde Scaglione ijskoud.
'Hoe?'
'Dat weet ik niet, mijnheer Van In.'
'Wie?'
Scaglione haalde de schouders op.
'Ik heb alleen telefonisch contact met de man. Hij belt me op. Ik weet bij god niet waar hij woont.'
Van In dronk de zoete Amaretto in een teug leeg. Hannelore volgde zijn voorbeeld. Ze was blij dat het gedoe achter de rug was.
Scaglione schonk de glazen opnieuw vol. Hij zag er een stuk opgewekter uit.
'Komen er nog bommen?' vroeg Van In.
'Ik denk het niet. Na de aanslag zal de firma Travel de stad Brugge een voorstel doen. Vandekerckhove zal de kosten van de restauratie op zich nemen in ruil voor de goedkeuring van zijn polderproject. Natuurlijk zal hij dat iets subtieler formuleren.'
'Dat kan ik me voorstellen,' beaamde Van In.
'En nu de naam van de moordenaar graag.'
Van In veegde zijn lippen schoon met de rug van zijn hand.
'Ik ben een man van eer, Enzo.'
Hij haalde twee vellen papier uit zijn binnenzak en gaf die aan Scaglione.
'Dit is een kopie van het officiële proces-verbaal. Toen jij destijds klacht neerlegde bij de rijkswacht van Neufchâteau spoorden ze een getuige op. De man beschreef de wagen en herinnerde zich de eerste twee letters van de nummerplaat. Via de rijkswachtcomputer werd een lijst gemaakt van alle Mercedessen waarvan de nummerplaat met AV begint. De rijkswacht van Brugge lokaliseerde een

donkerbruine Mercedes met nummerplaat AV 886. Ze maakten een PV op, dat twee dagen later bij het parket belandde. Ondanks het feit dat er een flinke deuk in de radiator zat, werd er op advies van onderzoeksrechter Creytens geen vervolging ingesteld. De man in de auto was Georges Vandekerckhove, Enzo, de man voor wie jij nu de vuile karweien opknapt.'

'Creytens?'

'Je kent hem blijkbaar,' zei Van In nonchalant.

Scaglione besefte dat hij zijn mond had voorbijgepraat. Hannelore vond het vreemd dat hij amper reageerde op de naam van de doodrijder.

'Mijn vader kende de familie Creytens al heel lang.'

'Creytens senior neem ik aan.'

'Wie anders,' bitste Enzo.

'Ach ja, de Nibelungenschat,' schertste Van In. 'Hoe kon ik die episode over het hoofd zien. Je vader heeft de schat dus toch geborgen.'

Scaglione zweeg en dronk nijdig van de Amaretto.

'Komaan, Enzo. Die zaak is al eeuwen geklasseerd. Iedereen weet toch dat Creytens senior je vader naar de rechtbank van Doornik heeft doorverwezen. Maar de oude Luigi was een ongeduldig man. Hij kon nauwelijks wachten tot de procureur-generaal de plaatselijke rechter had overtuigd dat een proces in Brugge niet gewenst was. Daarom gaf hij zijn kompanen vanuit de gevangenis het bevel om een bom voor het gerechtsgebouw te plaatsen. Hij had pech dat zijn advocaat ziek werd en hem niet tijdig kon inlichten dat de rechter in Brugge zijn verzoek om de zaak door een Franstalige rechtbank te laten behandelen, toch had ingewilligd.'

Scaglione stortte zich op de Amaretto. Van In registreerde zijn bevende handen. De cirkel was bijna rond, dacht hij monter.

'De vraag is hoe een gangster er destijds in geslaagd is een hoge parketmagistraat onder druk te zetten.'

'Het goud,' schreeuwde Scaglione. 'Goud maakt mensen gek.'

'Ik vroeg wat procureur-generaal Creytens met de zaak te maken had,' herhaalde Van In koppig.

'Creytens heeft na de oorlog een hoge SS-officier naar het buitenland gesmokkeld. Die nam hem in vertrouwen en vertelde hem over de schat in het Tiplitzmeer. In 1966 nam hij opnieuw contact op en beloofde Creytens en Vandekerckhove twee miljoen dollar als ze het goud veilig naar Paraguay konden overbrengen.'

'Waarom in 1966?'

Hannelore mengde zich voor de eerste keer in het gesprek. Scaglione lette daar nauwelijks op. De informatie die hij verstrekte, was toch totaal onbruikbaar.

'Thule werd in 1944 ontbonden en in 1966 opnieuw opgericht door een aantal inhalige industriëlen. Deze nieuwe generatie zakenlui had ingezien dat de oorlog een bot instrument is. Ze dokterden een alternatieve strategie uit. Wapengekletter was uit de mode. Ze wilden Europa op een andere manier domineren en daarvoor hadden ze geld nodig. De jonge Vandekerckhove greep zijn kans en kwam op die manier in contact met Creytens.

'Dus spraken de neofascisten hun appeltje voor de dorst aan,' zei Van In cynisch.

De geschiedenis had uitgewezen hoe de SS die goudvoorraad had verworven.

'Zo kan je het stellen,' beaamde Scaglione. 'Maar het verschepen van 16 ton goud bleek lastiger dan verwacht. Vandekerckhove maakte een afspraak met de uitbater van L'Etoile.'

'De onfortuinlijke nachtclubeigenaar,' vulde Van In aan.

'Ja. Hij dumpte het goud op de zwarte markt.'

'En werd een tikkeltje te gulzig,' raadde Van In.

'Precies. Mijn vader hield niet van bedriegers en nam hem onder handen.'

Enzo sloeg zijn handen ineen en slaakte een diepe zucht.

'In 1966 was jij nog een kind,' merkte Hannelore sceptisch op.

'Dat is juist, mevrouw. Mijn vader sprak nooit over zijn beroepsbezigheden, maar in ons milieu wordt ieder goed verhaal van generatie op generatie overgeleverd.'

'Ik denk dat je gek bent, Pieter Van In,' zei Hannelore toen ze in de Golf stapten. 'De man is duidelijk schuldig en jij doet alsof er geen vuiltje aan de lucht is.'

Van In stak een sigaret op en blies de rook tegen de bewasemde voorruit.

'Op de rechtbank zeuren ze voortdurend over bewijzen,' zei hij droog. 'Moet ik Scaglione arresteren en toezien hoe hij binnen de vierentwintig uur weer op vrije voeten loopt?'

Hannelore slikte de rest van haar kritiek in. Hij had gelijk.

'Scaglione zal nooit ofte nimmer de operatie verraden,' zei Van In terwijl hij de wagen startte.

'Maar dat heeft hij toch net gedaan.'

'Hij heeft alleen verklapt dat het belfort het volgende doelwit is. Maar mij maak je niet wijs dat hij het tijdstip en de dader niet kent.'

'Hij zei woensdag.'

'Ja, dat zei hij.'

Op de heirweg schakelde Van In van derde naar vierde en gaf ruim gas.

'Scaglione wilde de naam van de moordenaar van zijn moeder. Hij weet heel goed dat wij machteloos staan.'

'Hij reageerde in ieder geval niet toen je de naam Vandekerckhove liet vallen,' zei ze koppig.

'Dat hoefde ook niet. Voor hem is Vandekerchove nu al ter dood veroordeeld.'

'Meen je dat?' vroeg ze ongelovig.

'Je moet mij geen Sicilianen leren kennen. Raak hun moeder, zusters of vrouw, en je bent er geweest.'

'Ik houd er niet van dat je dingen voor me verzwijgt, Pieter.'

Van In reageerde niet en sloeg vijfhonderd meter verder een smalle zandweg in. Hannelore verbeet haar teleurstelling. Ze voelde zich als een schoolmeisje dat na een hartstochtelijke relatie van drie weken de bons heeft gekregen.

'Zullen we hier nog lang blijven staan?' vroeg ze na tien minuten.

'Heb je het koud?'

Hij startte de motor en zette de verwarming aan.

'Doe niet dwaas, Pieter.'

Hij legde zijn arm om haar schouder, maar ze weerde hem kordaat af.

'Je bent een zelfingenomen mannetje,' zei ze boos.

Van In probeerde tegen haar aan te leunen.

'Laat me met rust.'

Hij gehoorzaamde gedwee en trok zich terug.

'Vergeet niet dat we straks gaan trouwen,' suste hij.

'Dat dacht je maar.'

De verwarming draaide op volle toeren maar vermocht niets tegen de kilte die hen van elkaar scheidde.

'Het lijkt wel alsof ik de vijand ben,' zei hij na een poos.

'Die keuze maak je zelf, Pieter Van In.'

'Ik houd van je, Hanne.'

'Denk niet dat je er op die manier van afkomt,' pruttelde ze. 'Ik wil weten wat er aan de hand is.'

'Dat vertel ik je later,' zei Van In koppig.

'Waarom nu niet?'

'Ik wil je niet in verlegenheid brengen. Indien ik je nu in vertrouwen neem, stel ik mijn lieve parketmagistraat bloot aan een ernstige beroepsfout.'

'Alsof dat nog niet is gebeurd,' reageerde ze bits.

'Niet volgens de wet, mijn lieve subsituut.'

Hij haalde haar aan en ze schoof tien centimeter op.

'Waarom blijven we hier dan staan?'

'Omdat,' fluisterde Van In in haar oor, 'het achtervolgen van een verdachte wel binnen de deontologische regels valt.'

Ze gaf haar defensieve positie op en daarmee was de eerste echtelijke ruzie bezworen.

'Je denkt dus dat Scaglione vanavond nog uitrijdt.'

'Dat zou me niet verwonderen,' zei Van In geheimzinnig. 'Heb je erop gelet welke schoenen hij droeg?'

'Zwarte mocassins,' antwoordde ze met gepaste trots.

'Juist. En heb je de vloer goed bekeken?'

'Die was geboend,' zei ze met gefronste wenkbrauwen.

'En de oliekachel stond op een laag pitje en toch was het er aangenaam warm.'

'Alsjeblieft, Pieter, kom ter zake. Ik ga dood van nieuwsgierigheid.'

Van In trok een gezicht waar een beroepsclown jaloers op was geweest.

'We hebben geluk gehad. Scaglione stond op het punt te vertrekken. Hij had zijn muiltjes uitgetrokken en de kachel laag gezet. Ons bezoek heeft zijn plannen in de war gestuurd.'

Ze keek hem onbegrijpend aan.

'Naast de schouw stonden twee paar kamermuiltjes.'

'Ja, en dan?'

'Wel, Enzo Scaglione is opgevoed door zijn moeder. Zij heeft hem geleerd om muiltjes aan te trekken als hij 's avonds thuisblijft.'

'Pieter Van In,' zei Hannelore vermanend. 'Ik weet echt niet wat ik met jou moet aanvangen. Als je op dat soort van details gaat letten, dan...'

'Ga jij je ongemakkelijk voelen.'

'Reken maar,' zei ze. 'Een politieman die ervan uitgaat dat iemand een misdaad gaat plegen omdat hij om half-twaalf zijn schoenen nog aan heeft, is een beetje...'

'Geniaal, nietwaar,' grinnikte Van In.

'Houd op.'

Op het moment dat hij zijn hand onder haar bloes wilde laten glijden, kraakte de radio. De timing van Versavel begon op zijn zenuwen te werken.

'Hallo Pieter.'

'Dag Guido.'

'Stoor ik?'

'Stoort hij, Hanne?'

'Sorry, Pieter, maar ik vrees dat dit bericht nogal belangrijk is.'

'Oké, ga je gang.'

'Croos heeft vanavond een foto doorgefaxt van ene Nicolaï. De man werd bij een routinecontrole gefotografeerd in de omgeving van het belfort. Nu blijkt Nicolaï een notoir insluiper te zijn.'

'Daar komt Croos nu mee voor de dag,' zuchtte Van In.

'De BOB van Gent is vanavond zijn flat binnengevallen en heeft daar een plattegrond van het belfort gevonden.'

'Benson im Himmel.'

Van In probeerde het hoofd koel te houden. Als hij nu alarm sloeg en er gebeurde niets, maakte hij zich hopeloos belachelijk. Eerst moest hij weten wat Scaglione in zijn schild voerde.

'Nicolaï is spoorloos. Volgens een buurman traint hij drie keer per week in een klimzaal in Kortrijk.'

'En daar is hij niet komen opdagen?'

'Negatief, Pieter. Ik dacht dat ik je dit vanavond nog moest laten weten.'

'Dat is heel attent van je, Guido. Als ik over meer gegevens beschik, neem ik contact op met de officier met wachtdienst. Bedankt voor de oproep.'

'Slaap wel en doe de groeten aan Hannelore.'
Ze pakte de microfoon.
'Dag Guido.'

Om kwart over een reed Enzo Scaglione over de grindweg naar de heirbaan. Om zijn hals droeg hij een zware gouden ketting. Die had hij van zijn moeder cadeau gekregen voor zijn eenentwintigste verjaardag. Naast hem lag een zender, het soort dat men gebruikt om modelvliegtuigen te besturen. Het was een commercieel ding, waarvan de frequentie was gewijzigd. De zender had een bereik van een kilometer en de golflengte stemde overeen met die van de ontstekers die Nicolaï over een paar uur zou installeren.

23

De nacht was donker en mild, zoals voorspeld. Vanaf middernacht had Nicolaï de toren voortdurend in het oog gehouden. Om de twintig minuten maakte een politiepatrouille haar ronde. Ze volgde strikt een opgelegd parcours: Markt – Burg – Blinde-Ezelstraat – Dyver en terug via de Nieuwstraat en de Oude Burg. De verscherpte bewaking was vervelend, maar bracht zijn opdracht nauwelijks in gevaar. De agenten controleerden ramen en deuren. Geen van beiden besteedde aandacht aan de toren.

Toen Nicolaï de routine tot vervelens toe had gechronometreerd, stelde hij zich om drie uur op in de Karthuizerinnestraat, achter een van de pijlers van de Pro Patria-poort. Hij had zijn sportschoenen geruild voor de klimschoenen. Het touw zat onder zijn joggingpak, diagonaal over zijn rug en borst gewikkeld.

Toen de patrouille om de hoek van de Hallestraat was verdwenen, stelde hij zijn chronometer in en omgordde de rugzak met de explosieven. Onzichtbaar als een kat stak hij de straat over en zocht beschutting in de duisternis van de massieve muren van de hallen. Ongeveer halverwege bleef hij staan bij een regenpijp. Een vluchtige blik volstond. De straat was leeg en nergens brandde nog licht achter de ramen.

De hallen vormen een gesloten vierkant met een binnenplein. De toren rust op het hoofdgebouw aan de kant van de Markt. De Wollestraat begrenst de oostzijde, de Oude Burg het Westen en de Hallestraat het Zuiden.

Nicolaï had voor de Hallestraat gekozen omdat de smalle straat het zicht op de toren grotendeels belemmerde en praktisch onbewoond was.

Het kostte hem minder dan een minuut om via de regenpijp de dakgoot te bereiken. Plat op zijn buik wachtte hij een poos gespannen af. Daarna rende hij over de leien van het schuine dak. Eenmaal over de nok was hij onzichtbaar. Op zijn klimschoenen maakte hij niet het minste lawaai. Via de binnenkant bereikte hij in geen tijd de voet van de toren. Daar begon het eigenlijke klimwerk. Nicolaï wreef zijn handen in met magnesiumpoeder en trok zich op aan een muuranker. Tot aan de hoektoren was de muur tamelijk ruw. Hij overbrugde de afstand tot aan de eerste borstwering in minder dan vijf minuten, verschool zich achter de kantelen en evalueerde de toestand. Een blik op de Markt was voldoende. Het plein was totaal verkeersvrij, een beeld waar puriteinse verkeersdeskundigen van dromen. De stilte was overweldigend en ieder raam was blind als het oog van Polyfemos. Over elf minuten zou de politiepatrouille de Hallestraat inslaan.

Nicolaï sloop behoedzaam achter de borstwering naar de oostkant. Daar kon hij gebruik maken van de regenpijp die rechtstreeks tot onder een van de pinakels reikte. Het risico om gezien te worden was iets groter, maar stond niet in verhouding tot de tijdswinst.

Nicolaï deed er drie minuten over. De balustrade met rondbogen die de vier pinakels met elkaar verbindt, bood voldoende dekking. In afwachting dat de politiepatrouille passeerde, liep hij als een eigenzinnige toerist naar de westzijde van de toren. Voor alle zekerheid wachtte hij tien minuten en vatte dan de beklimming van de noordwestelijke pinakel aan. De grote naald bood tal van steunpunten en via de steunbeer won hij enkele kostbare meters. Het laatste stuk tot aan de galmgaten was glad en loodrecht. Nicolaï verkende de wand met zijn vingers. Een ervaren klimmer profiteert immers van de geringste oneffenheid. Op bijna zestig meter hoogte sneed de koude door zijn vingers. Nicolaï staakte het zoeken en kneedde zijn vingers weer warm. Hij haalde diep adem en probeerde opnieuw. Eindelijk vond hij een opening tussen twee voegen. Hij wurmde zijn vinger tussen de spleet en trok zich op. Met gekromde voeten zocht hij steun tegen de muur. Twee meter hoger lonkte een aantrekkelijk muuranker. Zijn hoofd zat op gelijke hoogte met de ingehaakte vinger. Nicolaï wist dat hij die positie hoogstens een minuut kon volhouden. Nog een steunpunt en het muuranker lag binnen zijn bereik.

Voorzichtig tastte hij de muur af. Ondanks de koude begon Nicolaï hevig te transpireren. Met zijn linkervoet tastte hij iedere vierkante centimeter van de muur af. De seconden tikten haastig weg. De trotse toren liet zich niet zomaar bedwingen, dacht hij verbeten. Toen zijn armspieren verkrampten, moest hij loslaten. Hij liet zich op de bovenkant van de steunbeer zakken. Twee minuten later stond hij weer op het niveau van de balustrade.

Het was halfvier en hij lag achter op zijn schema. Er zat niets anders op dan de zuidwestkant te proberen. Omdat hij geen enkel risico wilde lopen, wachtte hij tot twintig voor vier. Volgens zijn berekeningen bevond de politiepatrouille zich dan in de Wollestraat.

Onder invloed van ontelbare slagregens voelde de zuidwestelijke muur heel wat ruwer aan. Nicolaï vervloekte zichzelf dat hij daar niet eerder aan had gedacht. Met behulp van een uitspringende steen bereikte hij vlot het eerste muuranker en vanuit die positie was de rest een koud kunstje. De muurankers vormden een zwarte stippellijn tot aan de onderkant van de galmgaten. Toen hij zich over de vensterbank hees, was het tien voor vier. Het plaatsen van de ladingen kon niet langer dan een half uur in beslag nemen. De detonatie was voorzien voor halfzes en dan zat hij veilig op de eerste trein naar Gent.

Nicolaï ontrolde de bedrading en plaatste de ladingen op de aangeduide plek. Daarna verbond hij de snoertjes met de ontstekers. Hij klaarde de klus in minder dan een halfuur.

De afdaling verliep vlot. Via een dubbel touw zeilde hij in drie etappes naar beneden.

Scaglione parkeerde zijn BMW in de Hoogstraat, ironisch genoeg net voor het vroegere politiecommissariaat. Van In zag hem afremmen en sloeg de Ridderstraat in.

'Houd hem in het oog. Ik vraag om assistentie.'

Hannelore vatte post op de hoek van de Ridderstraat en de Hoogstraat. Een oplichtende aansteker verried dat Scaglione een sigaret opstak.

'Van In, hier.'

Hij negeerde de verplichte oproepcode.

'Marc Vandevelde luistert,' antwoordde de officier met een slaperige stem.

Van In schrok van het gekraak van de radio en trok voorzichtig het portier dicht.

'Ik wil dat je onmiddellijk het centrum van de stad evacueert.'

'Wat zegt u, commissaris?'

Vandevelde was op slag wakker.

'Evacueer onmiddellijk alle bewoners van de Markt en de omliggende straten,' fluisterde hij nijdig.

Van In kon begrijpen dat Vandevelde niet alert reageerde. Hij had bijna zelf de moed opgegeven toen Scaglione van zijn huis naar een discotheek was gereden en daar tot vijf uur cappuccino's had zitten slurpen.

'En neem contact op met het POSA-team. Ze logeren in de rijkswachtkazerne. Zeg hen dat er een bomaanslag in voorbereiding is.'

‘Commissaris?’

‘Vandevelde,’ bitste Van In. ‘Ik wil dat je groot alarm slaat.’

Het bleef even stil. Vandevelde had nog achttien maanden voor de boeg en het was niet de eerste keer dat Van In de boel nodeloos op stelten zette.

‘Wilt u dat bevel confirmeren, commissaris?’ vroeg hij wantrouwig.

‘Vandevelde,’ teemde Van In. ‘Ik heb gehoord dat je een boot heb gekocht en dat je straks onze kust onveilig gaat maken, maar ik verzeker je een ding: als je niet onmiddellijk doet wat er wordt gevraagd, garandeer ik je dat die kutboot nooit afbetaald raakt. Heb je dat begrepen, Vandevelde?’

De loeiende sirenes deden Scaglione opschrikken. Van In hoorde de motor van de BMW aanslaan en sleurde Hannelore mee naar de Golf.

‘De klootzak gaat ervandoor. Waarom moeten ze in ’s hemelsnaam altijd zoveel lawaai maken?’

Scaglione stuurde zijn wagen met een hand. Kwart over vijf. Hij hoopte dat de Waal de klus op tijd had geklaard. Met gierende banden stoof hij door de Philippestockstraat en sloeg de Vlamingstraat in. Ter hoogte van de schouwburg pakte hij de zender en activeerde het signaal. De knal bleef uit. Scaglione probeerde opnieuw. Niets. De Waal vloekte en drukte het gaspedaal tegen de vloer.

De markt was hermetisch afgesloten en overal stonden politiewagens met tollende zwaailichten kriskras geparkeerd. Tussen de twee frietkramen voor het belfort stond majoor Adam, commandant van de in Brugge gelegerde POSA-teams.

De conciërge van het belfort, een magere man in een ouderwetse kamerjas, maakte schichtig de grote poort open. Achter hem hielden twaalf mannen van het elitekorps de boel scherp in de gaten. Ze droegen stormhelmen en kogelvrije vesten en de loop van hun UZI-machinepistolen wees dreigend in de richting van de hulpeloze conciërge.

Gedurende meer dan een uur doorzochten vijftig politielui de hallen. Nergens vonden ze een spoor van explosieven. De veiligheidsagent die de centrale in het Koetshuis bemande, beweerde bij hoog en bij laag dat er geen inbraakalarm was binnengelopen.

Ondertussen werd de buurt geëvacueerd. De gouverneur had het rampenplan in werking gesteld en de omwonenden werden met inderhaast gevorderde bussen naar de grote hal van het Boudewijnpark overgebracht. Een cameraploeg van het plaatselijke televisiestation arriveerde net op tijd om beelden te schieten van de chaos.

Van In verzocht twee keer om assistentie toen hij de BMW van Scaglione probeerde bij te houden, maar het rampenplan had alle beschikbare mensen opgeëist. Even voor Beernem staakte hij de achtervolging en zette opnieuw koers naar Brugge.

'Waarom heb je de hulp van de rijkswacht niet ingeroepen?' vroeg Hannelore verontwaardigd. 'Je hebt zelfs zijn nummerplaat niet doorgegeven.'

'We hebben de aanslag toch verijdeld,' zei Van In monter. 'Maak je geen zorgen, Hanne. Alles verloopt beter dan ik had verwacht.'

'Pieter Van In,' dreigde ze. 'Ik eis een verklaring en wel nu meteen.'

'Scaglione is nuttiger als hij nog een poos op vrije voeten rondloopt,' lachte Van In.

'Wat zeg je?'

'Sorry, schat. Maar in dit stadium wil ik je niet compromitteren.'

'Waar heb ik die smoes nog gehoord?' smaalde ze. 'En wat als de bom ook zonder Scaglione ontploft?'
'Dan hebben we pech gehad. Heb jij iets gehoord?'

Om halfzeven namen de experts van de ontmijningsdienst de zoekactie over. Een team van drie man, gekleed in beschermende pakken, onderwierp de toren aan een grondig onderzoek. Het elitekorps van de rijkswacht hield een oogje in het zeil en de agenten van de Brugse politie zochten beschutting in de aanpalende straten. Van In en Hannelore hadden postgevat aan het begin van de Vlamingstraat.

Vijf minuten voor acht ontdekten de mannen van de ontmijningsdienst de explosieven. Van In volgde hun gesprek via zijn portofoon.

'Er ligt verdomme genoeg om de helft van de toren op te blazen.'

'En de ontstekers?'

Het bleef even stil en toen weerklonk een hees gelach.

'De sukkelaar heeft de draden verkeerd verbonden. Zeg maar dat het in orde is. Onze terrorist is een amateur ofwel is hij kleurenblind. Hij heeft blauw op rood aangesloten. Zelfs als je er met een voorhamer op klopt, gebeurt er niets.'

Scaglione raasde met honderdtachtig per uur over de E40. De zender had hij al een kwartier geleden door het raam gegooid. Voor Brussel minderde hij vaart. Tot nu toe was niemand hem gevolgd. Via Vilvoorde reed hij naar Zaventem en parkeerde zijn wagen vlakbij de luchthaven. Een uur later genoot hij van een pittige cappuccino in het Brusselse Zuidstation. Daarna belde hij de Brugse politie en gaf hun het adres van Nicolaï.

Het volgende telefoongesprek met Herr Witze duurde heel wat langer.

'De hele operatie is om zeep. De Waal heeft de boel verknald.'

'Ruhig, Herr Scaglione. Vielleicht is alles beter zo.'

'Ja, maar ik wil wel betaald worden. Mijn dekmantel is aan flarden, ik ben mijn huis kwijt en België mag ik wel vergeten.'

Witze glimlachte. Hij pakte een dure sigaar uit een zilveren doos op zijn bureau en stak die aan.

'Ik bied je honderdduizend mark als je het karwei afmaakt,' zei hij minzaam.

Scaglione luisterde gedwee. Honderduizend mark was een bom geld.

'Op een voorwaarde,' zei hij beslist. 'Ik bepaal de manier waarop ze sterven.'

'Geen bezwaar,' zei Witze. 'Het Polderproject is ten dode opgeschreven, maar Fiedle wou niet luisteren.'

'En ik wil een nieuwe identiteit en een huis op Sicilië.'

'Komt in orde, Herr Scaglione. Ik regel een vluchtroute naar Zwitserland. We zien elkaar over achtenveertig uur. Bel morgen en alles komt in orde.'

Witze blies de rook van zijn sigaar in het licht van de bureaulamp. Als de kruitdampen boven Joegoslavië waren opgetrokken, zou Leitner zijn voorstel om Dubrovnik te reconstrueren zeker aannemen, mijmerde hij. Toeristen zijn grillige wezens. Een plat gebombardeerde stad die als een feniks uit zijn as verrijst, zou miljoenen bezoekers lokken. Daar viel winst te rapen. Het Westen was dood. De toekomst lag in het Oosten.

Van In ontving de felicaties van de burgemeester gelaten. Moens klopte hem voor het oog van de camera's vriendschappelijk op de schouder.

'Je hebt je promotie dubbel en dwars verdiend, Pieter,' zei hij breed glimlachend.

Hannelore klapte enthousiast en de omstaanders volgden haar voorbeeld. Na de receptie op het stadhuis ijlden ze naar de Vette Vispoort. Van In trok de stekker van de telefoon uit en schakelde de voordeurbel uit. Versavel had instructies gekregen hen de komende drie dagen onder geen beding te storen.

'Je bent nu een echte commissaris,' zei ze plagend. Van In lag op zijn rug en keek door het raam naar de grillige stapelwolken.

'Ik denk dat het gaat regenen,' zei hij quasi-onverschillig.

'Mens, wat zijn we bescheiden.'

Hannelore draaide zich op haar zij en aaide zijn borst.

'Straks word je nog hoofdcommissaris.'

'En jij voorzitter van het Hof van Beroep.'

Van In strekte zijn hand uit, pakte de fles en liet de champagne tot aan de rand van de glazen borrelen.

'Je zou trots moeten zijn. Je bent zelfs in Duitsland op de televisie geweest. Iedereen prijst je als de koene commissaris die Brugge voor een verschrikkelijke catastrofe heeft behoed.'

'Het publiek vergeet vlug,' zei hij verveeld. 'Vanaf morgen ben ik weer de boze flik.'

Hannelore masseerde zachtjes zijn weke buikspieren.

'Dat geloof ik niet. De Bruggelingen vergeten nooit wat je voor hun stad hebt gedaan.'

'Onzin.'

'Wedden?'

Van In pakte haar hand.

'Je kent de inzet,' zei hij met een geile grijns.

'Afgesproken, maar ik kies de stand.'

Ze pakte de afstandsbediening van de televisie en zocht het kanaal van de plaatselijke zender. Die verzorgden om het halfuur een nieuwsbulletin. Van In blokkeerde haar hand.

'Ik ben zeker dat ze nog steeds van je spreken,' hield ze koppig vol.

'Houd toch op, Hanne. De hele zaak is vierentwintig uur oud.'

'Oké, jij kiest de stand,' gaf ze gniffelend toe.

Van In liet haar hand los en liet zijn hoofd diep in het kussen zakken.

Hannelore kwam midden in een reclameblok terecht.

'Ik heb nog eens nagedacht over het beeld van Michelangelo,' zei ze.

Van In luisterde met een half oor.

'Vind je het niet vreemd dat niemand geneigd is het verhaal van Frenkel na te trekken?'

'Wie wil er nu de waarheid kennen?' zuchtte Van In. 'Ieder jaar gaan miljoenen toeristen de David van Michelangelo voor het Uffizi-museum bewonderen.'

'De kopie van de David van Michelangelo,' verbeterde ze. 'Het origineel staat een eind verderop in een museum.'

'Precies,' knikte Van In. 'En daar komt geen kat.'

'Godallemachtig,' kreunde ze.

'Scheelt er iets?'

'Benson im Himmel.'

Van In ging rechtop zitten en Hannelore dronk gulzig van de champagne.

'Brugge werd vandaag opgeschrikt door een gruwelijke dubbelmoord.'

De omroepster deed haar best om de boodschap sereen over te brengen.

'De gerechtelijke politie staat voor een raadsel. De bekende industrieel Georges Vandekerckhove werd vanmiddag dood aangetroffen in zijn villa in Middelkerke. Het slachtoffer lag vastgebonden op zijn bed.'

Er werd een foto van de villa getoond.

'Een uur later vond men het lijk van onderzoeksrechter Joris Creytens.'

De omroepster slikte.

'Beide mannen werden op een afschuwelijke manier om het leven gebracht. De perverse moordenaar garrotteerde zijn slachtoffers en stopte daarna een gouden ketting in hun mond.'

Van In pakte de afstandsbediening en zette het geluid harder.

'Benson im Himmel. Wie had dat kunnen denken?'

'Commissaris Croos van de gerechtelijke politie ontkent ieder verband tussen de moorden en de recente bomaanslag. Commissaris Van In was vandaag niet bereikbaar voor commentaar.'

'Dat heb jij op je geweten, Pieter,' zei ze koel. 'Jij hebt de moordenaar laten lopen.'

'Kan ik het helpen dat het gespuis elkaar uitmoordt? Vergeet niet dat Vandekerckhove en Creytens verantwoordelijk zijn voor de moord op Frenkel. En wie weet wat ze nog op hun kerfstok hadden.'

Hannelore haalde de schouders op. Natuurlijk had hij gelijk. Iedere rechter zou beide mannen bij gebrek aan bewijzen vrijspreken.

'Maar maak je geen zorgen,' suste Van In. 'Voor we ons hier terugtrokken, is er een internationaal arrestatiebevel tegen Scaglione uitgevaardigd. De sukkel kan geen kant uit en als het stukje weefsel dat Timperman onder de vingernagel van Fiedle vond genetisch past, zal onze vriend zijn gerechte straf niet ontlopen.'

Van In sloeg zijn armen om haar heen. Ze zette het glas neer, sloot haar ogen en liet hem begaan.

'Laten we het doen zoals de missionarissen,' zei hij met een knipoog.

Het was nu niet het moment om haar te vertellen dat hij het proces-verbaal over het vluchtmisdrijf van Vandekerckhove uit zijn duim had gezogen en dat Versavel het verhaal met behulp van zijn oude Brother keurig in elkaar had geflanst. Scaglione was er ingetuind. Het belfort was gered en Hannelore bleef ondanks alles van hem houden. Wat kon een mens zich meer wensen?

Van Pieter Aspe
zijn bij dezelfde uitgever verkrijgbaar:

Het vierkant van de wraak
De midasmoorden
De kinderen van Chronos
De vierde gestalte
Het Dreyse-incident
Blauw bloed
Dood tij
Zoenoffer
Vagevuur
De vijfde macht

Grof wild
De Japanse tuin

Bloedband
Luchtpost

Pieter Aspe kan bogen op de kwalijke reputatie van meestgelezen misdaadauteur in Vlaanderen en Nederland. Schrijven doet Aspe al vanaf zijn twintigste, maar het is pas na een aantal zeer uiteenlopende beroepen te hebben uitgeoefend – hij werkte onder andere bij de zeevaartpolitie, was studiemeester, restaureerde oude meubelen en was conciërge van de Heilig-Bloedkapel in Brugge – dat hij in 1995 debuteerde met *Het vierkant van de wraak*, waarin hij het succesvolle speurdersduo Van In en Versavel introduceerde.

In 2001 won Aspe met *Zoenoffer* de Hercule Poirotprijs voor de beste Vlaamse misdaadroman. Pieter Aspe schreef ook de novelles *Grof wild* en *De Japanse tuin* en twee jeugdboeken – *Bloedband* en *Luchtpost*. Hij bedacht scenario's voor de VRT-reeks *Heterdaad* en voor een gerechtsdrama. Zijn boeken werden bewerkt voor radio en theater en ook de filmrechten zijn verkocht.

HET VIERKANT VAN DE WRAAK Van In heeft bedenkingen bij een mysterieuze inbraak in een juwelenzaak. Er wordt niets gestolen. De inbrekers laten alleen een raadselachtige handtekening achter...
'Een klein meesterwerkje.' – BRABANTS DAGBLAD
'Een schot in de roos.' – HET NIEUWSBLAD

DE MIDASMOORDEN Paniek en chaos wanneer Brugge door een reeks misdaden wordt opgeschrikt. Een geheimzinnige foto, een kneedbom... Een aartsmoeilijke opdracht voor adjunct-commissaris Van In.
'De tweede van Aspe bevestigt al het goede van het debuut.' – HUMO

DE KINDEREN VAN CHRONOS Een lijk wordt ontdekt in de tuin van De Love, een gerestaureerde boerderij in de omgeving van Brugge. Commissaris Van In komt erachter dat De Love destijds als lustoord fungeerde voor tal van prominente figuren.
'Een wervelende thriller die nauw aansluit bij de Belgische politieke en criminele actualiteit.'
– HET LAATSTE NIEUWS

DE VIERDE GESTALTE In een sloot bij een flatgebouw wordt het lijk gevonden van de jonge kalligrafe Trui Andries. Ze werd vergiftigd met een uiterst zeldzaam product. De moord leidt naar een zekere Venex, de incarnatie van Satan op aarde.
'Een misdaadmeesterwerk van formaat.'
– P-MAGAZINE

HET DREYSE INCIDENT Patrick Claes, een rijke beursmakelaar, wordt in zijn eigen huis neergeslagen. Een gewone diefstal of een kluwen van misdaden? Wat is waarheid en wat is leugen?
'...stond al in de toptien terwijl de boekhandelaars nog bezig waren het boek in de rekken te zetten.'
– DE MORGEN

BLAUW BLOED Onderzoeksrechter Hannelore Martens, de vriendin van commissaris Van In, wordt door een jeugdvriendje benaderd. Opnieuw volgt een spannend verhaal met een dramatische ontknoping.
'De vaste hoofdpersonages worden intrigerender en aantrekkelijker.' – HET NIEUWSBLAD

Dood tij Een verkrachting, een moord op het strand, perikelen op het ministerie van Justitie. Deze ingrediënten zijn slechts enkele elementen van deze wervelende thriller...
'Een Aspe van een goed jaar.' – Het Laatste Nieuws
'Om in één ruk uit te lezen.' – Het Volk

Zoenoffer Terwijl Brugge zich opmaakt voor een prestigieuze tentoonstelling, wordt Van In gecon-fronteerd met een bizarre afrekening in het Min-newaterpark. Er wordt ook een kunstdiefstal gepleegd. Van In komt echter op een ander spoor.
'Veel humor en fantasie, maar ook veel spanning in de nieuwe Aspe.' – De Morgen

Vagevuur Bij een inbraak worden foto's aangetroffen van Chileense folterkamers. In de buurt van het Concertgebouw wordt een potloodventer gesignaleerd. Een manege gaat in vlammen op. De puzzel valt stukje voor stukje in elkaar.
'Zwoel, erotisch, hitsig, intrigerend. En vol dubbele bodems. Een Aspe pur sang.' – De Morgen